Dorothy B. Hughes
Ein einsamer Ort

Kriminalroman

Mit einem Nachwort von Megan Abbott
Aus dem Englischen von Gregor Runge

Atrium Verlag · Zürich

Deutsche Erstausgabe
1. Auflage 2022
© Atrium Verlag AG, Zürich, 2022
Alle Rechte vorbehalten
Die Originalausgabe erschien 1947 unter dem Titel
In a lonely place bei Duell, Sloan and Pearce.
© 1947, 1975 by Dorothy B. Hughes
Nachwort © 2017 by Megan Abbott
Aus dem Englischen von Gregor Runge
Umschlaggestaltung: Favoritbüro, München
Umschlagillustration: © Miguel Sobreira / Trevillion Images,
© George Panagis / EyeEm GettyImages
Satz: Pinkuin Satz und Datentechnik, Berlin
Druck und Bindung: CPI books GmbH, Leck
Printed in Germany
ISBN 978-3-85535-126-8

www.atrium-verlag.com
www.facebook.com/atriumverlag
www.instagram.com/atriumverlag

Für Charlotte

»Wo, *wenn nicht hier, an diesem einsamen Ort, verlangt es uns nach einem Gespräch, der Gegenwart eines Menschen, wenn sich der Tag dem Ende neigt.*«

J. M. Synge: In the Shadow of the Glen (1903)

I

EINS Er genoss es, auf der Klippe zu stehen und hinauszusehen auf den abendlichen Ozean, während Nebelschwaden aufzogen, um wie Schleier aus Gaze sein Gesicht zu berühren. Dieses Gefühl, dem irdischen Getümmel enthoben und ein Teil der entfesselten Elemente zu sein, war dem Fliegen nicht unähnlich. Dieses Gefühl, zugleich eingeschlossen zu sein in diesen unvertrauten, sonderbaren Weltenraum aus Nebel und Wolken und Wind. Nachts war er immer gern geflogen; die Nachtflüge fehlten ihm, seit der Krieg vorbei war. Eine klapprige Privatmaschine zu fliegen war nicht dasselbe. Er hatte es versucht. Als müsste man sein Präzisionswerkzeug wieder gegen ein prähistorisches Steinbeil eintauschen, so hatte es sich angefühlt. Nichts konnte den entfesselten Flug in einem Jagdbomber ersetzen.

Es gelang ihm nur selten, das Gefühl der Macht, der Erregung und der Freiheit in sich wachzurufen, das er in der Einsamkeit des Himmels empfunden hatte. Aber nun, da er auf den Ozean blickte, auf die Wellen, die vom Horizont her unaufhörlich herangerollt kamen, jetzt und hier, hoch über dem scheinwerfergepunkteten Küstenhighway, auf dem der Verkehr dahinkroch, gelang es ihm. Vor dem Himmel zeichneten sich die kantigen Umrisse der Häuser ab, direkt dahinter lag der breite fahle Strand, lag der aufgewühlte Ozean.

Er wusste nicht, warum er noch nie zuvor hierhergekommen war. Er wusste auch nicht, warum er sich heute dafür entschieden hatte. Er war unruhig gewesen und ohne ein Ziel im Sinn in den Bus gestiegen, und der Bus hatte ihn hierhergebracht.

Er streckte die Hand aus, als wollte er den Nebel greifen, aber sie glitt durch den feuchten Schleier, und er lächelte. So war es ihm auch recht – die Hand ein Flugzeug in den Wolken. Die Meeresluft roch gut. Die Dunkelheit, die ihn umschloss, fühlte sich weich an. Noch einmal ließ er seine Hand durch den unruhigen Nebel stürzen.

Auf einmal besudelte ein Bus die Stille, grell, laut und stinkend, und er war verärgert. Er drehte sich ungehalten um. Als wäre die Klapperkiste ein lebendiges Wesen, das vor seiner Wut zurückschrecken würde. Dann sah er, wie eine junge Frau aus dem Bus stieg. Sie konnte ihn nicht sehen, er war nur ein Schemen in der nebligen Dunkelheit. Sie konnte auch nicht wissen, dass er sich wie auf einem Blatt Papier in seiner Vorstellung ausmalte, wie sie aussah.

Sie war klein, hatte dunkle Haare, ein rundliches Gesicht. Sie sah nicht nur anständig, sie sah liebenswürdig aus. Eine freundliche junge Frau, ganz in Braun. Braunes Haar, braunes Kostüm, braune Pumps, braune Tasche. Sogar einen kleinen braunen Filzhut hatte sie auf dem Kopf. Er fing an zu mutmaßen: Sie kam nicht vom Einkaufen (sie hatte keine Taschen bei sich), sie war auch nicht zu einer Abendgesellschaft eingeladen (sie trug ein maßgeschneidertes Kostüm und bequeme Schuhe). Sie kam also von der Arbeit und stieg – er warf einen Blick auf das leuchtende Ziffernblatt seiner Armbanduhr – jeden Abend um zwanzig nach sieben an diesem verlassenen Ort aus dem Bus Richtung Brentwood. Vielleicht hatte sie heute länger gearbeitet als sonst, aber das ließe sich ohne Weiteres herausfinden. Sie war vermutlich in einem der Filmstudios angestellt, Büroschluss sechs Uhr, Nachhauseweg eine Stunde.

Während er über sie nachdachte, holperte der Bus davon, und die junge Frau kam über die Kreuzung in seine Richtung gelaufen. Aber sie lief nicht auf *ihn* zu, denn sie konnte nicht wissen, dass er sich in der nebligen Dunkelheit verbarg. Sie durchquerte den gelben Schein der Laterne, er konnte jetzt wieder ihr Gesicht erkennen, konnte sehen, dass ihr die Dunkelheit, der Nebel, die Verlassenheit der Gegend nicht behagten. Sie ging die California Incline entlang, ließ ihre Absätze laut auf das bucklige Pflaster knallen, als würde sie das Geräusch beruhigen.

Er folgte ihr nicht sofort. Eigentlich wollte er ihr gar nicht folgen. Aber plötzlich, ohne darüber nachgedacht zu haben, befand auch er sich auf dem Gehweg neben der Fahrbahn. Er ging nicht so laut und so schnell wie sie. Und doch konnte sie ihn hinter sich hören. Und er wusste, dass sie ihn hörte, denn sie geriet aus dem Tritt, so als wäre sie beinah gestolpert, und erhöhte ihr Tempo. Er nicht, er ging in aller Ruhe weiter, machte aber größere Schritte. Er lächelte – sie hatte Angst.

Er hätte sie mühelos einholen können. Aber noch war es zu früh. Besser, er hielt sich zurück, so lange, bis die Hangstraße zur Hälfte hinter ihm lag, und schloss erst dann zu ihr auf. Sie würde aufschreien, sobald er neben ihr auftauchte, vielleicht würde ihr auch nur der Atem stocken. »Guten Abend« würde er leise sagen, einfach nur »guten Abend«, und sie würde noch mehr Angst bekommen.

Sie war jetzt auf dem letzten Abschnitt der Hangstraße und näherte sich dem Küstenhighway. Sie ging sehr schnell. Als er allmählich zu ihr aufschloss, traf sie das aufdringliche Scheinwerferlicht eines Wagens, der auf die Hangstraße bog. Es traf auch ihn. Wut stieg in ihm auf. Er ging jetzt langsamer. Der Wagen fuhr zügig die Straße hinauf und an ihm vorbei, aber jetzt war es passiert, die Dunkelheit war zunichtegemacht. Es folgte, einer Prozession gleich, eine ganze Wagenkolonne. Das Scheinwerferlicht strich über den Gehweg, den Asphalt und die braunen Klippen des höher liegenden Palisades Park. Die junge Frau war in Sicherheit. Sie beruhigte sich, er konnte es ihren Schritten anhören. Seine Wut durchpulste ihn.

Als er sich der Kreuzung näherte, sah er, wie sie den Küstenhighway überquerte, eine braune Gestalt im gelben Licht der Laterne. Auf der anderen Seite angekommen verschwand sie hinter dem dunklen Tor, das zu einem von drei dicht beieinanderstehenden Häusern gehörte. Er hätte ihr nachgehen können, aber in den Häusern brannte Licht. In irgendeinem dieser hell erleuchteten Zimmer wurde sie erwartet.

Ein hellblauer Bus hielt an der Kreuzung. Eine Frau mittleren Alters kam die Stufen herab, und er stieg ein. Ihm war egal, wohin der Bus unterwegs war. In jedem Fall würde er den gelben Schein der Laternen hinter sich lassen. Der Bus war spärlich besetzt, nur Frauen, Frauen ohne jeden Reiz. Der kantige Fahrer hatte etwas Provinzielles an sich. Er bediente die Wechselgeldkasse, die ein knarzendes Geräusch von sich gab, und blickte in die Nacht. Die Fahrt kostete einen Nickel.

Der beleuchtete Bus fuhr an den dunklen Klippen vorüber. Die wuchtigen Strand- und Klubhäuser, die auf der anderen Straßenseite standen, versperrten die Sicht auf den Ozean. Hinter dem Fenster glitt lautlos der Nebel vorüber. Der Bus fuhr ohne Halt, bis zu einer Stelle, an der die Straße eine enge Kurve beschrieb. Hier stieg er aus. Der Bus ließ den Ozean hinter sich und bog in einen dunklen Canyon. Ein Stück weiter entdeckte er ein paar Restaurants, Fast-Food-Lokale, eine kleine Drogerie und eine Bar. Ihm stand der Sinn nach einem Drink.

Die Bar gefiel ihm, ein auf den Gehweg ragender Bug, ein schummeriger Schiffsbauch. Eine Bar, wie sie Männern gefiel, aber es war auch eine Frau da, mit dunklen Haaren und schriller Stimme. Sie war in Begleitung zweier Männer, die drei waren nicht zu überhören, und er konnte sie nicht ausstehen. Dafür hatte er etwas für den Alten mit dem weißen Backenbart übrig, der hinterm Tresen stand. Ein Mann wie ein Kapitän, in sich ruhend, fähig.

Er orderte Whiskey pur, aber als ihm der Alte das Glas hinstellte, war ihm nicht mehr danach. Er kippte ihn trotzdem. Der

Drink wäre nicht mehr nötig gewesen. Er war schon auf der Busfahrt zur Ruhe gekommen. Keine Wut mehr, auf niemanden. Nicht einmal auf die drei ohrenbetäubenden Schwachköpfe.

Die Schiffsglocke hinterm Tresen schlug zur vollen Stunde. Acht Mal. Er wollte nirgendwohin, auf nichts hatte er Lust. Die Frau in Braun war ihm inzwischen völlig egal. Er versuchte es mit einem zweiten Whiskey, aber als das Glas vor ihm stand, rührte er es nicht an.

Er hätte an den Strand gehen, sich in den Sand setzen können, wo es still und dunkel war, den Geruch des Nebels und des Ozeans einatmen. Kurz vor dem Abzweig, der in den Canyon führte, war der Ozean wieder aufgetaucht. Der weitläufige Strand war ganz in der Nähe. Trotzdem blieb er sitzen. Er fühlte sich wohl hier. Steckte sich eine Zigarette an, schob das randvolle Whiskeyglas auf dem lackierten Holz des Tresens hin und her, verschüttete keinen einzigen Tropfen.

Er glaubte zu hören, wie die Frau mit der schrillen Stimme einen Namen sagte. Er hatte sie zu ignorieren versucht, aber mit einem Mal stand dieser Name im Raum. Brub. Ihm fiel wieder ein, dass Brub ganz in der Nähe wohnte. Fast zwei Jahre hatte er ihn nicht mehr gesehen. Als er vor ein paar Monaten an die Westküste gekommen war, hatten sie miteinander telefoniert, ein einziges Mal. Er hatte zu Brub gesagt, er werde sich wieder melden, sobald er richtig angekommen sei, aber das hatte er nie getan.

Brub wohnte im Santa Monica Canyon. Er ließ den Whiskey auf dem Tresen stehen und ging zum Münztelefon in der Ecke. Das Telefonbuch war zerfleddert, aber es dauerte nicht lange, und er hatte Brub Nicolais Nummer gefunden. Die Münze klirrte ins Gerät. Er nannte die Nummer, bat darum, verbunden zu werden.

Eine Frau ging an den Apparat. Sie rief nach Brub. Gleich darauf hörte er ein erwartungsvolles »Ja?«.

Es versetzte ihn in Aufregung, seine Stimme zu hören. Brub

war ein unvergleichlicher Mensch. Ohne ihn wären die Jahre in England einfach an ihm vorübergezogen. Er war aufgekratzt, wie ein kleiner Junge. »Hallo, Brub!«, sagte er. Dix wollte, dass Brub erriet, dass er erahnte, wer hier am anderen Ende der Leitung war. Aber Brub erkannte ihn nicht, war verwirrt. »Wer ist da?«, fragte er.

Übermut kitzelte ihn. »Na, wer wohl! Ich! – Dix Steele!«

Was für ein Moment. Genauso hatte er es sich vorgestellt. Brub stockte der Atem. »Mensch, Dix! Wo hast du denn gesteckt? Dachte schon, du wärst wieder an der Ostküste gelandet!«

Brubs Freude war eine Wohltat. »Ich bin beschäftigt gewesen. Weißt doch, wie es ist. Immer was zu tun.«

»So ist es. Wo bist du? Was machst du gerade?«

»Ich bin in einer Bar«, sagte er und hörte Brub schwelgerisch aufseufzen. Wenn sie nicht im Dienst gewesen waren, hatten die beiden meist in irgendeiner Bar gesessen; ohne Hochprozentiges ging damals gar nichts. Brub konnte nicht wissen, dass Dix inzwischen gut ohne zurechtkam. Er hatte ihm viel zu erzählen. Seinem großen Bruder. Seinem Brub. »Der Strand ist nicht weit, ich bin in der Bar mit dem Schiffsbug, da wo –«

Brub unterbrach ihn. »Du bist ganz in der Nähe! Die Mesa Road ist nicht weit. Möchtest du vorbeikommen?«

»Bin schon so gut wie da.« Dix legte auf, sah im Telefonbuch die Hausnummer nach, ging zurück an die Bar und stürzte den Whiskey herunter. Jetzt schmeckte er ihm.

Er stand schon auf der Straße, als ihm einfiel, dass er mit dem Bus gekommen war. Er hatte sein Apartment verlassen, war in den Wilshire-Santa-Monica-Bus gestiegen und befand sich jetzt in Santa Monica. Monatelang hatte er nicht mehr an Brub gedacht, und auf einmal tauchte diese Vogelscheuche auf, wahrscheinlich hatte sie etwas ganz anderes gesagt, wahrscheinlich hatte er sich nur verhört. Und doch war er jetzt auf dem Weg zu Brub.

Der Zufall wollte es, dass an der roten Ampel ein freies Taxi hielt. Er bemerkte aber nicht sofort, dass der ramponierte Wagen, an dessen Steuer ein junger Mann ohne den üblichen Hut saß, ein Taxi war. Den Schriftzug »Santa Monica Cab Co.« registrierte er erst in dem Moment, als die Ampel auf Grün sprang und der Wagen losfuhr. Er rannte auf die leere Straße und rief: »Taxi, halt!«

Der Zufall wollte es auch, dass ihn der Fahrer hörte und anhielt. »Wissen Sie, wo die Mesa Road ist?« Er hatte die Hand bereits am Türgriff.

»Wollen Sie dort hin?«

»Bitte.« Er stieg ein, noch immer aufgekratzt. »520 Mesa Road.«

Der Fahrer wendete und fuhr ein paar Querstraßen den Hang hinauf, dann bog er links ab, auf eine noch steilere Straße. Dichter, schmutziger Nebel lag im Canyon, die Nacht war so feucht, dass die Scheibenwischer eingeschaltet waren. »Da wären wir also«, sagte der Fahrer, »520 Mesa Road, die Nicolais.«

Er war angenehm überrascht, dass der Fahrer wusste, wohin er ihn gebracht hatte. Ein gutes Zeichen, Brub schien noch der Alte zu sein. Brub kannte alle, und alle kannten Brub. Der Fahrer wendete, die Nebelscheinwerfer beschrieben einen Halbkreis. Er beobachtete, wie sie sich den Hang hinabbewegten. Beobachten, abwarten – es geschah unwillkürlich. In diesem Moment existierte für ihn einzig und allein der gelbe Widerschein im Nebel.

Er öffnete das Gartentor. Auf dem Briefkasten stand in schwarzen Buchstaben: B. Nicolai, 520 Mesa Road. Er ließ den Namen auf sich wirken. Das Haus befand sich oberhalb der bepflanzten Terrasse, die in voller Blüte stand, ein Willkommenslicht brannte im Fenster, gelb wie ein Nebellicht. Er ging die Steinstufen zur Eingangstür hinauf. Er musste einen kurzen Moment warten, er musste die wenigen Sekunden, bevor er den Türklopfer aus Messing betätigen würde, auf sich wirken lassen, er konnte nicht anders. Kaum hatte er geklopft, öffnete sich schwungvoll die Tür, und Brub stand vor ihm.

Er hatte sich nicht verändert. Kurze dunkle Locken, markante Züge, ein Lächeln auf den Lippen, strahlende dunkle Augen, breite Schultern. Das Meer kam einem in den Sinn, wenn man ihn sah, er war immer gegangen wie ein Seemann auf schwankenden Bohlen. Vielleicht auch wie ein Boxer. Ein guter Boxer. So war Brub.

Brub sah ihm in die Augen, gab ihm die Hand, seine warme Hand. »Na, du Schlawiner«, sagte er. »Was fällt dir eigentlich ein, dich erst jetzt zu melden? Lass dich ansehen!«

Er wusste genau, was Brub jetzt sah, als stünde er vor einem Spiegel. Er sah einen jungen Mann, einen ganz normalen jungen Mann. Gebräunte Haut, dunkelblonde, leicht gelockte Haare, durchschnittlich groß und nicht zu dünn. Braune Augen. Nase und Mund, die sich gut in das Gesicht fügten, ein präsentables Gesicht, aber ohne besondere Merkmale, die es aus der Gewöhnlichkeit herausgehoben hätten. Er trug einen guten Gabardineanzug, für dessen Maßanfertigung er viel Geld bezahlt hatte, ein sandfarbenes Hemd mit offenem Kragen. Vielleicht gewann sein Gesicht – vor Aufregung und Glück darüber, dass er seinen alten besten Freund wiedersah – in diesem Moment an Kontur. Unter normalen Umständen war es ein Gesicht, das man wieder vergaß.

»Lass dich ansehen!« Weil Brub einen halben Kopf kleiner war als Dix, musste er seinen Blick ein wenig nach oben richten. Schweigend nahmen sie sich in Augenschein, zufrieden mit dem, was sie sahen, und fingen im selben Moment zu reden an.

»Du hast dich kein bisschen verändert.«

»Jetzt komm schon rein.«

Brub führte ihn aus dem Halbdunkel des einladenden Flurs in das hell erleuchtete Wohnzimmer. Dix hielt plötzlich inne. Es war doch nicht alles beim Alten geblieben. Da war eine Frau. Eine

Frau, die einen Anspruch darauf hatte, sich hier in diesem Haus zu befinden.

Er sollte ihren ersten Anblick nie vergessen: eine schlanke junge Frau in einem schlichten cremefarbenen Kleid, vor dem weißen Kamin in einen großen, extravaganten Sessel geschmiegt. Das grün-violette Dekor erinnerte an tropische Blüten, die mit kirschrotem Gestrichel überzogen waren. Ihr kühlblondes, silbrig schimmerndes Haar war aus dem Gesicht frisiert und im Nacken aufgerollt. Sie war nicht auf die gewöhnliche Art gut aussehend, hatte ein markantes Gesicht mit hohen Wangenknochen und gerader Nase. Schöne Augen, blau wie das Meer, geschwungen wie Flügel, und wohlgeformte Lippen. Trotzdem war sie nicht eigentlich schön. In einer Bar oder einem Nachtlokal voller gut aussehender Frauen hätte sie keine Blicke auf sich gezogen. Sie wäre nicht aufgefallen. Sie wäre zu unscheinbar gewesen. Sie war vornehm, sie wollte nicht auffallen.

Und sie war hier zu Hause, war die Herrin über dieses Refugium und schön in ihrer Genügsamkeit. Noch bevor die beiden etwas hätten sagen können, wusste er, dass Brub mit ihr verheiratet war. Wie sie gelächelt hatte, als die beiden den Raum betraten, und noch strahlender lächelte, als Brub sagte: »Sylvia, das ist Dix, Dickson Steele.«

Sie gab ihm die Hand. »Von dem du immer sprichst. Guten Abend, Dix.«

Dix ging einen Schritt auf sie zu, erwiderte ihr Lächeln, nahm ihre Hand. Nur in diesem ersten Moment ließ er sich etwas anmerken. Aber vermutlich fiel es nicht auf. »Guten Abend, Sylvia«, sagte er. Sie war aufgestanden, und sie war groß, so groß wie Brub. »Wieso hast du mir nicht gesagt, dass du geheiratet hast?«, wollte er wissen. »Dieses wunderschöne Geschöpf einfach so vor mir geheim zu halten.«

Brub lachte, und Sylvia ließ seine Hand wieder los. »Sie klingen genauso wie der Dix, von dem mir Brub erzählt hat.« Ihre

Stimme war angenehm, hatte etwas Leuchtendes an sich, wie ihr Haar. »Trinken Sie ein Bier mit uns? Oder bleiben Sie ganz der eigensinnige Individualist und trinken Whiskey?«

»Brub wird sich wundern«, sagte er, »ich nehme ein Bier.«

Die gemütliche Wohnzimmereinrichtung gefiel ihm, nur der Sessel war geschmacklos. Es gab zwei Sofas, eines grün wie Gras, eines leuchtend gelb. Ein heller Teppich lag auf dem glänzenden Parkett, und vor dem Fenster mit den Jalousien und den schweren weißen Vorhängen stand ein grüner Sessel. Ausgesuchte Kunstdrucke hingen an den Wänden: O'Keeffe, Rivera. Die Bar aus hellem Holz war diskret, aber gut erreichbar in der Ecke platziert. Sie verfügte offenbar über einen Kühler, die Bierflaschen waren beschlagen.

Sylvia öffnete eine Flasche für ihn, schenkte ihm ein und stellte das Glas auf den Beistelltisch. Dann reichte sie auch Brub eine Flasche und schenkte sich selbst ein. Sie hatte schöne, schmale, im Umgang mit den Dingen besonnene und akkurate Hände. Ihren ganzen Körper bewegte sie besonnen und akkurat. Es musste herrlich sein, mit ihr zu schlafen, ohne jede unnütze Regung, in absoluter Stille.

Als ihm klar wurde, was ihm gerade durch den Kopf gegangen war, fragte er noch einmal: »Wieso hast du mir nicht erzählt, dass du geheiratet hast?«

»Wieso ich dir nichts erzählt habe?«, polterte Brub los. »Du hast vor sieben Monaten angerufen, im Februar. Am achten Februar, um genau zu sein. Kurz nachdem du angekommen warst. Du hast gesagt, du würdest dich wieder melden. Sobald du ein Apartment gefunden hättest. Danach habe ich nichts mehr von dir gehört. Drei Tage nach unserem Telefonat bist du aus dem Ambassador ausgezogen, ohne eine Adresse zu hinterlassen. Wie hätte ich dir davon erzählen können?«

Dix lächelte, richtete den Blick auf das Bier in seiner Hand. »Spionierst mir wohl nach, was?«

»Ich wollte wissen, wo du steckst, du Spinner«, sagte Brub fröhlich.

»Wie früher, Sylvia«, sagte Dix. »Brub hat immer ein Auge auf mich gehabt. Wie ein großer Bruder.«

»Den hattest du auch nötig.«

Dix wechselte das Thema. »Also, seit wann seid ihr unter der Haube?«

»Diesen Frühling waren es zwei Jahre«, sagte Sylvia.

»Wir haben eine Woche und drei Tage nach meiner Rückkehr geheiratet. Früher ging es nicht, weil Sylvias Termin im Schönheitssalon auf sich warten ließ.«

»Ein Termin, den sie zweifelsohne nicht nötig hatte«, sagte Dix und lächelte.

Sylvia erwiderte sein Lächeln. »Auf sich warten ließ wohl eher die Gebühr fürs Standesamt. Brub hat noch den letzten Dollar für Blumen und Geschenke ausgegeben und darüber ganz vergessen, dass eine Trauung etwas kostet.«

Eine angenehme Unterhaltung bei kühlem Bier an einem behaglichen Ort. Zwei Männer. Eine reizende Frau.

»Warum habe ich damals gekämpft, was glaubst du? Weil ich zurück zu Sylvia wollte.«

»Und Sie, Mr. Steele, wofür haben Sie gekämpft?« Ihr Lächeln war im Grunde nicht zurückhaltend, sie ließ es nur so erscheinen.

»Für Wochenendausflüge nach London«, sagte Brub.

Dix ignorierte diese Bemerkung. Er wollte ihr ehrlich antworten, sie beeindrucken. »Das habe ich mich oft gefragt, Sylvia. Warum haben wir gekämpft? Weil es unsere Pflicht war, vielleicht? Aber ich bin nicht eingezogen worden, ich habe mich freiwillig gemeldet. Wahrscheinlich bin ich in den Krieg gegangen, weil alle in den Krieg gegangen sind. Weil alle zum Air Corps wollten. Auf dem College wollten alle unbedingt Piloten werden. Ich war in meinem zweiten Jahr in Princeton, als es losging. Ich wollte auf keinen Fall etwas verpassen.«

»Brub war in Berkeley«, sagte sie. »Sie haben recht, alle sind damals in den Krieg gegangen.«

Sie waren jetzt in sicheren Fahrwassern, sprachen über ernste Themen. Brub machte für Dix und sich selbst noch zwei Bier auf.

»Wir sind in den Krieg gegangen, weil man das eben so gemacht hat, jedenfalls dachten wir das. Wir sind keine wehleidige Generation, Dix. Wir zetern nicht, wenn uns jemand piesackt. Aber unser Selbsterhaltungstrieb ist einer der wenigen Urinstinkte, die wir noch haben. Und was auch immer wir damals dachten – wir haben uns verteidigt. Und das wussten wir auch.«

Dix stimmte ihm nachdenklich zu. Man musste in diesem Haus nicht derselben Meinung sein. Niemand war beleidigt, wenn man sagte, was man dachte. Es gab hier keine Wut und nichts, was wütend machte. Obwohl eine Frau anwesend war. Vielleicht gerade deswegen. Sie hatte etwas Sanftes an sich.

Wie aus großer Entfernung, wie durch einen grauen Nebelschleier drang Sylvias Stimme zu ihm. »Brub sucht immer nach dem verborgenen Motiv, wahrscheinlich ist er deswegen Polizist geworden.«

Er war wieder hellwach. Das Wort bohrte sich wie ein eisiger Speer in sein Gehirn. Er hörte, wie er das kalte, harte Wort wiederholte: »Polizist?« Aber sie schöpften keinen Verdacht. Sie glaubten, er sei überrascht, was er auch war, aber es war mehr als das, er war verstört, entsetzt. Sie waren diese Reaktion gewohnt. Schließlich war es kein Scherz, sondern die Wahrheit. Brub lächelte entschuldigend. Seine Frau lachte, und aus ihrem Lachen sprach Stolz.

»Es stimmt!«

»Aber Darling, ich bin kein Polizist, ich bin Ermittler.«

Momente wie diesen beherrschten sie gut, es fiel ihnen leicht. Dix war derjenige, der sprachlos war und auf ein Stichwort wartete. Ungläubig wiederholte er das Wort. »Ermittler?« Der

Schock und die Lähmung waren vorbei. Er konnte sich jetzt angemessen belustigt zeigen.

»Ermittler, ja. Frag nicht, warum. Alle wollen wissen, warum, aber ich kann's dir nicht sagen, Dix.«

»Ihm fehlt noch das zugrunde liegende Motiv«, sagte Sylvia.

Brub zuckte mit den Schultern. »Das stimmt so nicht. Mein Motiv heißt Arbeitsscheu. Das Lebensmotto der Nicolais. Steht schon auf unserem Familienwappen.«

»Der große, gesunde Kerl legt eben am liebsten die Füße hoch«, sagte Sylvia.

In ihrem Schlagabtausch glichen die beiden zwei gut aufeinander eingespielten Radiomoderatoren.

»Mein alter Herr war Großgrundbesitzer und musste nie einen Finger krumm machen. Das Geschäftsmodell ist mir aber zu verstaubt, ich wollte etwas anderes machen. Meine Schwestern haben kurzerhand reich geheiratet. Warum ich das nicht auch in Erwägung gezogen habe, ist mir ein Rätsel.« Er sah zu Sylvia. »Mein ältester Bruder, Raoul, ist übrigens Investmentberater. Jedenfalls steht das in Goldschrift auf seiner Bürotür.«

»Brub«, warnte ihn Sylvia mit einem Lächeln.

»Raoul geht um zehn ins Büro, manchmal auch später. Macht die Post auf. Spielt dann zwei Runden Squash. Duscht und rasiert sich. Danach Lunch. Schön gemütlich, versteht sich. Danach Mittagsschlaf, eine Partie Bridge, und schon ist der Tag vorbei. Schwerstarbeit.«

Brub nahm einen Schluck aus seinem Glas. »Dann wäre da noch mein Bruder Tom. Tom spielt Golf und arbeitet nebenbei als Rechtsanwalt. Er vertritt ausschließlich Flugsaurier, die Flurschäden angerichtet haben. Aber weil Flugsaurier üblicherweise zu beschäftigt sind, um Flurschäden anzurichten, hat er sehr viel Zeit zum Golfspielen.« Er trank noch einen Schluck. »Und ich bin Ermittler geworden.«

Dix hörte ihm lächelnd zu, fixierte dabei das Glas in seinen

Händen. Lauter Fragen brannten ihm unter den Nägeln, an jedem Finger ein kleines Feuer. Brub schwieg, erwartete eine Reaktion. »Da hast du dir also einen unkomplizierten Job ausgesucht. Keine Aktienkurse. Keine Paragrafen. Sherlock Nicolai. Und? Ist es so, wie du's dir vorgestellt hast?«

»Überhaupt nicht!«, jammerte Brub. »Ich muss richtig schuften.«

»Sie kennen doch Brub«, seufzte Sylvia. »Halbe Sachen gibt es bei ihm nicht. Wenn ermittelt wird, dann richtig.«

Dix lachte und stellte sein Glas auf den Beistelltisch. Es war Zeit zu gehen. Die Nicolais vorerst sich selbst zu überlassen. »Dann wäre mein Metier vielleicht auch etwas für Brub gewesen.« Die beiden sahen ihn fragend an. »Wie 93,5 Prozent aller Veteranen schreibe ich ein Buch.«

»Die Stadt ist voller Autoren«, sagte Sylvia.

»Anders als 92,5 Prozent schreibe ich aber nicht über den Krieg. Ich schreibe auch nicht meine Memoiren. Ich versuche mich an einem Roman.« Vortreffliche Wahl. Sie hatten ja keine Ahnung, wie gerissen er war. Er log nicht aus dem Bauch heraus, nein. Sondern kühl und wohlüberlegt. »Deswegen haben wir uns auch so lange nicht gesehen. Wenn der Roman fertig werden soll, muss ich dranbleiben. Wir sind so gut wie unzertrennlich, meine Schreibmaschine und ich.« Er lächelte. »Ein Jahr hat mir mein Onkel gegeben. Er will sehen, wie weit ich komme. Also schreibe ich.« Er stand auf. Eigentlich hatte er sich ein Taxi rufen wollen. Aber wenn Brub gewusst hätte, dass er nicht mit seinem Wagen gekommen war, hätte er womöglich darauf bestanden, ihn zur Bushaltestelle zu bringen, um herauszufinden, wo Dix in etwa wohnte. Und ein kleiner Spaziergang machte Dix nichts aus. Er würde schon zurückfinden.

»Ich sollte mich wieder an die Arbeit machen.«

Die beiden protestierten halbherzig, versuchten aber nicht, ihn umzustimmen. Das junge Glück wollte für sich sein, außerdem musste Brub früh aufstehen. »Brub muss doch ausgeruht sein, wenn sich die Ordnungshüter von Santa Monica mit Ermittlungserfolgen rühmen wollen, stimmt's?«, fragte er mit Hintergedanken.

»Santa Monica? Von wegen. Ich bin beim L. A. Department.« Brub plusterte sich auf. Jetzt war Dix im Bilde. Beim L. A. Department also.

»Dann musst du erst recht schlafen. Gibt sicher viel zu tun, oder?«

Mit einem Mal wirkte Brub ernst und erschöpft. »Sehr viel sogar«, sagte er.

Dix lächelte. Aber Brub wusste nicht, warum. Er mag wie ein großer Bruder für ihn gewesen sein, aber er hatte nie alles über ihn gewusst. Bestimmte Dinge behielt man besser für sich. Geheimnisse sorgten für Abwechslung.

»Also, wir sehen uns«, sagte er und öffnete die Tür, aber noch konnte er nicht gehen.

»Moment«, sagte Brub, »deine Telefonnummer.«

Dix hatte keine Wahl. Er gab sie ihm, ohne zu zögern. Jedes noch so kurze Zögern wäre aufgefallen. Ihm oder der scharfsichtigen Frau im Hintergrund, die ihn im Auge behielt. Er wiederholte seinen Abschiedsgruß. Dann war er allein, ging tastend die Stufen hinab, in die Dunkelheit, in den klammen, undurchdringlichen Nebel.

ZWEI

Er ging in die Nacht, ohne Ziel, ohne Plan. In den sieben Monaten, die er in Kalifornien lebte, war er mehr als einmal umgezogen. Er hätte wieder umziehen können. Aber eine passende Bleibe zu finden war nicht einfach. Es gefiel ihm, wo er jetzt wohnte; er hatte Glück gehabt mit dem Apartment. Ein Bekannter aus dem College, lange her. Jahre, Ewigkeiten. Damals war ihm Mel Terriss egal gewesen. Und als er ihm eines Abends im vergangenen Juli über den Weg lief, hatte sich nichts daran geändert. Fett war er geworden. Hatte Tränensäcke, Doppelkinn und Wanst bekommen. Besudelte mit versoffenem, glasigem Blick die Blondine an Dix' Seite. Dabei hatte er sie ihm nicht einmal vorgestellt. Aber Mel Terriss ließ nicht locker, und so kam Dix zu seinem Apartment. Er hatte das lausige Hotel am Westlake Park so sattgehabt. Den Gestank. Terriss hatte allen erzählt, er wolle nach Rio gehen, beruflich, für ein Jahr. Fette Kohle für das fette Schwein.

Er hätte noch einmal umziehen können, aber den Teufel würde er tun. Beverly Hills gefiel ihm, eine Gegend nach seinem Geschmack. Eine sichere Gegend. Er hätte seine – das heißt Terriss' – Telefonnummer ändern, eine anonyme Nummer beantragen können. Das hatte er schon einmal in Betracht gezogen. Aber da die aktuelle Nummer nicht unter seinem Namen im Telefonbuch stand, hätte es ohnehin keinen Unterschied gemacht.

Er fand mühelos aus dem engen Canyon und zurück auf den Küstenhighway. Überquerte die Fahrbahn, um auf die Meerseite zu gelangen. Jenseits des schwarzen Sands hörte er die Brandung tosen. Er überlegte, am Strand zurückzugehen, aber durch den Sand zu laufen war anstrengend, und er war auf einmal so müde. Er ging in Richtung California Incline. Kein Bus, kein Taxi fuhr, niemand hielt für ihn. Weil es keinen Fußweg gab, lief er den Großteil der Strecke auf der Straße, dicht an den Häusern entlang, denn im Nebel war er nicht mehr als ein Schemen, der sich bewegte. Den Teufel würde er tun und umziehen oder sich die Mühe machen, eine neue Telefonnummer zu beantragen. Er würde Brub und seine Frau einfach nicht wiedersehen. Er hatte, noch bevor es nötig gewesen war, den Grund bereits genannt. Er schrieb an einem Buch, hatte keine Zeit für Abende wie diese, für Bier und dummes Geschwätz.

Lautlos wie der Nebel ging er immer weiter. Es war schön

gewesen. Der erste schöne Abend seit langer Zeit. Seit sehr langer Zeit. Er versuchte, sich ganz genau zu erinnern. Es war der erste schöne Abend seit damals in England, als Brub und er so enge Freunde gewesen waren.

Mit angespanntem Kiefer fixierte er den Lichtkreis, den ein Stück voraus eine Laterne auf den Asphalt warf. Lautlos ging er darauf zu, sah ihn immer näher kommen. Er ließ keine Gedanken zu, zermalmte alles zwischen den Zähnen. Auf Höhe der Straßenlaterne konnte er endlich die California Incline ausmachen, kaum sichtbar trat sie auf der anderen Straßenseite aus dem Nebel. Er erinnerte sich daran, dass das Haus, in dem die Frau verschwunden war, in unmittelbarer Nähe lag. Er verharrte im Schatten eines Klubhauses. Nur noch der umzäunte, verwaiste Parkplatz lag zwischen ihm und den drei dicht beieinanderstehenden Häusern. Unaufhörlich donnerte die Brandung, er konnte das Salz des Ozeans riechen.

Der Zebrastreifen, auf dem er den Highway überqueren wollte, befand sich auf Höhe der drei Häuser. Er ging weiter, lächelte. Der Parkplatz lag zur Hälfte hinter ihm, als ein Tankwagen das Stoppschild ignorierte und an ihm vorbeidonnerte, gefolgt von einem zweiten, einem dritten. Sie zerrissen die Stille, scheppernd, mit klirrenden Ketten. Spien ihre rußigen Abgase in den Nebel. Er bebte vor Wut. Als er vor den drei Häusern stand, wurde er noch wütender. Unmöglich zu wissen, hinter welchem der drei braunen Tore die junge, in Braun gekleidete Frau verschwunden war. Außerdem befanden sich die Tore des ersten und zweiten Hauses unmittelbar nebeneinander. Jäh überquerte er den Highway und ging die California Incline hinauf. Er war sicher gewesen, dass sie in das mittlere Haus gegangen war. Jetzt war er unschlüssig. Er würde noch einmal auf sie warten müssen.

Erst als er schon ein ganzes Stück die Straße hinaufgegangen war, beruhigte er sich. Er blieb an der Steinbrüstung der Hangstraße stehen, sah hinunter auf eine Grünfläche. Das dichte Gestrüpp lichtete sich hier, ein schmaler Trampelpfad führte den Abhang hinunter. Ein guter nächtlicher Beobachtungsposten. Er lächelte, war wieder guter Dinge.

Er ging weiter. Störte sich nicht daran, als ihn das Scheinwerferlicht eines entgegenkommenden Wagens traf. Keinesfalls würde er umziehen. Er war zufrieden in Terriss' Apartment. Die Vorstellung, dass Brub Nicolai ihn jederzeit aufspüren könnte, falls ihm der Sinn danach stand, war amüsant. Mehr als das. Sie war so erregend wie lange nichts mehr. Der Jäger und der Gejagte Arm in Arm. Die von der Gefahr versüßte Jagd. Auf dem höchsten Punkt der Hangstraße angelangt, warf er einen Blick zurück auf die Häuser, den Sand, das Meer. Die ausgelieferte Welt, verloren im Nebel.

Er ging weiter. Dass er den Weg nach Beverly Hills nicht kannte, war ihm egal. Als er auf den Wilshire Boulevard einbog, näherten sich zu seiner Überraschung die Scheinwerfer eines Busses. Es war die Linie Wilshire–L.A. Er stieg ein und sah auf seine Armbanduhr. Spät war es noch nicht, kurz nach elf. Im Bus saßen nur zwei Männer, Arbeiter in ihrer Arbeitskleidung. Er setzte sich in die erste Reihe, wandte sich ab von der dämmrigen Beleuchtung und sah aus dem Fenster. Es ging über den Wilshire Boulevard nach Santa Monica und weiter nach Westwood, unterwegs stiegen neue Fahrgäste zu. Er sah ihre Spiegelungen im Fensterglas, aber drehte sich nicht um. Keiner von ihnen wäre es wert gewesen.

Als sie Westwood hinter sich ließen und eine dunkle Straße entlangfuhren, die durch ein Waldgebiet führte, auf dem sich ein Golfplatz befand, lichtete sich der Nebel allmählich. In Beverly Hills konnte man wie durch einen grauen Schleier wieder Straßenkreuzungen erkennen. Schaufenster, Menschen. Aber es war so gut wie niemand unterwegs. Alles lag da wie ausgestorben. Dix sah weiter aus dem Fenster.

Er entdeckte sie am Camden Drive. Eine junge, ihm unbekannte Frau, allein an der Haltestelle wartend. Irgendwann würde ein Bus kommen. Aber die Busse kamen nachts nur in großen Abständen. Dix betätigte den Klingelzug, aber für die Haltestelle Camden Drive war es zu spät. Er stieg erst an der nächsten Haltestelle aus, zwei Blocks weiter. Es machte ihm nichts aus. Er wechselte auf die andere Straßenseite und ging mit einem Lächeln auf den Lippen zurück. Er machte große, leise Schritte.

DREI

Schrilles Läuten riss ihn jäh aus dem Schlaf. Ein Läuten wie kreischende Busbremsen, klirrende Ketten eines Tankwagens, das Heulen einer Bombe kurz vor der Detonation. Er bekam die Augen kaum auf. Wie lange mochte das Telefon schon läuten? Als seine Augen endlich offen waren, hörte es auf, und sobald er sie wieder geschlossen hatte, begann das lästige Klingeln erneut. Diesmal ließ er die Augen einfach zu, stieß den Hörer von der Gabel und machte dem Klingeln ein Ende. Er vergrub sich in den Kissen und versuchte, noch einmal einzuschlafen. Er wollte so früh am Morgen nicht sprechen müssen, mit niemandem. Es interessierte ihn auch nicht, wer am anderen Ende der Leitung war. Niemand von Bedeutung. Niemand, der wichtig war, hatte seine Nummer.

Er machte die Augen wieder auf. Er hatte Brub Nicolai ganz vergessen. Gestern Abend hatte er ihm seine Telefonnummer gegeben. Für einen kurzen Moment verspürte er ein Gefühl kalter Angst. Nein, er hatte keine Angst. Dafür war er jetzt hellwach. Er sah auf den Wecker. Nicht so früh wie gedacht. Fünf nach halb zwölf. Er hatte fast acht Stunden geschlafen. Wollte am liebsten noch einmal so lang schlafen. Weiß Gott, das wollte er. Er war unendlich erschöpft ins Bett gefallen. Ein ausgezehrter Körper brauchte länger als acht Stunden, um sich zu erholen. Aber er war zu neugierig, an Schlaf war nicht mehr zu denken. Er schlug die Bettdecke zurück und zog sich seinen Morgenmantel über. Keine Latschen. Er ging barfuß durchs Wohnzimmer, öffnete die Apartmenttür, hob die Morgenzeitung auf. Er schloss die Tür, konnte es kaum erwarten.

Auf der Titelseite war alles wie immer. Der Lauf der Welt, zu Hause und in Übersee. Kriege, Streiks, Propaganda. Auch von der zweiten Seite erwartete er sich nichts. Er sollte recht behalten. Er klemmte sich die Zeitung unter den Arm. Wozu war er eigentlich aufgestanden? Da er nun schon wach war, brauchte er einen Kaffee. Er schlurfte in die Küche. Wie gut Terriss doch ausgestattet war. Dix schaltete die Kaffeemaschine ein, holte die Kaffeesahne aus dem Kühlschrank. Er wohnte in einem Eckapartment. Perfekt geeignet für jemanden, der zurückgezogen bleiben, nichts von sich preisgeben wollte. Die Nachbarn waren diskret. Die meisten, hatte Terriss dummstolz verkündet, arbeiteten beim Film. Auch sie wollten nichts von sich preisgeben.

Während er auf den Kaffee wartete, las er weiter. Drei Tassen später war er fertig mit seiner Lektüre. Ließ die aufgeschlagene Zeitung auf dem Tisch liegen, räumte auch die Tasse nicht weg. Zum Apartment gehörte ein Reinigungsdienst. Er hatte sich angewöhnt, das Apartment zu verlassen, bevor die Putzfrau kam, ein Besen von einem Weib. Sie kam zwischen zwei und drei Uhr am Nachmittag. Er wusste nicht einmal, wie sie hieß. Auf der Straße hätte er sie nicht erkannt.

Er ging wieder ins Schlafzimmer. Es war zu spät, um sich noch einmal hinzulegen. Der Elefant würde bald durch die Wohnung trampeln. Wenn er sich noch einmal hinlegen würde, würde sie sich nicht um das Schlafzimmer kümmern, und ein ungemachtes Bett ging ihm gegen den Strich. Er setzte sich auf die Bettkante. Sein Blick fiel auf den Telefonhörer, er legte ihn zurück auf die Gabel. Er blieb ein paar Minuten sitzen, abwesend, wie blind. Dann ging er ins Bad. Er betrachtete sich im Spiegel. Er sah aus wie immer, übernächtigt, ungekämmt. Sobald er sich geduscht und rasiert hätte, würde es ihm besser gehen. Als er den Rasierer aus dem Etui holte, klingelte das Telefon.

Erst wollte er nicht abnehmen, aber dann erregte das Klingeln doch seine Neugier. Er ließ sich Zeit, setzte sich aufs zerwühlte Bett. Einen kurzen Moment zögerte er, dann griff er nach dem Hörer. »Ja?«

»Dix?«

Eine Frauenstimme. Eine Frauenstimme, die fragend seinen Namen sagte: »Dix?«

Er holte Luft. Es gab nur eine einzige Frau, die seine Nummer hatte, Sylvia Nicolai. Er bemühte sich, wach zu klingen. »Am Apparat! Sind Sie es, Sylvia?« Sie reagierte überrascht.

»Woher wissen Sie das?«

»Ich habe Sie an Ihrer Stimme erkannt«, sagte er amüsiert, und sie nahm es ihm ab.

»Wo sind Sie gewesen? Ich habe den ganzen Morgen über versucht, Sie zu erreichen.«

Er mochte es nicht, Rechenschaft abzulegen. Außerdem interessierte sie sich nicht dafür, wo er gewesen war. Sie wollte nur das Gespräch eröffnen. Aber weil ihm die Art und Weise missfiel, log er sie an: »Ich bin die ganze Zeit hier gewesen und habe gearbeitet. Das Telefon hat kein einziges Mal geklingelt.«

»Die Technik mal wieder«, sagte sie und fuhr in ihrer gelassenen, schönen Stimme fort: »Brub und ich haben uns gefragt, ob Sie heute Abend mit uns essen wollen, im Klub.«

Er war sprachlos. Er wusste nicht, ob er den Abend mit ihnen verbringen wollte oder nicht. Er war müde, zu müde, um eine Entscheidung zu treffen. Es fiel ihm nicht schwer zu lügen, nie. »Dürfte ich Sie zurückrufen, Sylvia? Ich habe heute Abend einen lästigen Geschäftstermin. Falls ich verschieben kann, würde ich liebend gern mit Ihnen und Brub zu Abend essen.« Er konnte durchaus charmant klingen, wenn er wollte, aber sie stieg nicht darauf ein, klang mit einem Mal förmlich, als wäre sie Brubs

Sekretärin und nicht seine Frau, als wäre ihr eine klare Absage lieber gewesen. »Natürlich, rufen Sie zurück. Falls es heute nicht klappt, dann ein anderes Mal.«

Sie verabschiedeten sich und legten auf. Sie wollte nicht mit ihm zu Abend essen. Brub war derjenige, der ihn sehen wollte, und weil sie ihn liebte und ihre Ehe noch jung und großzügig war, hatte sie gesagt: »Wenn es dir wichtig ist, Brub.« Nein, er würde nicht mit ihnen zu Abend essen, sich ihrem Glück aufdrängen. Glück war kostbar in diesen Zeiten. Kostbarer als Gold und Myrrhe. Früher war auch er glücklich gewesen, aber nur für kurze Zeit. Glück war wie Quecksilber, es zerrann einem zwischen den Fingern. Tränen schossen ihm in die Augen, heiße Tränen. Er schüttelte den Kopf, war außer sich. Er wollte nicht mehr daran denken, nie wieder. Es war vorbei, es war unendlich lange her. Wer zum Teufel wollte schon glücklich sein? Erregung, Macht und glühendes Verlangen, darauf kam es an, sie ließen einen vergessen. Glück war harmlos dagegen.

Er stand auf und fuhr sich durch die zerwühlten Haare. Er wollte auf keinen Fall in den piekfeinen Klub der Nicolais. Er würde allein ausgehen. Er, der einsame Wolf. Wenn er allein durch die Stadt streifte, überkam ihn ein Gefühl unbezähmbarer Lust. Glück war etwas anderes. Was er empfand, lag auf der Schattenseite des Glücks, so wie Hass auf der Schattenseite der Liebe lag. Das eine trennte nur wenig vom anderen. Der einsame Wolf musste sich niemandem erklären. Was er den ganzen Morgen über getan hatte? Das ging sie rein gar nichts an. Sie hatte nicht weiter nachgebohrt, aber falls er sich auch in Zukunft mit den Nicolais abgab, würde sie sich nicht mehr so leicht zufriedengeben. Frauen wollten immer alles wissen. Er hasste Frauen. Auch Brub würde in seinem Leben rumschnüffeln, schließlich war er Schnüffler von Beruf.

Der Einsatz war höher mit einem Ermittler in seinem unmittelbaren Umfeld. Dix ging ins Bad, steckte den Rasierapparat ein und fing an, sich zu rasieren. Er hasste das Geräusch, dieses mahlende Surren. Er hätte sich auch nass rasieren können, aber in den Morgenstunden begannen seine Hände manchmal zu zittern, ohne Vorwarnung. Lieber eine Trockenrasur, als auffällige Schnitte an Wange und Kinn zu riskieren. Heute waren seine Hände allerdings vollkommen ruhig.

Er rasierte sich schnell, putzte sich die Zähne und gurgelte mit Mundwasser. Es ging ihm schon etwas besser. Unter der Dusche fühlte er sich wieder blendend. Den Abend mit den Nicolais zu verbringen wäre bestimmt kurzweilig. Vielleicht wollte sie ja doch, dass er kam. Vielleicht war ihre Gleichgültigkeit nur vorgetäuscht gewesen. Er wusste, wie er auf Frauen wirkte. Registrierte, wie sie ihn ansahen. Sylvia hatte er nichts angemerkt, aber Sylvia war klug. Solange Brub dabei war, würde sie sich nichts anmerken lassen. Er wollte sie wiedersehen.

Er trocknete sich ab und musste an sie denken. An ihre langen Glieder, ihre silberhelle Stimme, den Schimmer ihrer Haare. Eine Frau von diesem Kaliber musste er kennenlernen. Brub konnte sich glücklich schätzen. Er ließ das Handtuch auf den Boden fallen. Brub hatte sich schon immer glücklich schätzen können. Er erstarrte, als hätte eine kalte Hand sein Rückgrat berührt.

Ein Lachen platzte aus ihm heraus. Er konnte sich doch auch glücklich schätzen! Mehr noch, er war gerissen, geistreich, apart. Er ging aus dem Bad. Es war jetzt fast zwei Uhr. Er musste sich beeilen, wenn er das Apartment verlassen haben wollte, bevor die hässliche Alte kam, um ihren Besen zu schwingen.

Er zog ein blaues Hemd, blaue Hosen und bequeme Slipper an. Kein Sakko. Die Fenster standen offen. Es war ein schwüler Tag. Im September war es hochsommerlich warm in Kalifornien. Er kramte sein Portemonnaie, seine Schlüssel und ein paar Kleinigkeiten aus den Taschen des Anzugs, den er am Vorabend getragen hatte, und legte ihn zusammen. Dann öffnete er den Kleiderschrank und nahm die anderen Sachen, die zur Reinigung mussten, an sich. Er hatte es geschafft, noch war die Putzfrau nicht da, und er konnte jetzt los. Als er das Apartment verließ, klingelte das Telefon. Er ging nicht zurück.

Die Garage lag einen halben Block entfernt auf der Rückseite von Virginibus Arms, ein weiterer Vorteil von Terriss' Apartment. Keine schlaflosen Nachbarn, die ein Auge darauf hatten, wann man kam und ging. Eine kleine Nebenstraße führte zur Garage, direkt gegenüber war ein unbebautes Grundstück. Er schloss die Garage auf. Einen hübschen Wagen hatte Terriss ihm da überlassen. Etwas Auffälligeres wäre ihm zwar lieber gewesen, ein Cabrio oder ein Brougham, aber ein schwarzes Coupé hatte auch etwas für sich. Schwarze Coupés sahen nachts alle gleich aus. Er fuhr los.

Er lieferte seine Sachen in der Reinigung auf dem Olympic Boulevard ab, bog auf den Beverly Drive und hielt beim Deli. Er hatte Hunger. Er kaufte sich eine Frühausgabe der *News*, aß beim Lesen zwei Sandwiches mit geräuchertem Truthahnschinken und trank ein Bier. Der Laden war beliebt und auch so spät noch recht voll. Es herrschte eine angenehme Atmosphäre. Gedämpftes Stimmengewirr, wie in einem Klub.

Die Zeitungslektüre war nicht der Rede wert. Erst las er die Überschriften, dann die Cartoons, die Klatschspalten, die Kolumnen von Kirby, Weinstock und Pearson. Er ließ sich Zeit mit seinem Bier. Er studierte das Kinoprogramm, ab und an ging er in eine Nachmittagsvorstellung. Aber heute war es zu spät dafür. Er musste Sylvia Nicolai anrufen.

Nachdem er gegessen hatte, kaufte er sich in der Owl Drug Company eine Stange Philip Morris. Es war nach drei Uhr. Die Alte hatte das Apartment inzwischen wieder verlassen, er konnte jetzt zurückgehen, Sylvia anrufen und noch eine Runde schlafen, bevor er die Nicolais in ihrem Klub treffen würde; die Nachmittagshitze und das Bier hatten ihn müde gemacht. Oder er schrieb endlich an Onkel Fergus. Der alte Spinner erwartete jede Woche einen Brief von ihm. Zuletzt hatte er ihm vor zwei Wochen geschrieben. Onkel Fergus würde es fertigbringen, ihm keine Schecks mehr zu schicken, wenn er seinen verfluchten Brief nicht bald bekäme. Er würde ihm schreiben, dass er krank war. Vielleicht konnte er die Summe in die Höhe treiben, vielleicht brauchte er Geld für den Arzt, vielleicht hatte er sich in Übersee etwas zugezogen, das behandelt werden musste. Rücken- oder Nierenprobleme. Nur nichts zu Schwerwiegendes. Onkel Fergus durfte ihn auf keinen Fall zurück an die Ostküste beordern.

Er setzte sich ans Steuer und fuhr ein wenig zu schnell auf die Hauptstraße. Wieso war Onkel Fergus eigentlich so knauserig? Dix war sein einziger lebender Verwandter. Zweihundertfünfzig Dollar im Monat. Lächerlich. Die Sache mit den Behandlungskosten war eine gute Idee. Wieso war er nicht schon früher darauf gekommen? Dreihundert Dollar konnte er bestimmt aus ihm rausschlagen, vielleicht sogar dreihundertfünfzig. Einen vortrefflichen Brief würde er ihm schreiben. Nichts leichter als das. Er kannte Onkel Fergus wie sich selbst. Als er das Apartment betrat, war er geradezu aufgedreht.

Er warf die Zigaretten auf den Diwan, stellte die Reiseschreibmaschine auf den Schreibtisch und legte den Briefbogen ein. Er begann zu tippen, »Lieber Onkel Fergus«, aber dann fiel ihm ein, dass er sich vorgenommen hatte, Sylvia Nicolai anzurufen. Er ging ins Schlafzimmer. Bevor er wählte – Terriss hatte einen Anschluss mit Direktdurchwahl; sein Apartment verfügte über alle Annehmlichkeiten –, zündete er sich eine Zigarette an.

Sylvia ging ans Telefon. Ihr Tonfall war nicht weiter auffällig. Er sagte »Sylvia? Dix am Apparat« – und mit einem Mal hatte sie wieder diese Förmlichkeit an sich. Sie fühlte sich längst von ihm angezogen. Und wehrte sich dagegen. Schon oft hatte er gegen diese Zugeknöpftheit anarbeiten müssen. Neu war bloß, dass es sich um die Frau seines besten Freundes handelte. Ein Umstand, der ihn erregte.

Er sagte: »Wollen Sie mich noch?«

Die Wortwahl entging ihr nicht, sie zögerte, bevor sie mit einer Gegenfrage antwortete: »Wollen Sie damit sagen, dass Sie uns heute Abend Gesellschaft leisten?«

»Wenn die Einladung weiterhin besteht, versteht sich.«

»Aber natürlich.« Sie gab vor, sich zu freuen. »Wenn Sie um sieben Uhr bei uns sind, haben wir noch Zeit für einen Aperitif, bevor wir in den Klub fahren.«

»Dann also um sieben.«

Er war zufrieden, er hatte die richtige Entscheidung getroffen. Er legte sich aufs Bett und rauchte die Zigarette zu Ende. Als das Telefon klingelte, lag er noch immer dort. Er war verwundert, umso mehr, als er hörte, dass Sylvia noch einmal am Apparat war. Sie klang jetzt zugewandter. »Dix? Ich habe vergessen, Ihnen zu sagen, dass wir im Klub zwanglose Abendgarderobe tragen. Machen Sie sich also bitte keine Umstände.«

»Umso besser«, sagte er. »Mein Smoking spannt. Muss geschrumpft sein, während ich beim Air Corps war.«

»Bei Brub ist es das Gleiche. Die Gentlemen wurden offenbar zu gut verköstigt«, sagte sie und lachte.

Die beiden plauderten ein wenig und legten dann auf. Er wollte nicht an die verfluchte Schreibmaschine zurück. Er fühlte sich wohl auf dem Bett. Er war zwar nicht müde, aber ein bisschen Ruhe konnte nicht schaden. In Wahrheit suchte er nur einen Grund, dem alten Geizkragen nicht schreiben zu müssen, wie so oft in den letzten zwei Wochen. Er raffte sich auf und setzte sich an die Schreibmaschine. Heute war er dann doch motiviert genug. Er brauchte Geld für den Arzt.

Am Schreibtisch flogen ihm die Ideen nur so zu. Er schrieb einen vortrefflichen Brief. Alles daran war gelungen. Dabei bat er nicht einmal direkt um Geld. Seine Rückenprobleme, schrieb er, würden sich bestimmt auch ohne die vom Arzt empfohlenen Behandlungen wieder geben. Und so weiter und so fort. Bevor er den Brief in einen Umschlag steckte, las er noch zweimal gegen. Er beschloss, ihn sofort abzuschicken. Es war kurz nach fünf. Er wollte den Umschlag zukleben, holte den Brief dann aber doch noch einmal hervor und las ihn ein letztes Mal. Er war gut so, wie er war. Er verschloss den Umschlag, frankierte ihn mit einer Luftpostmarke und verließ das Apartment.

Er hatte es so eilig, dass er die junge Frau nicht gleich sah. Er stieß beinah mit ihr zusammen, in dem Bogendurchgang, durch den man von der Straße aus auf den Patio gelangte. Er war fassungslos, dass er sie übersehen hatte, dass er so unaufmerksam gewesen war. Er trat einen Schritt zurück. »Ich bitte vielmals um Verzeihung.« Es war ihm ernst. Er war so fassungslos, dass er für diesen gravierenden Fehler aufrichtig um Verzeihung bitten wollte.

Sie rührte sich nicht vom Fleck, verstellte ihm den Weg und musterte ihn von oben bis unten. Mit dem Blick eines Mannes, der eine Frau musterte, nicht umgekehrt. Sie hatte schmale geschwungene Augen, lange goldbraune Wimpern und rotgolden flammendes, schulterlanges Haar. Ihr Teint schimmerte bernsteinfarben. Sie hatte sehr viel Lippenstift aufgelegt. Ihr Mund war glutrot, aufreizend, geschminkt, um gesehen zu werden. Ihre Garderobe war schlicht. Sie trug ein gut sitzendes, streng wirkendes Kostüm, das jedoch ihre Brüste betonte, die geschwungenen Hüften. Sie war nicht eigentlich schön, ihr Gesicht war zu schmal, um schön zu sein, aber sie war umwerfend. Wie ein Trottel stand er vor ihr und starrte sie an.

Nachdem sie ihn in Augenschein genommen hatte, lächelte sie unverschämt. Als wäre er tatsächlich nur ein Trottel und nicht Dix Steele. »Bitte schön«, sagte sie und betrat den Innenhof.

Er stand wie angewurzelt da. Sah ihr nach und bekam den Mund nicht mehr zu. Sie ging wie ein Mannequin, wackelte mit ihrem kleinen Hintern. Was für Beine. Sie wusste, dass er ihr nachsah, und es machte ihr nichts aus. Sie legte es darauf an. Sie ging an dem kleinen Pool vorbei, der himmelblau inmitten des Patios lag. Dann ging sie die Treppe hinauf, die in den Laubengang der ersten Etage führte.

Er wandte sich ab und ging los. Auf keinen Fall sollte sie ihn vom Laubengang aus noch immer dort unten stehen sehen. Er würde schon noch herausfinden, wer sie war, eine Nachbarin oder ein Gast. Er hatte den Wagen am Straßenrand geparkt, ein kleines Stück weiter. Eigentlich hatte er sich vorgenommen, zur Post zu fahren, um den Brief am Schalter aufzugeben, entschied sich aber dagegen. Er ging schnell über die Straße, warf den Umschlag in den Briefkasten und kehrte im Laufschritt um. Zu spät. Sie war nirgends mehr zu sehen.

Er betrat die Wohnung und verfluchte sein Pech. Wenn er ihr doch bloß jetzt erst begegnet wäre, dann hätte er so tun können, als würde er seinen Schlüssel nicht finden, dann hätte er vielleicht gesehen, in welche Wohnung sie gegangen war. Er knallte die Tür hinter sich zu. Es war viele Jahre her, dass ihn eine Frau derart aus dem Konzept gebracht hatte. Die Rothaarige gehörte ihm. Eigentlich wollte er nichts trinken, aber er schenkte sich in der Küche einen doppelten Whiskey ein und leerte das Glas in einem Zug. Das beruhigte ihn zwar, aber als er wieder ins Wohnzimmer kam, wollte er am liebsten einen Blick auf den Patio und den Laubengang werfen.

Mit einem leisen dumpfen Geräusch landete die Zeitung vor seiner Tür. Jetzt hatte er einen Vorwand. Er war flink, flink wie ein Kater. Sobald er die Zeitung aufgehoben und einen Blick auf die Titelseite geworfen hatte, war sein Vorhaben vergessen. Er hatte nur noch die Überschrift vor Augen: »Würger schlägt wieder zu«.

II

EINS Um Viertel nach sieben parkte Dix vor dem Haus der Nicolais. Heute war es nicht neblig im Canyon, nur etwas diesig, ein Schleier aus Gaze vor der Windschutzscheibe. Die Steinstufen waren gut zu erkennen, auch die neben der Treppe wachsenden Geranien. Golden leuchteten die Fenster in der Dunkelheit. Das Terrassenlicht brannte und hieß ihn willkommen.

Gut, dass er hier war, es war tatsächlich die richtige Entscheidung gewesen. Seine Garderobe hatte er mit Bedacht gewählt: wohlhabender Ostküstenfreund der Nicolais mit dem richtigen familiären Hintergrund. Grauer Flanellanzug, teure, braun-weiß-blau gemusterte Krawatte, weißes Hemd, blitzblanke braune Schuhe einer englischen Marke. Bevor er die Stufen hinaufging, richtete er seine Krawatte. Er klingelte, und sofort öffnete sich die Tür.

Sylvia stand vor ihm. Sie trug einen hellblauen Mantel und eine weiße Etuitasche unterm Arm. »Hallo, Dix«, sagte sie, »ich bin sofort bei Ihnen.«

Sie bat ihn nicht herein. Zwischen ihnen war das Insektengitter, das sie nicht geöffnet hatte. Sie ließ ihn auf der beleuchteten Terrasse warten, ging zurück in den Flur und machte das Licht aus. Als sie auf die Terrasse trat, brannte in Flur und Wohnzimmer noch immer dämmriges Licht.

»Wir treffen uns im Klub«, sagte sie mit glockenheller Stimme und ging die Stufen hinunter. »Brub hat angerufen. Er würde den Aperitif gern im Klub nehmen. Er schafft es nicht mehr nach Hause.«

Er ging ihr nach. Er musste lauter sprechen, damit sie ihn verstehen konnte, so weit war sie ihm bereits voraus. Sie war die Stufen gewöhnt, er dagegen musste bei jedem Schritt aufpassen. »Ist Brub schwer beschäftigt?«

»Ja«, sagte sie und ging nicht weiter ins Detail. »Sollen wir Ihren oder meinen Wagen nehmen? Es ist nicht weit.«

Sie sprach nicht besonders schnell, aber ihre Worte hatten etwas Atemloses an sich, als wolle sie jegliches Schweigen vermeiden, als sei sie sich seiner Gegenwart zu bewusst. Sie stand neben seinem Wagen, groß und kühl und reizvoll, aber nicht wie am Abend zuvor.

Er schenkte ihr ein unschuldiges Lächeln. »Warum nehmen wir nicht meinen Wagen? Sie weisen mir den Weg.«

»Einverstanden«, sagte sie.

Er war ihr beim Einsteigen behilflich, ging um den Wagen herum und setzte sich ans Steuer. Sie kurbelte das Fenster herunter und legte ihren Arm in die Öffnung. Die ganze Zeit blieb sie dort, beinahe an die Tür gedrängt, und wies ihm den Weg. »Fahren Sie einfach zum Küstenhighway, und biegen Sie dort links ab.«

Die Fahrt dauerte keine fünf Minuten, nicht lang genug, um sich besser kennenzulernen. Sie erwähnte Freunde aus dem Klub, nannte Namen, die ihm nichts sagten. Kein einziger Moment des Schweigens auf der kurzen Fahrt. Sie bat ihn, durch eine Zufahrt, die von zwei Säulen gerahmt war, auf den Parkplatz des Klubs zu fahren. Sie wartete nicht darauf, dass er ihr die Tür öffnete, sondern stieg einfach aus.

Sehr groß war der Klub nicht. Die meisten Gäste waren eher jung, wie in einem Offiziersklub. Die Paare, die im Foyer und in der Lounge standen, sahen genauso aus, wie er sich den Bekanntenkreis der Nicolais vorstellte. Junge Leute, anständig und gut aussehend, wie es sie überall im Land gab. Mittelmaß. Aber heute Abend langweilten ihn diese Leute nicht. Heute Abend tat ihm ihre Harmlosigkeit gut.

»Ich gebe meinen Mantel ab«, sagte Sylvia. Sie schenkte ihm ein freundliches, offenes Lächeln. »Ich bin gleich zurück.« Das war sie auch. Sie sah hinreißend aus. In ihrem schlichten, teuren Kleid. Als er an ihrer Seite die Lounge betrat, überkam ihn ein Gefühl des Stolzes.

»Brub scheint noch nicht hier zu sein, es sei denn, er sitzt schon an der Bar.« Sie schritten durch den Raum, Sylvia nickte einer Reihe von Paaren zu. Aber Brub war auch nicht an der maritimen Bar. »Lassen Sie mich für Brub einspringen und Ihnen einen Drink ausgeben, Dix.«

»Ich weiß das Angebot zu schätzen, aber die Drinks gehen auf mich.«

Sie steuerte einen freien Tisch an. »Das wird nicht möglich sein, nicht hier im Klub, Brub lädt ein.«

Sie stellte Dix allen vor, die zu ihnen an den Tisch kamen. Die Frage war stets dieselbe: »Wo ist Brub?« Niemand kam auf die Idee, sie könnte an Dix interessiert sein. »Er kommt bald«, sagt sie immer und immer wieder. Und auch die Worte, mit denen sie Dix vorstellte, blieben unverändert: »Dix Steele, Brubs bester Freund. Die beiden kennen sich aus England.« Nur ein einziges Mal zeigte sie sich ein wenig besorgt und fragte leise: »Wo bleibt er nur so lange?«

Um acht Uhr hatten fast alle Gäste die Bar verlassen, bis auf jene, die sich betrinken wollten. Sie wirkte inzwischen sehr beunruhigt. »Gehen wir schon in den Speisesaal. Brub muss jeden Moment kommen.«

Er ließ das banale Geschwätz. »Sie müssen ihn nicht entschuldigen, Sylvia. Ich kann gut ohne ihn. Außerdem genieße ich Ihre Gegenwart nicht weniger als seine.«

Sie lachte und sagte mit schmollendem Unterton: »Aber *ich* kann nicht ohne ihn! Wir haben uns heute Morgen das letzte Mal gesehen.«

»Noch in den Flitterwochen, was?«, sagte er.

»Sehr.«

Das Eis war endlich gebrochen. Nur ein kleiner Knacks, aber der Anfang war gemacht.

Erst nachdem sie sich umgesetzt hatten, fragte Dix: »Arbeitet Brub gerade an einem wichtigen Fall?«

Sie sah ihn an. Angst in den Augen. Wandte sich wieder ab. »Gut möglich. Aber er hat nichts weiter gesagt. Nur, dass er sich verspäten wird.«

Sie hatte die Abendzeitung nicht gelesen. Er hätte sie ins Bild setzen können, sah aber davon ab. Sollte Brub es ihr doch sagen. Was sie fürchten musste.

In diesem Moment kam er auf sie zu. Er sah erschöpft aus, erwiderte lächelnd den ein oder anderen Gruß, aber es war ein müdes Lächeln, das so schnell wieder verschwand, wie es auf seinen Lippen erschienen war.

Sylvia bemerkte ihn kurz nach Dix. Ihre Gesichtszüge erstarrten vor Anspannung. Bis er bei ihnen war, sprachen sie kein Wort mehr. Er küsste sie zur Begrüßung. »Entschuldige die Verspätung, Darling.« Kein Lächeln. Er musste seiner Frau und seinem besten Freund nichts vormachen. Er gab Dix die Hand. »Schön, dass du kommen konntest«, sagte er und setzte sich, erschöpft bis auf die Knochen. Sein Anzug war knittrig, der Tag hatte seine Spuren hinterlassen. Seine Haare waren durcheinander. »Ich hatte keine Zeit mehr, mich umzuziehen.« Er lächelte Sylvia zu. »Stell dir einfach vor, ich wäre dein Chauffeur.«

Ein junger schwarzer Kellner, der im Vergleich zu den strandgebräunten Gästen beinah blass wirkte, stand unaufdringlich bereit.

»Guten Abend, Malcolm«, sagte Brub. »Könnte ich wohl einen doppelten Scotch bekommen, bevor wir essen? Ich bin gerade von der Arbeit gekommen und könnte einen gebrauchen.«

»Natürlich, Mr. Nicolai«, sagte Malcolm mit einem Lächeln und wandte sich zum Gehen. Sylvia nahm Brubs Hand. »Hattest du einen anstrengenden Tag, Darling?« Sie schaffte es nicht, den beiläufigen Ton aufrechtzuerhalten. Der Zug um Brubs Mund ließ es ängstlich aus ihr hervorbrechen: »Es ist doch nicht etwa schon wieder ...?«

Er war angespannt, blieb aber betont sachlich. »Doch, schon wieder.«

»Wie schrecklich, Brub!«, hauchte sie.

Er steckte sich eine Zigarette an. Die Flamme flackerte auf. Dix beobachtete die beiden, aufmerksam, neugierig. Als keiner von beiden etwas sagte, verlieh er seiner Neugier Ausdruck: »Worum geht's?«

»Schon wieder ein Mord ... an einer Frau ... auf dieselbe Art und Weise.«

Sylvia ballte ihre Hände zu Fäusten.

Malcolm servierte den Scotch.

»Danke«, sagte Brub und dann, an Dix gerichtet: »Tut mir leid, Kumpel, wolltest du auch?«

»Das Gleiche, bitte«, sagte Dix. Er bestellte allerdings nicht für sich selbst, sondern für Brub, der eine kleine Aufmunterung gebrauchen konnte. Dann widmete sich Dix seinem Krabbencocktail. »Leitest du den Fall?«

»Ich arbeite an dem Fall, so wie der Rest der Abteilung auch«, sagte Brub. Er trank einen Schluck, verzog das Gesicht. »Aber ich leite nicht die Ermittlungen, Dix. Anfänger wie ich leiten keine wichtigen Ermittlungen.« Er sah zu Sylvia. »Der Commissioner hat die ganze Abteilung zusammengetrommelt. Wir haben uns mehrere Stunden beraten. Seit ich dich am späten Nachmittag angerufen habe. Sogar der Bürgermeister war da.« Er presste die Lippen aufeinander. »Wir müssen der Sache ein Ende machen.«

»Ja«, sagte Sylvia. Sie sah ihn angsterfüllt an, wirkte fahl, ihrer Sonnenbräune zum Trotz. Als hätte sie Angst um sich selbst, als wäre das Grauen in greifbare Nähe gerückt.

»Kennt man das Opfer?«, fragte Dix. Malcolm brachte den Scotch. »Danke, Malcolm.«

»Nein«, sagte Brub. Sein Glas war halb leer. »Keines der bisherigen Opfer war eine bekannte Persönlichkeit. Aber entschuldige, Dix. Woher solltest du das alles wissen. Als es anfing, bist du erst seit Kurzem in der Stadt gewesen.« Brub sprach jetzt völlig gelassen über die Morde. Es schien ihn zu entspannen, wie ein Drink. »Der erste Mord wurde vor sechs Monaten begangen. Im März, um genau zu sein.«

»Am sechzehnten März«, sagte Sylvia, »am Abend vor dem St.-Patricks-Fest.«

»Wir wussten nicht, dass das erst der Anfang war. Ein junges Ding aus dem Rotlichtmilieu. Bestimmt kein schlechter Mensch, Lebenswandel hin oder her. Hat in einer Nachtbar in Skid Row getanzt. Wir haben sie in einer Nebenstraße gefunden, erdrosselt.« Er leerte sein Glas. »Keine Anhaltspunkte. Nichts. Wir sind von einem Täter aus dem Milieu ausgegangen, aber es gab keine konkreten Hinweise. Normalerweise bekommt man in Skid Row den ein oder anderen Tipp. Der zweite Mord wurde im April begangen.« Er griff nach dem leeren Glas.

Dix schob ihm den Scotch hin. »Hier, trink. Die Krabben sind zu gut, um ertränkt zu werden. Haben Sie Ihre schon probiert, Sylvia?«

»Iss ruhig schon, Darling.«

Sylvia nahm die Gabel, fing aber nicht an zu essen. Sie hielt sie nur in der Hand und starrte Brub an.

Er trank einen Schluck, bevor er weitererzählte. »Im April also. Fundort: Westlake Park. Eine ganz normale junge Frau, ohne Vorgeschichte. Attraktiv. Ist zuvor mit ein paar Freundinnen im Kino gewesen. Sie hat unweit vom Wilshire Boulevard gewohnt, ein paar Blocks vom Park entfernt. Und wieder: keinerlei Anhaltspunkte. Dieselbe Tötungsart.« Er war wütend, fixierte Dix mit seinem Blick. »Sie hätte nicht sterben müssen.

Keine dieser Frauen hätte sterben müssen.« Er griff wieder nach dem Glas.

»Es gab noch mehr Opfer?«

»Seit gestern insgesamt sechs«, sagte Brub niedergeschlagen. »Seit März ist jeden Monat ein weiteres Opfer dazugekommen.«

»Mit einer Ausnahme«, sagte Sylvia. »August.«

»Keine Verdächtigen, keine möglichen Motive, keine Verbindungen zwischen den Opfern – und immer eine andere Gegend.«

»Und gestern?«, flüsterte Sylvia, so als würde sie die Frage ängstigen.

»Wieder eine andere Gegend. Beverly Glen Canyon. Da, wo die Stadt allmählich aufhört. Sie wurde am späten Vormittag gefunden. Am Straßenrand, im Gebüsch.« Er war wieder aufgebracht. »Wir suchen nach der Nadel im Heuhaufen. Los Angeles ist zu groß, zu weitläufig. Man kann nicht jede Nacht auf allen Straßen durchgehend Streife fahren. Der Kerl hat kaum etwas zu befürchten. Dix, irgendein Wahnsinniger ist da draußen unterwegs, der so aussieht wie du und ich, noch unauffälliger vermutlich.«

»Ihr findet ihn bestimmt«, sagte Sylvia und versuchte, überzeugt zu klingen.

»Wir finden ihn.« Brub war zuversichtlich. »Aber wie viele Frauen müssen vorher noch sterben?« Er legte den Kopf in den Nacken und stürzte den Scotch herunter.

»Du solltest etwas essen, Darling«, sagte Sylvia und gab auch sich selbst einen Ruck.

»Du hast recht.« Eine Krabbe nach der anderen spießte er auf, verschlang sein Essen ohne jeden Genuss. »Nehmen wir das letzte Opfer. Eine ganz normale junge Frau, wie die anderen Opfer auch, mit Ausnahme des ersten vielleicht. Sie hat in Downtown als Stenografin gearbeitet und in Hollywood gewohnt. Gestern Abend hat sie mit drei Freundinnen Bridge gespielt. South Camden Drive, Beverly Hills. Die vier spielen einmal pro Woche und wechseln sich als Gastgeberinnen ab. Aber sie spielen nie bis tief in die Nacht, um sicher nach Hause zu kommen. Gegen elf Uhr war Schluss. Die drei Frauen sind zusammen zum Wilshire Boulevard gegangen. Die beiden Freundinnen des Opfers mussten nach Downtown und haben den Bus Richtung Wilshire genommen. Das Opfer – sie hieß Mildred Atkinson – wollte den Bus Richtung Hollywoodland nehmen. Der Bus ihrer Freundinnen kam zuerst. Sie hat ihnen nachgewinkt und wurde danach nicht mehr gesehen.«

Sylvia hatte aufgehört zu essen. »Entsetzlich«, sagte sie.

»Ja«, sagte Brub. »Noch haben wir keine Ahnung, was es mit dem Muster auf sich hat. Aber wir müssen wissen, was dahintersteckt.«

Dix runzelte die Stirn. »Gibt es denn keine Anhaltspunkte?«

»Nein«, sagte Brub. »Keine Anhaltspunkte, wie immer. Keine Fingerabdrücke, keine Fußspuren. Mensch, Dix! Ein Fingerabdruck, das wäre mal was!«

Er beruhigte sich wieder. »Wir haben inzwischen alle Sexualstraftäter überprüft, die uns bekannt sind.«

»Es handelt es sich also um ein Sexualdelikt?«, fragte Dix.

Brub nickte. »Ja, so ist es.«

Sylvia fröstelte.

»Aber wir wissen, dass er ein Auto hat«, sagte Brub.

Malcolm brachte die Fischsuppe.

»Woher?«, fragte Dix.

»Der letzte Fundort ist ohne Auto nicht erreichbar.«

Dix' Miene verdüsterte sich. »Was ist mit dem Reifenprofil?«

»Wir können nicht jeden Wagen in L.A. überprüfen«, sagte Brub. »Wir können auch nicht jedes Paar Schuhe überprüfen, wenn wir Fußspuren finden.«

»Verstehe«, sagte Dix. »Übrigens ist die Suppe vortrefflich.« Sie hatten ganz bestimmt einen Abdruck. Falls es möglich war, von Reifenspuren auf Asphalt einen Gipsabdruck zu nehmen.

»So vortrefflich wie der Koch hier«, sagte Sylvia. Ihr war der Appetit vergangen. Sie hatte die Suppe kaum angerührt, als Malcolm die gebratenen Abalonen servierte.

Dix ließ es sich schmecken. »Ihr sucht also einen Mann, der ein Auto hat.«

»Ja. Und es gibt einen Zeugen.«

Dix machte große Augen, erstarrte, mit der Gabel auf halbem Wege zwischen Teller und Mund. »Das heißt, es gibt eine Personenbeschreibung?«

Brub seufzte. »Das vierte Opfer wurde gesehen, als es in Begleitung eines Mannes aus dem Kino kam. Aber von wegen Personenbeschreibung.« Er machte eine wegwerfende Handbewegung. »Der Zeuge, ein Schneider, ist auch im Kino gewesen und hat in der Nähe auf seine Straßenbahn gewartet. Er konnte uns nur sagen, dass der Kerl eher jung, ziemlich groß und nicht weiter auffällig war. Keine zwei Köpfe, keine Säbelzähne – nichts Ungewöhnliches also.«

Dix lächelte. »Könnte er vielleicht zwei völlig andere Leute gesehen haben?«

»Nein, ausgeschlossen, aber er war so beeindruckt von ihrem roten Kostüm, dass er nicht weiter auf den Mann geachtet hat.«

»Und sonst hat ihn niemand gesehen?«

»Falls ihn jemand gesehen hat, hat er oder sie ein Schweigegelübde abgelegt. Eigentlich würde man davon ausgehen –«

Sylvia unterbrach ihn. »Lass uns doch das Thema wechseln, Brub. Ich bitte dich. Wir haben Dix zum Essen eingeladen und nicht zu einer Fallanalyse.«

»Einverstanden, Liebling.« Er streichelte ihre Hand. »Entschuldige, Dix. Noch ein Drink? Malcolm!«

Dix lächelte. »Ich bin dabei.« Er verbarg seinen Ärger. Weiber, typisch. Mischten sich ein und zwangen einem ihren Willen auf.

»Wer ist denn alles da?« Brub sah sich um, grüßte die Gäste am Nachbartisch. »Guten Abend!«

Dix steckte sich eine Zigarette an und sah sich um. Kultivierte, wohlhabende, kerngesunde Leute. Wie du und ich. Aber was in den Köpfen dieser schlicht und kostspielig gekleideten, sonnengebräunten Menschen vor sich ging, konnte er nicht wissen. Man konnte nie wissen, was jemand dachte. Gedanken konnten verheimlicht, mussten nicht preisgegeben werden. Niemand, der an diesem Abend mit Brub ein paar nette Belanglosigkeiten austauschte, hätte geahnt, wie sehr die Morde an ihm zehrten. Niemand, der sah, wie Sylvia ihren Lippenstift auffrischte und über den Rand ihres verblichenen hölzernen Taschenspiegels hinweg lächelte, hätte geahnt, dass ihre Nerven bloßlagen vor Angst. Selbst er, der in der freundschaftlichen Vertrautheit dieses Abends spürte, dass ihr die Angst im Nacken saß, wusste nicht, ob sie um Brubs Sicherheit fürchtete oder ob die Urangst davor, qualvoll zu sterben, von ihr Besitz ergriffen hatte.

Sie zog den Lippenstift nach, zündete sich eine Zigarette an, allmählich kehrte die Farbe in ihr Gesicht zurück. Er hätte dem ein Ende machen können, einfach so. Ein Wort nur, eine weitere Frage zum Thema hätte genügt. Er hätte dafür sorgen können, dass ihr das Herz stockte. Mit einer kleinen Bemerkung. Er lächelte, sein Blick schweifte wieder durch den Raum, die Versuchung war groß.

In genau diesem Moment fiel sie ihm auf, die junge Frau in Braun. Er war fassungslos. Was hatte sie hier zu suchen? Sie gehörte nach draußen, in die Dunkelheit. Allerdings war sie heute Abend nicht die Frau in Braun, trotz ihres gesunden Strandteints. Sie trug ein weißes, im Rücken tief ausgeschnittenes Abendkleid und weiße Sandalen. Sie lachte. Ihr Haar war gelockt. Sie saß am Tisch direkt gegenüber, auf der anderen Seite des Gangs. Sie hätte ihm längst aufgefallen sein müssen. Sie war ihm schon aufgefallen, merkte er jetzt, ihr gebräunter Rücken jedenfalls, das weiße Piqué-Kleid. Sie hatte sich etwas anders hingesetzt, wie Brub, sodass sie den Raum überblickte.

Er nahm einen tiefen Zug von seiner Zigarette, bevor er möglichst beiläufig fragte: »Wer ist das?«

Brub drehte sich um. »Wen meinst du?«

Sylvia folgte Dix' Geste.

»Da drüben, im weißen Kleid.«

»Ah, die meinst du«, sagte Brub. »Kommt mir bekannt vor. Wer ist das, Sylvia?«

Sylvia konnte sie zuordnen. »Betsy Banning. Du weißt doch, Brub. Die Bannings haben das Haus der Henrys gekauft, nicht weit von hier.« Zu Dix sagte sie: »Wir sind uns nur einmal begegnet, ich kenne sie kaum.« Sie lächelte. »Aber ich kann sie Ihnen vorstellen!«

Dix lachte. »Bitte keine Verkupplungsversuche. Ich bin wunschlos glücklich. Sie kam mir nur bekannt vor, das ist alles. Ist sie beim Film?«

»Nein«, sagte Sylvia, »soviel ich weiß, studiert sie.« Sie lächelte. »Und sie müsste auch nicht arbeiten. Die Bannings fördern Öl. In Texas. Sie schwimmen im Geld. Der mit der Glatze heißt Otis Banning und ist ihr Vater. Angeblich bewahrt er in einer kleinen schwarzen Kassette ganze sieben Millionen Dollar auf, was natürlich maßlos übertrieben sein dürfte.«

»Sylvia ist die wahre Ermittlerin von uns beiden. Sie weiß alles über alle.«

»Otis und ich haben denselben Zahnarzt, Darling.«

Brub sah wieder zu Betsy Banning. »Ein reizendes Ding.«

»Du bist verheiratet«, erinnerte ihn Dix.

»Mit mir«, fügte Sylvia nonchalant hinzu. »Ich bin vielleicht kein reizendes Ding, aber es lässt sich gut aushalten mit mir.«

Sie warfen sich einen verliebten Blick zu. Dann sah Brub wieder zu Betsy Banning. »Aber ja, du hast recht, mir kommt sie auch bekannt vor.« Er nahm Witterung auf, wie ein Spürhund, kniff die Augen zusammen, legte die Stirn in Falten, reckte die Nase.

»Ist schon gut, Brub«, sagte Dix und lachte.

Brub drehte sich blitzschnell um. Seine Augen leuchteten. »Ich hab's! Weißt du, wie sie aussieht? Wie Brucie!«

Der Name war in der Welt, noch bevor Dix etwas hätte tun können. Er hatte gewusst, was kommen würde, just in dem Moment, als Brub sich erinnerte, noch bevor der Name ausgesprochen war. Dann verschwamm Dix alles vor Augen, ein einziges rotes Durcheinander, ein grässliches Tosen in den Ohren. Er krallte sich an der Tischkante fest, seine Knöchel wurden ganz weiß, aber er bemerkte nichts davon, zermalmte die Zigarette in seiner Hand. Dann war es vorbei, er fing sich wieder. Er ließ die Zigarette auf den Boden fallen und konnte wieder sprechen.

»Und wer ist Brucie, Darling?«, wollte Sylvia wissen.

»Wir haben sie in England kennengelernt. Sie war beim Roten Kreuz, als wir in der Nähe von Dover stationiert gewesen sind. Eine Schottin, die Bruce mit Nachnamen hieß, deswegen Brucie. Sie war goldig.«

Brub hatte nichts mitbekommen. Aber bei Sylvia war er nicht sicher. Wie hätte er wissen können, was hinter dieser zugewandten, humorvollen Fassade vor sich ging? Da war etwas, in ihren Augen, in der Art, wie sie ihn ansah, ein Blick im Blick. Vielleicht hatte sie doch etwas bemerkt.

»Das war sie wirklich«, sagte Dix. Seine Stimme klang kein bisschen belegt, er hörte sich so unbefangen an wie Sylvia.

»Ich frage mich, wie es ihr geht. Sie war reizend. Du hast dich an sie rangepirscht, oder?«, fragte Brub.

Dix lachte unverdächtig. »Hat sie dir nicht auch ganz gut gefallen?«

»Brub!« Sylvia machte große Augen, täuschte die Entrüstung aber nur vor. Sie war zu gelassen und selbstsicher, um vor den Kopf gestoßen zu sein.

»Und wie! Sie dürfte allen Männern in der Kompanie ganz gut gefallen haben. Aber keine Sorge, Darling. Mit einem Lady-killer wie Dix Steele als Konkurrent hatte keiner von uns eine Chance.«

Dix zündete sich hochkonzentriert eine Zigarette an. Sylvia hatte ihn im Auge. Der Blick im Blick.

»Hast du mal etwas von ihr gehört, Dix?«

Er schüttelte den Kopf. Er war überrascht, wie einfach es ihm fiel, über Brucie zu sprechen. »Nein, nichts.«

»Aus den Augen, aus dem Sinn. So ist er, der große Steele. Verlieb dich bloß nicht in so einen, Sylvia.« Brub widmete sich seinem Eis, das er noch nicht angerührt hatte.

»Gewiss nicht, Darling«, sagte Sylvia leise. Sie sah Dix zwar nicht an, aber er hatte das Gefühl, dass sie ihn trotzdem sehen konnte, dass sie in ihn drang, kraft ihrer Gedanken.

»Mit einer Frau wie Sylvia an meiner Seite hätte mich keine andere interessiert. Ich hätte auch nicht auf jeden hübschen Hintern geschielt, der zur Truppenunterhaltung eingeflogen wurde.«

Sylvia nickte ernst. »Nur zu, Dix, erzählen Sie weiter.«

Er ließ den Faden nicht abreißen, war aber abwesend. Er dachte an Brucie, ein Schmerz wie eine alte, wieder aufgerissene Wunde. Seine Miene verbarg, was in ihm vorging. Seine Worte übertönten den Schmerzensschrei in seinem Inneren. »Erinnerst du dich an die rothaarige Schlangenfrau?«, fragte er. Und dachte an die Rothaarige, der er vor ein paar Stunden am Eingang zum Patio in die Arme gelaufen war. Nur mit einer solchen Frau hätte er vielleicht vergessen können. Alles andere brachte ihm nur vorübergehend Erleichterung. Er bemerkte, dass sich die Frau in Braun und ihr jugendlicher Begleiter vom Tisch erhoben. Wie Brucie, tatsächlich. Nicht das Gesicht, aber der Tanz ihrer Schultern, ihr Lachen. Vielleicht würde er vergessen können, wenn er sieben Millionen Dollar ehelichte. Schnelle Autos, schnelle Jachten, ein ordentliches Flugzeug, aufzusteigen in die unermessliche Unendlichkeit des Himmels. Brub und Sylvia waren glücklich. Also gab es sie doch – glückliche Ehen.

Die Musik fiel ihm erst auf, als die Frau in Braun und ihr Begleiter zu tanzen anfingen. Er hätte Sylvia zum Tanzen auffordern können. Aber er wollte nicht. Er wollte raus hier, nach Hause. Aber er konnte nicht den zweiten Abend in Folge unvermittelt gehen. Andererseits würden auch die Nicolais nicht mehr lange bleiben wollen, da war er sich sicher. Jetzt, da sie sich unbeobachtet wähnten, sahen sie wieder niedergeschlagen aus. Er wollte die Sache beschleunigen und sagte: »Siehst müde aus, Brub.«

Brub nickte. »Das bin ich auch, aber ich muss heute noch mal an die Arbeit.«

»Brub!«, protestierte Sylvia.

»Ich hätte gar nicht erst kommen sollen.«

»Aber das geht doch nicht, Darling, so entkräftet wie du bist. Bis nach Downtown dauert es eine ganze Stunde und –«

»Ich muss nicht ins Hauptquartier«, fiel er ihr ins Wort. »Nur nach Beverly Hills. Keine fünfzehn Minuten also. Wicso leistest du Dix nicht einfach noch –«

Sylvia schüttelte den Kopf.

»Ich muss auch wieder an die Arbeit«, sagte Dix. »Keine falsche Höflichkeit bitte.«

»Ich kann nicht mehr bleiben«, sagte sie. »Das verstehen Sie bestimmt.«

Er lächelte verständnisvoll. »Natürlich.«

»Muss ein lausiger Abend für dich gewesen sein«, entschuldigte sich Brub. »Wird wiedergutgemacht, versprochen.«

Sie standen auf und gingen zügig in die Lounge, als ließe sich, jetzt, da es ausgesprochen war, die verlorene Zeit wettmachen. »Ich hole meinen Mantel«, sagte Sylvia. Sie hielt kurz inne und fragte: »Du musst wirklich zurück an die Arbeit, Brub?«

»Wird nicht lange dauern, Darling.«

Sie erwiderte nichts und ging zur Garderobe. Brub sah ihr gedankenverloren nach.

»Wovor hat sie solche Angst?«, fragte Dix.

Brub erschrak, zuckte zusammen. Aber die Frage hatte er verstanden und ließ sie sich durch den Kopf gehen. »Das dürfte meine Schuld sein. Seit das Ganze angefangen hat, habe ich Angst um sie. Sie wohnt im Canyon, seit sie denken kann. Sie ist dort ständig unterwegs, ganz unbeschwert. Aber nachts, wenn Nebel aufzieht, ist es der perfekte Ort für *ihn*.« Er wirkte wieder aufgebracht, auf eine hilflose Art wütend. »Ich habe ihr Angst eingejagt. Sie ist zu viel allein. Ich weiß nie genau, wann ich nach Hause komme. Wir haben nette Nachbarn, direkt gegenüber, zwei unserer besten Freunde. Aber du hast ja gesehen, wie wir wohnen. Die Straße ist dunkel und verlassen, und das Haus steht auf dieser Anhöhe.« Er hielt inne. »Ich habe ihr Angst gemacht. Ich habe sie angesteckt. Ich kann nicht anders. Ich kann nicht so tun, als würde ich mir keine Sorgen machen. Solange wir ihn nicht gefasst haben –«

Sylvia kam in die Lobby. War wieder ganz sie selbst, groß, reizend, in sich ruhend, war goldschimmerndes Haar und bedachte Bewegung.

»Wenn wir wenigstens wüssten, ob die Opfer etwas miteinander verbindet«, flüsterte Brub noch. Er sprach den Satz nicht zu Ende, Sylvia war wieder bei ihnen. Die drei traten aus dem Klubhaus in die kühle Nacht. Die Brandung rauschte in der Dunkelheit.

»Soll ich Sylvia –«, hob Dix an.

»Lass gut sein, ich fahre sie selbst. Es sei denn, du möchtest ihr Gesellschaft leisten, solange ich –«

»Dix muss arbeiten«, sagte Sylvia. »Und ich bin müde.« Sie gab Dix die Hand. »Beim nächsten Mal wird es vergnüglicher, Dix.«

»Bestimmt«, sagte Dix.

Er sah zu, wie Brub zügig vom Parkplatz fuhr. Er hatte es eilig, wollte schnell auf dem Revier in Beverly Hills sein. Vorher würde er sie nach Hause bringen und sichergehen, dass kein Fremder in der Dunkelheit lauerte. Sie würden sich in den Armen halten, kurz und voller Sorge, beide. Sie würde Angst um ihn haben, weil er hinter einem Mörder her war, würde befürchten, er könnte dem Bösen auf die Spur kommen. Sie war weniger um sich selbst besorgt, nur etwas beunruhigt, weil die Angst, die Brub um sie hatte, auf sie abfärbte. Und Brub hatte Angst um sie, weil sie eine Frau war, seine Frau, und weil es Frauen waren, denen in der Nacht aufgelauert wurde. Angst, weil er sie gleich wieder allein lassen musste, weil er ein Jäger war, der auf Jagd ging. Großwildjagd.

Dix ging zu seinem Wagen, Terriss' Wagen, zurück zu dem schlichten schwarzen Coupé. Ließ den Motor warmlaufen. Es war ein guter Wagen, er gab gut darauf Acht. Er löste die Handbremse. Eine Viertelstunde, dann würde Brub wieder weg sein, und er konnte zu ihr fahren. Sie würde ihn hereinbitten, ihn, Brubs Freund. Er hatte einen Vorwand. Er würde sagen, dass Brub nun auch ihn angesteckt hatte mit seiner Angst. Sie würde sich freuen, ihn zu sehen. Er würde sie überreden, mit ihm nach Malibu zu fahren. Auf einen Drink. Ein wenig frische Luft schnappen. Sie würde keine Angst haben – zuerst.

Er stand in der Ausfahrt. Links ging es zum Canyon und nach Malibu, rechts zur California Incline und zum Wilshire Boulevard, der zurück in die Stadt führte. Sie war Brubs Frau. Brub war sein Freund. Brub, der Jäger.

Er war unendlich müde. Er hatte die Nacht zuvor kaum geschlafen. Er fuhr nach rechts.

ZWEI

In der Morgenzeitung wurde im Rahmen eines Dossiers eingehend über den Fall berichtet. Nachdem das Blatt von den Abendzeitungen um die Erstmeldung gebracht worden war, sollte der Schaden durch gut recherchierte Berichterstattung behoben werden – und durch Fotos des Opfers, der Familie des Opfers, des Wohnhauses, in dem der Bridge-Abend stattgefunden hatte, und des abgelegenen Fundortes der Leiche im Beverly Glen Canyon.

Dix begann zu lesen. Mildred Atkinson hatte ein sterbenslangweiliges Leben geführt. Sie hatte die Hollywood Highschool besucht, an der Handelshochschule studiert und in einem Versicherungsbüro gearbeitet. Sie war sechsundzwanzig Jahre alt und den ach so bestürzten Eltern zufolge eine anständige junge Frau gewesen, die gern Bridge spielte und in der Vergangenheit an einer Sonntagsschule unterrichtet hatte. Sie hatte keine feste Beziehung geführt, war aber mit dem ein oder anderen Gentleman ausgegangen. Bestimmt nicht oft, dachte Dix, eine Schönheit war sie nicht gerade gewesen. Vergewaltigung und Mord – das einzig Bemerkenswerte an ihrem Leben, und dabei war sie nur ein Ersatz gewesen.

Die Cops wussten, dass Mildred gegen Mitternacht mit einem Mann in einem Drive-in gewesen war. Sie hatten Kaffee getrunken. Nicht am Drive-in-Schalter, sondern im Lokal. Sie hatte auf den Bus gewartet, allein. Ihre Freundinnen hatten sich bereits verabschiedet. Sie war ihm aufgefallen, wie sie da stand, allein, ein wenig nervös. »Die Busse kommen viel zu selten um diese Zeit«, sagte er, als wartete auch er. Sie wollte nicht mit ihm sprechen. Ihr war beigebracht worden, nicht mit fremden Männern zu sprechen. »Mildred war ein anständiges Mädchen«, lamentierten die Eltern. »Sie hätte sich von keinem Mann einfach so mitnehmen lassen, nicht, solange sie ihn nicht kannte«, sagten die Freundinnen, die sich allerdings fragten, ob es Dinge gab, die ihnen Mildred verheimlicht hatte. Die Cops durchkämmten die Stadt, verhörten alle Männer, mit denen Mildred Atkinson in Berührung gekommen war. Sie würden sehr gründlich vorgehen. Sie würden auch alle Männer überprüfen, die einen Fuß ins Versicherungsbüro gesetzt hatten, schließlich gab es Anhaltspunkte, dass es sich bei dem Mann, der nachts den Frauen nachstellte, um einen ganz gewöhnlichen Bürger der Stadt handelte. Im Leitartikel nannten sie ihn »Jack the Ripper«, forderten mehr Streifenwagen, besseren Schutz durch die Ordnungshüter, stichelten gegen die sicherheitspolitischen Maßnahmen der Stadt und attackierten den Bürgermeister.

Sie hatte nicht mit ihm sprechen wollen, aber er wirkte auf sie wie ein anständiger junger Mann, der auf den Bus wartete. Außerdem wurde es allmählich kühl an der nebligen Straßenecke. Als er sie so weit hatte, erwähnte er den Drive-in Ecke Linden Drive. Die kesse Bedienung erinnerte sich an Mildred, als sie das Foto in der Zeitung sah. Sie war gerade dabei gewesen, eine Bestellung zu einem der Wagen zu bringen, als die beiden das Lokal betraten. Vielleicht konnte sich die Bedienung deshalb erinnern, weil sich Mildred etwas darauf eingebildet hatte, mit einem aparten jungen Mann Kaffee zu trinken. Sie hatte sich ein bisschen aufgespielt.

»Das ist sie!«, sagte sie zu ihren Kolleginnen. Der Chef, der die Aufregung mitbekam, rief bei der Polizei von Beverly Hills an. Die Bedienung konnte den Mann nur unzureichend beschreiben: eher groß, gut aussehend, hellbrauner Anzug. Sie war sicher, dass er nicht der Würger war. So einer war das nicht, erklärte sie. Sie war felsenfest davon überzeugt, dass Mildred, nachdem sie den Drive-in an der Seite ihres Begleiters verlassen hatte, von einem anderen Mann ermordet worden war.

Er las alle Artikel in der Morgenzeitung, von vorne bis hinten. Es ging ihm bestens, er hatte gut geschlafen. Es war ein herrlicher Sommertag. Er lag faul im Bett, streckte sich und dachte an die Rothaarige. Es schadete nicht, an sie zu denken, auch wenn sie Gift für ihn wäre. Man durfte sich auf keine Frau einlassen, die verfluchten Weiber schnüffelten einem doch alle nur hinterher. Aber die Rothaarige, Teufel auch, die wäre es wert. Es war lange her, seit er das letzte Mal eine Frau in den Armen gehalten hatte. Er hatte keine gewollt.

Und auch jetzt wollte er keine. Er war verkatert von den verliebten Blicken, die Sylvia und Brub sich zugeworfen hatten. Vielleicht auch von der fixen Idee mit Betsy Banning und den sieben Millionen. Es war ein guter Tag für den Strand. Er würde sich in Sichtweite ihres Hauses, auf Höhe der California Incline, an den Strand legen. Vielleicht würde er diesmal sogar herausfinden, welches der drei Häuser den Bannings gehörte.

Er stand auf. Falls er an den Strand ging, sollte er vielleicht Brub anrufen. An einem Sonntag sollte er nicht im Dienst sein, sondern am Strand liegen. Über die Ermittlungen sprechen. Neuigkeiten berichten. Wie praktisch, einen Informanten zu haben.

Plötzlich bohrte sich ein Gedanke in sein Bewusstsein. Die Reifen! Die Reifen waren in einem guten Zustand, hatten keine Schäden. Aber auf einmal glaubte er, irgendwo gehört zu haben, dass alle Reifen besondere Merkmale hätten, eine Art Fingerabdruck. Aber war es überhaupt möglich, Reifenspuren auf einer Asphaltstraße in Gips zu gießen? Er bezweifelte es. So wie letzte Nacht. Aber er sollte sich besser vergewissern.

Es war reizvoll, mit der Gefahr zu spielen. Sich an einem hellen Ort zu zeigen. Sich darauf zu verlassen, dass Kellnerinnen und Tresenkräfte, die tagaus, tagein Hunderte Allerweltsgesichter bedienten, sich nicht erinnern würden. Gefahr war das Salz in der Suppe. Gefahr war wie Kunstfliegerei. Man durfte die Suppe nur nicht versalzen. Musste die Flugmanöver präzise planen und unerschrocken ausführen.

Er befühlte seine Oberlippe. Vielleicht sollte er sich einen Schnauzer wachsen lassen. Aber wozu. Er konnte Schnauzer nicht ausstehen und hatte ein Gesicht, das man wieder vergaß. Außerdem war er nur ein einziges Mal in dem Drive-in gewesen und hatte nicht vor, noch einmal dort hinzugehen. Er ging Risiken ein, aber er machte keine Fehler.

Er sollte besser die Nicolais anrufen. Es würde ein Kinderspiel sein, herauszufinden, welches der drei Häuser den Bannings gehörte. Wenn er Betsy Banning heiraten wollte, musste er herausfinden, wo sie wohnte. Schade, dass Sylvia nicht mit ihr befreundet war. Dann wäre alles einfacher. Er nahm den Hörer von der Gabel und wählte die Nummer der Nicolais. Keine Reaktion, nur das blecherne Freizeichen. Er war zu spät dran. Wahrscheinlich waren die beiden längst am Strand. Es war schon nach ein Uhr.

Seine Enttäuschung hielt sich in Grenzen. Er zog keinen Anzug an, sondern eine hellbraune Gabardinehose und ein weißes T-Shirt. Dann trat er in den Patio. Auf dem Laubengang standen mehrere Türen offen, er hörte Musik und Gelächter. Falls die Rothaarige in Virginibus Arms wohnte – und das musste sie, ihr Gang war nicht der einer Besucherin gewesen –, würde er ihr wieder über den Weg laufen. Er hatte alle Zeit der Welt. Mel Terriss würde noch eine ganze Weile fortbleiben.

Er ging zur Garage, öffnete das leichtgängige, geräuschlose Tor, umrundete den Wagen und trat gegen die Reifen. Die Reifen waren in gutem Zustand, tadellos, keine Abnutzungserscheinungen. Er brauchte keine neuen, das Geld wäre zum Fenster hinausgeworfen. Außerdem hatte Brub gesagt, man könne unmöglich jeden Wagen in L. A. überprüfen.

Er fuhr zum Wilshire Boulevard und bog nach Westen ab, Richtung Strand. Myriaden anderer Fahrer hatten an diesem wolkenlosen, goldenen Septembertag die gleiche Idee gehabt. Er nahm die Ausweichstrecke über den San Vicente Boulevard und bemerkte mit halbem Auge ein kleines Eukalyptuswäldchen. Nicht gerade abgeschieden, aber spätnachts ... In Santa Monica bog er auf Höhe Fourth Street rechts ab. Die Straße führte in den Canyon. Laut Schild kam er auch auf diesem Weg zum Strand. Er sah sich alles ganz genau an. Die steile Straße war nachts bestimmt so gut wie verlassen. Aber nur wenige Sträucher, die meisten hinter Zäunen. Am Fuß des Canyons stieß er auf die Mesa Road. Wahrscheinlich waren die Nicolais nicht zu Hause, aber einen Versuch war es wert.

Zweifellos. Die Tür stand offen. Er spähte durch das Fliegengitter in den Flur und klingelte. Zufrieden mit sich, gelassen, guter Dinge. Sylvia war überrascht, ihn zu sehen. So erschrocken wie sie aussah, hätte man meinen können, er wäre ein unerwarteter Wiedergänger aus dem Fegefeuer.

»Hallo«, sagte er, »jemand zu Hause?«

»Dix!« Sie öffnete das Fliegengitter. »Ich habe Sie nicht gleich erkannt, die Sonne hat mich geblendet.« Sie trug ein offenes weißes Strandkleid, weiße Shorts, einen weißen BH. Ihre Haut war tiefbraun, ihr Haar offen, es fiel ihr bis auf die Schultern. Sie war nicht so selbstsicher wie sonst, wirkte viel jünger. Sie schien nervös zu sein. »Entschuldigen Sie meinen Aufzug.« Ihre nackten Füße waren voller Sand. »Wir sind gerade vom Strand zurückgekommen. Brub ist als Erster unter die Dusche. Ich habe nicht mit Ihnen gerechnet. Wir erwarten Freunde zu Besuch und –«

»Bin ich etwa kein Freund?«, unterbrach er sie.

Sie wurde rot. »Aber natürlich sind Sie das! Ich hätte wohl besser sagen sollen, wir erwarten *alte* Freunde.« Sie seufzte. »Ich mache alles nur schlimmer. Kommen Sie rein, machen Sie es sich bequem, nehmen Sie sich einen Drink. Ich sage Brub Bescheid, dass Sie da sind.« Sie ging, auffällig rasch.

Vielleicht war sie beschämt, weil er sie so unverhohlen bewundert hatte? Er bekam sie nicht zu fassen. Sie war zu viele Frauen auf einmal. Er setzte sich aufs Sofa. Alte Freunde. Er würde nicht bleiben. Er würde eine Dinnerverabredung vortäuschen.

Brub ließ nicht lange auf sich warten. Im Flur wirkte er noch bedrückt, aber als er Dix sah, strahlte er sichtlich. »Wo sind die Drinks? Sylvia sagte, du schenkst uns was ein.«

»Bin ich hier etwa der Barkeeper?« Dix stand auf. »Schieß los, was darf's sein.«

»Lass«, sagte Brub und gab Dix mit einem Wink zu verstehen, er solle sich wieder setzen. »Ich mach das schon. Was willst du?«

Dix war so gut aufgelegt, dass es ihm egal war. »Was auch immer. Das Gleiche wie du.«

»Dann kriegst du einen Scotch«, sagte Brub. »Aber auf Eis.« Er füllte die Gläser. »Und? Was hast du heute so getrieben?«

»Gearbeitet«, sagte Dix. »Ich habe versucht, dich zu erreichen. Wollte blaumachen. Am Strand.« Er nahm das Glas entgegen. »Danke. Dachte, du bist auf dem Revier.«

Brub zog die Stirn in Falten. »Ich hatte nur vormittags Dienst.« Dann verschwanden die Falten wieder. »Und danach war ich am Strand.«

Dix probierte den Scotch. »Und? Gehen die Ermittlungen voran?« Beiläufige Neugier. Er war zufrieden mit sich.

Brubs Stirn umwölkte sich wieder. »Kein bisschen. Wir treten auf der Stelle.«

Dix deutete mit dem Fuß auf die Zeitung, die auf dem Boden lag. »Aber ihr habt doch jemanden gefunden, der sie mit dem Kerl gesehen hat.«

»Schon«, sagte Brub trocken. »Wenn er sich noch mal in dem Drive-in blicken lassen würde, würde ihn die Bedienung vielleicht wiedererkennen.« Er war verärgert. »Sie ist unsere ganze Verbrecherkartei durchgegangen, aber sie kann sich nicht mehr genau an den Kerl erinnern. Mal sagt sie, der war's, dann wieder ein anderer ...«

»Ein Jammer.« Dix zeigte sich betont verständnisvoll. »Und sonst hat niemand das Paar bemerkt?«

»Nein. Und falls doch, trauen sich die Leute nicht aus der Deckung. Jedenfalls hat sich niemand bei uns gemeldet. Dabei war der Laden rappelvoll. Kinogänger. Irgendwer muss die beiden einfach bemerkt haben.«

»Ja«, sagte Dix. »Andererseits, auch wenn man jemanden

bemerkt, nimmt man ihn nicht unbedingt bewusst wahr.« Er tat so, als würde er zum ersten Mal darüber nachdenken. »Nimmst du die Leute um dich herum bewusst wahr, wenn du in einem Restaurant sitzt? Ich jedenfalls nicht.«

»Du hast recht«, sagte Brub, »aber dafür wissen wir etwas anderes.«

Dix hob die Augenbrauen, zeigte wieder Interesse.

»Wir wissen, dass er am Freitagabend in Beverly Hills war.« Er hatte jetzt etwas Sarkastisches an sich. »Ob er sich dort« – er biss sich auf die Zunge – »ein bisschen vergnügen wollte oder dort wohnt, wissen wir nicht. Ich für meinen Teil würde davon ausgehen, dass er in der Gegend, in der er wohnt, noch nicht gemordet hat. Dafür ist er bestimmt zu vorsichtig.«

Sylvia kam ins Zimmer. »Nicht schon wieder der Fall, Brub! Ich halte das nicht aus.« Sie war jetzt nicht mehr die junge Frau, die Dix die Tür geöffnet hatte, oder die ängstliche Frau vom Abend zuvor. Wie sie da stand – hellgraue Hosen, wiesengrüner Pullover, gertenschlank –, ging ein Leuchten von ihr aus. Sie trug das Haar zu einem Kranz geflochten.

»Das geht schon den ganzen Nachmittag so. Die Leute am Strand haben Brub ausgequetscht wie eine Zitrone. Wollten alles ganz genau wissen. Bekomme ich einen Drink, Darling?«

»Natürlich. Willst du auch einen Highball?« Brub ging zur Bar.

»Gerne, Darling.« Sylvia leerte mit Verve die Aschenbecher. »Warum sind die Leute bloß so schrecklich sensationslüstern?«, kam sie mit Nachdruck auf das Thema zurück. Sie hielt ihre Ängste in Schach, indem sie sich leidenschaftlich empörte.

»Sensationslüstern, ich weiß nicht«, widersprach ihr Dix. »Vielleicht einfach nur selbstgefällig?« Er lächelte. »Informationen aus erster Hand vom Ermittler höchstpersönlich gibt es schließlich nicht an jeder Straßenecke.«

»Genau, Junior-Ermittler packt aus, hat zwar keine Ahnung,

ist aber bestens im Bilde.« Brub rührte die Kohlensäure aus seinem Drink.

Dix betrachtete das Glas in seiner Hand und lächelte. Dann hob er langsam den Blick. »Bei mir liegen die Dinge anders. Ich habe ein persönliches Interesse an dem Fall.« Sylvia erstarrte, nur die Augen bewegten sich, richteten sich blitzschnell auf Dix, als hätte er sein wahres Gesicht gezeigt, das Gesicht des Würgers. Brub rührte noch immer.

»Ich schreibe einen Detektivroman«, sagte Dix.

Sylvia regte sich wieder und stellte den Aschenbecher, den sie in der Hand hielt, mit einem leisen Klacken auf den Glasbeistelltisch.

Brub servierte Sylvia den Drink. »Bitte sehr, Skipper.« Er setzte sich und ließ die Beine über die Armlehne des grünen Sessels baumeln. »Das ist es also, was du schreibst. Und von wem klaust du? Chandler, Hammett, Gardner?«

»Von allen ein bisschen«, sagte Dix. »Dazu eine Prise Ellery Queen und Dickson Carr.«

»Dann dürfte der Bestseller nur noch eine Frage der Zeit sein«, sagte Sylvia. Sie hatte sich Brub gegenübergesetzt.

»In der Tat«, sagte Dix. »Aber erzählen Sie bloß nicht Onkel Fergus davon. Der geht davon aus, dass ich einen *richtigen* Roman schreibe.«

»Wer ist Onkel Fergus?«, fragte Sylvia.

»Sie würden ihn nicht mögen. Ein glühender Republikaner. Seit Hoover von Roosevelt abgelöst wurde, kann er nicht mehr ruhig schlafen«, sagte er amüsiert. »Aber wenn die Kasse erst klingelt, wird ihm egal sein, was ich geschrieben habe. Allerdings wird er den Roman sowieso nicht lesen.« Sylvia hatte verhindern wollen, dass er Brub ausfragt. Aber nicht mit ihm. »Nehmen Sie nur die Sache mit den Reifenspuren, die Brub gestern Abend erwähnt hat. Ich muss jetzt nicht mehr in die Bibliothek gehen und Bücher wälzen, bis mir der Kopf raucht. Ich kann einfach Brub fragen. Es tut einem Roman gut, wenn man weiß, wovon man spricht.« Er hob sein Glas. »Könnt ihr eigentlich alle Reifenspuren sichern, Brub?«

»Nicht alle«, sagte Brub düster, »nur bestimmte. Für ein gutes Ergebnis braucht man einen weichen Untergrund, Bremsspuren oder neuen Straßenbelag. Diesmal hatten wir keine Chance. An der betreffenden Stelle haben sich zu viele Spuren überlagert. So gut wie aussichtslos.«

»Aber ihr habt es doch sicher versucht?«, fragte Dix. »So gründlich wie das L. A. Police Department –«

»Genau«, stöhnte Brub. »Gründlich wie nichts Gutes. Vielleicht beim nächsten –« Er hielt inne. Sylvia wirkte plötzlich angespannt. »Es darf kein nächstes Mal geben«, sagte er entschieden. »Es ist nur ...«

»Du arbeitest an dem Fall, Brub. Du willst den Kerl fassen, und du wirst ihn auch fassen – und jetzt lass uns das Thema wechseln«, sagte Dix ernst. Sylvia sah dankbar aus. »Du schenkst mir nach, und ich erzähle dir von meiner rothaarigen Nachbarin. Hast du noch was für Rothaarige übrig?«

»Das wäre ja noch schöner!« Sylvia war wieder guter Dinge.

»Und? Wer ist sie?« Brub spielte mit, griff nach den Gläsern. Aber es fiel ihm schwer, er musste sich einen Ruck geben.

»Ich habe sie noch nicht kennengelernt«, sagte Dix und lachte. »Aber ich arbeite daran.« Er wusste, dass es unklug war, vor Publikum über eine Frau zu sprechen. Er hätte nicht einmal an sie denken sollen. »Sobald ich weiß, in welchem Apartment sie wohnt, gehe ich bei ihr den Stromzähler ablesen. Sie hat den süßesten Hintern von ganz L. A.«

»Ich muss sie genau unter die Lupe nehmen, bevor du dich auf sie einlässt«, sagte Brub. »Vergiss nicht die Sache mit der Blondine, damals in London. Das war vielleicht was.«

»Woher hätte ich denn wissen sollen, dass sie verheiratet war? Noch dazu mit einem so hohen Tier von der Armee? Der Mann konnte ordentlich austeilen.« Er hatte keine allzu große Lust auf den zweiten Drink, aber er schmeckte ihm trotzdem.

»Ich sollte sie unter die Lupe nehmen«, schlug Sylvia vor. »Ich traue Brubs Urteilsvermögen nicht. Er interessiert sich nur für das Äußere, während ich über einiges an Menschenkenntnis verfüge und Ihnen sagen kann, was sich im Inneren verbirgt.«

»Nur zu, ihr dürft sie beide unter die Lupe nehmen. Sobald ich Zugang zu ihrem Stromzähler bekomme.«

»Das wird sicher nicht lang dauern«, scherzte Brub. »Es sei denn, du hast deine jugendliche Verführungskraft verloren.« Er sah ihn prüfend an. »Siehst allerdings noch ziemlich frisch aus.«

Auf der Veranda waren Stimmen zu hören.

»Das sind bestimmt Maude und Cary. – Kommt rein, ihr zwei!«, rief Sylvia ihnen zu. Die beiden sahen genauso aus wie erwartet. Eine hübsche, redselige Brünette mit großen Augen und zu breiten Hüften für die lachsroten Hosen, in denen sie steckten. Und ein netter, nichtssagender Kerl, der eine Gabardinehose und ein legeres Hemd trug. Die Jepsons. Maude fand sofort Gefallen an ihm. Sah ihn auf den Weg zum Sofa mit ihren großen Augen an. Dieses Glas noch, dann würde er gehen.

»Sie sind das große Fliegerass, stimmt's?« Sie hatte einen texanischen Akzent, nahm sich eine Zigarette und wartete darauf, dass Dix ihr Feuer gab. Sie roch nach Parfüm und Schnaps.

»Bitte nicht zu stark, Brub. Wir hatten schon einen, bevor wir uns auf den Weg gemacht haben.« Sie wandte sich wieder Dix zu. »Sie sind mit Brub in England gewesen?« Sie ließ nicht mehr von ihm ab, bis Brub ihr den Drink reichte. Dann fing sie an, auf Brub einzureden; es war klar, was jetzt kommen musste.

»Habt ihr den Täter gefasst, Brub? Ich habe solche Angst, ich weiß gar nicht, was ich machen soll. Cary darf mich nicht allein lassen, keine Sekunde. Ich hab zu ihm gesagt –«

Die Angst war berechtigt. Die zu würgen, ein Vergnügen wäre das.

»Gibt's was Neues?«, schaltete sich Cary ein.

»Nein«, sagte Brub.

»Nicht heute Abend!«, sagte Sylvia streng.

Maude ignorierte sie. »Wieso habt ihr ihn denn noch nicht gefasst?« Sie war empört. »Keiner ist sicher, solange der Kerl auf freiem Fuß bleibt«, sagte sie. Und flüsterte mit Grabesstimme: »Dieser Würger.« Sie erschauderte und rutschte näher an Dix heran. Sie amüsierte sich prächtig.

Sylvia wollte gerade etwas sagen, da plapperte Maude auch schon weiter: »Wie soll man ihn denn erkennen? Jeder da draußen könnte der Würger sein. Ich hab zu Cary gesagt, Cary, vielleicht ist ja unser Lebensmittelhändler der Würger. Oder der Busfahrer oder einer dieser entsetzlichen Muskelprotze vom Strand. Man kann es einfach nicht wissen. Nicht einmal die Polizei weiß es. Dabei sollte man doch meinen, die Polizei wäre in der Lage, herauszufinden, wer der Würger ist!«

»Meine Güte, Maude! Glaubst du etwa, sie geben nicht ihr Bestes?«, sagte Sylvia unbeherrscht.

»Ich weiß es nicht.« Maude drehte den Kopf mal hierhin, mal dorthin. »Vielleicht ist es ja sogar einer von der Polizei«, sagte sie, und als sie die Missbilligung der anderen bemerkte, fügte sie hinzu: »Aber das könnte doch sein! Wie dumm zu glauben, dass dieser gut aussehende Kerl, mit dem sie Kaffee getrunken hat, der Täter sein muss. Wie hat er sie denn bitte schön in den Beverly Glen Canyon geschafft? Sind sie etwa dorthin spaziert?«

»Mit dem Auto natürlich, Maude«, seufzte Cary.

»Oh!« Sie ließ nicht locker. »Aber das kann nicht sein! Die beiden haben ihren Kaffee *im* Drive-in getrunken!« Sie triumphierte hocherhobenen Hauptes. Cary schien es einfach nur leid zu sein, Sylvia jedoch beschlich wieder ein leises Gefühl der Angst.

Brubs Miene verfinsterte sich. »Genau das versuchen wir herauszufinden, Maude. Unter anderem. Aber er muss ein Auto haben.«

»Das begreife ich nicht«, sagte Dix.

»Unser Mann von der Ostküste meldet Zweifel an«, sagte Brub und nutzte die Gelegenheit, kurz das Thema zu wechseln. »Dix kommt übrigens aus New Jersey«, erklärte er Maude und Cary, wandte sich dann aber wieder Dix zu. »Dix, kein Mensch trinkt seinen Kaffee in einem Drive-in, wenn er genauso gut in seinem Wagen sitzen könnte.«

»Aber es sitzen doch Leute in den Schnellrestaurants«, erwiderte Dix.

»Junge Leute vielleicht, die kein Auto haben. Oder Kinogänger, die in der Nähe wohnen und zu Fuß zur Vorstellung gegangen sind. Oder jemand, der mal richtig reinhauen will und keine Lust hat, ein schweres Tablett auf dem Schoß zu balancieren. Aber Kaffee? Kaffee trinkt man im Auto! Dazu sind Drive-ins doch da. Damit man in seinem Wagen sitzen bleiben kann.«

»Aber wer kein Auto hat, muss sich nun mal reinsetzen«, sagte Maude kopfschüttelnd. »Er kann keinen Wagen gehabt haben, weil ...« Sie holte tief Luft. »Wenn der Würger ein Auto hätte, würde er doch mit seinem Opfer nirgendwo hingehen, wo man ihn sehen und folglich später wiedererkennen könnte. Nein, dieser Mann hat kein Auto. Aber der, der sie umgebracht hat, hat eins, sonst hätte man die Leiche nicht in Beverly Glen gefunden.« Ihre Stimme bebte vor Selbstgewissheit. »Es muss einen anderen Mann geben, und dieser Mann hat einen Wagen.«

Dix kniff die Augen zusammen. Als würde er, so wie die anderen, über ihre Worte nachdenken.

Sylvia brach das kurze Schweigen. »Du glaubst also, dass es einen zweiten Täter gibt, einen Komplizen?« Sie warf Brub einen Blick zu.

Brub schüttelte den Kopf. »Der Mann ist Einzeltäter.« Er war überzeugt.

Dix ließ sich einen Moment Zeit und fragte dann: »Woher weißt du das?«

»Mörder wie er sind ausnahmslos Einzeltäter, ein Komplize wäre zu riskant.«

»Der Mann ist geisteskrank, was sonst«, sagte Cary. Dix schwenkte sein Glas. Cary Jepson war ein Idiot. Wenn er auch nur ein bisschen Esprit hätte, wäre er nicht mit dieser dummen Quasselstrippe verheiratet. Seine Vorstellungskraft reichte nicht weiter als bis zu der Erkenntnis, dass der Täter geisteskrank war. *Was sonst.* Er konnte sich nicht vorstellen, dass auch ein Mann mordete, der nicht geisteskrank war. Die ganzen Dummköpfe da draußen plapperten doch alle ein und dasselbe: *Der Mann ist geisteskrank, was sonst.* Man brauchte Fantasie, um sich einen Mann vorzustellen, der bei Sinnen war, einen ganz normalen Mann, der tötete. Dix trank einen Schluck, das Lächeln auf seinen Lippen blieb hinter dem Glas verborgen.

Brub erklärte gerade etwas: »… aber verrückt ist er zweifellos nur in dieser einen Hinsicht, ansonsten ist er vermutlich ein ganz normaler Mitbürger, der seinem Alltag nachgeht. Wie wir alle. Ein Mann, der nicht auffällt und sich ganz normal verhält, solange er nicht seinem Trieb freien Lauf lässt.«

»Ungefähr einmal pro Monat«, sagte Maude, glotzte in die Runde und rief dann: »O Gott!«

Dix rutschte ein kleines Stück von ihr weg, damit er sie besser in den Blick nehmen konnte. Ihr fehlte nichts, sie spielte sich nur auf. Sylvia war ungehalten. Ihre Gesichtszüge waren wie versteinert. Auch Dix war genervt, er musste hier unbedingt raus.

»Geh nach Einbruch der Dunkelheit einfach nicht allein auf die Straße, Maude, dann musst du dir auch keine Sorgen machen«, sagte Brub. Und dann sagte er, wie zu sich selbst: »Wir kriegen den schon, der wird sich schon noch richtig verzetteln.« Er hatte jetzt etwas Unerbittliches an sich.

»Und wenn nicht?«, jammerte Maude. Sie suhlte sich in ihrem Gejammer. »Was, wenn er nicht mehr aufhört?«

»Maude!« Ihr Mann war es leid. »Jeden Tag geht das so.«

»Aber nicht hier!«, sagte Sylvia entschieden. »Schluss jetzt, Maude! Für heute ist es genug. Kein Wort mehr davon.« Sie setzte ein strahlendes Lächeln auf. »Wo essen wir zu Abend? Steak im Ted's? Shrimps im Carl's? Fischsuppe im Jack's?«

Dies war der Moment zu gehen. Dix warf einen Blick auf seine Armbanduhr und stand auf. »Wieso hat mir denn keiner gesagt, dass es schon so spät ist? Ich bin um sieben zum Dinner verabredet, in Hollywood. Ich muss mich beeilen.«

Maude verzog beleidigt den Mund. »Sagen Sie ab!«

»Mit der Rothaarigen?« Brub zwinkerte ihm zu.

Dix zwinkerte zurück. »Noch nicht. Ich halte dich auf dem Laufenden. Danke, Sylvia. Und ruf mich an, Brub, dann verabreden wir uns zum Lunch.« Er nickte den Jepsons zu. Nein, es war ihm kein Vergnügen gewesen, die beiden kennenzulernen, es wäre eine Lüge gewesen, also sagte er es auch nicht.

Er trat vor die Tür und holte tief Luft, um den Geruch dieser unsäglichen Frau loszuwerden. Er wollte ihr an einer dunklen Straßenecke begegnen. Der Menschheit einen Dienst erweisen.

Er fuhr über den Küstenhighway bis zur California Incline und warf einen Blick auf die drei Häuser. Es herrschte noch immer reger Verkehr, auf dem Wilshire Boulevard wurde Dix zunehmend gereizt, an der Kreuzung Sepulveda Boulevard ging es schließlich nur noch stockend voran. So langsam, dass bei allen die Nerven blank lagen. Er bog auf den Westwood Boulevard, nahm fast jemandem die Vorfahrt. Als die Bremsen des anderen Wagens aufkreischten, sah er einen Cop auf seinem Motorrad. Aber der interessierte sich nicht für ihn.

Er fuhr langsam durch das Universitätstor, über den Campus und weiter auf den Sunset Boulevard. Er musste nur an einem einzigen Stoppschild halten. Der Sunset Boulevard war im Vergleich zum Wilshire Boulevard wie ausgestorben. Er trat aufs Gas. Die Ampel an der nächsten Kreuzung machte ihm einen Strich durch die Rechnung. Er warf einen Blick auf die Bel Air

Gates. Die Straße Richtung Norden verzweigte sich hier in die Bel Air Road und den Beverly Glen Boulevard.

Seine Hände krampften sich um das Lenkrad. Schon wieder Cops. Nicht auf Motorrädern, sondern in einem Streifenwagen. Am Straßenrand, den Verkehr im Blick. Die Ampel schaltete um, er fuhr gemächlich los. Erst als die bewaldete Kurve des Sunset Boulevard hinter ihm lag, gab er Gas. Er blickte in den Rückspiegel, alles leer. Seine Hände entspannten sich wieder, am liebsten hätte er gelacht, laut, schallend.

Die Cops waren so naiv wie dieser Jepson. Glaubten die wirklich, der Mörder würde an den Tatort zurückkehren? Jetzt lachte er tatsächlich laut auf. Weil er sich vorstellte, wie sie den lieben langen Tag in ihrem Wagen saßen und auf den Irren warteten. Was für Idioten.

Er fuhr wieder nach Süden, zurück auf den Wilshire Boulevard. Er wusste nichts mit sich anzufangen, wollte diesen Abend aber nicht allein verbringen. Seine ewig gleiche Abendroutine: essen gehen, danach ins Kino, danach nach Hause. Manchmal sparte er sich das Kino und ging nach dem Essen wieder nach Hause, las oder schrieb ein wenig. Er beschloss den Abend immer mit einem Beruhigungsmittel. Es sei denn, er war so erschöpft, dass er von ganz allein wegdämmerte. Was nur selten der Fall war.

Er hätte nicht allein leben sollen. Er brauchte Freunde. Er brauchte eine Frau, eine richtige Frau an seiner Seite. So wie Brub, der Sylvia hatte. So wie dieser strunzdumme Cary, der seine strunzdumme Maude hatte. Lieber so als allein.

Es erwischte ihn nur selten. Es musste der milde Abend sein, die einsetzende Dämmerung, die geöffneten Fenster und die Musik aus den Radiogeräten in den erleuchteten Zimmern. Er war zwischenmenschlichen Beziehungen immer aus dem Weg gegangen, nannte etwas viel Mächtigeres sein Eigen, etwas unendlich viel Besseres.

Auf einmal war er zu Hause, als hätte der Wagen von ganz allein zum Apartment gefunden. Dabei wollte er noch gar nicht nach Hause. Er parkte am Straßenrand, nicht in der Garage. Er wollte später noch essen gehen.

Wieso hatte er damit aufgehört, ein ganz normales Leben zu führen? Das war sein einziger Fehler gewesen. Brub und Sylvia waren der beste Beweis. Er konnte Zeit mit ihnen verbringen und ganz er selbst sein, ohne irgendetwas von sich zu verraten. Er hatte starke Nerven, einen ruhigen Blick. Es war an der Zeit, wieder Freundschaften zu schließen. Nicht nur mit Brub und Sylvia. Er sollte lieber nicht so oft bei ihnen zu Hause sein. Sie würden noch anfangen, sich Fragen zu stellen. Sylvia irritierte ihn manchmal mit ihrem wissenden Blick. Als könnte sie hinter die Fassade eines Mannes schauen. Lächerlich. Man musste nichts von sich preisgeben. Nicht, wenn man es klug anstellte.

Seine Stimmung hatte sich wieder normalisiert. Er war nur selten niedergeschlagen. Er führte ein gutes Leben. Er hatte ein schickes Apartment, einen soliden Wagen, Geld, ohne dafür arbeiten zu müssen, auch wenn es nicht annähernd genug war, aber er kam zurecht. Er hatte Freiheit, sehr viel Freiheit. Niemand machte ihm Vorschriften, niemand schnüffelte ihm hinterher.

Er zog den Schlüssel aus dem Zündschloss und ging mit dem Schlüsselbund klimpernd die wenigen Schritte bis zum Eingang des Patios. Es gefiel ihm, mit lautem Geklimper sein Kommen anzukündigen. Dass die Rothaarige in genau diesem Moment auf dem Laubengang sein könnte, zog er nicht in Erwägung.

Als er den Patio zum allerersten Mal betrat, konnte er es kaum glauben. Er war noch nicht lange genug in Südkalifornien gewesen und traute deswegen seinen Augen nicht. Ein unwirklicher Anblick, wie ein Bühnenbild, ein theatralisches Bühnenbild. In der Mitte der rechteckige blaue Pool. Bei Tag leuchtete das Wasser wegen der Fliesen himmelblau. Nach Einbruch der Dunkelheit schimmerte es nachtblau, als läge der Pool im Mondlicht. Zwei Scheinwerfer auf dem Laubengang sorgten dafür.

Dix hatte hier noch nie jemanden schwimmen sehen, weder bei Tag noch bei Nacht. Es hatte auch nie jemand auf einem der gestreiften Liegestühle gelegen oder an einem der Tische mit den knalligen Sonnenschirmen gesessen. Aber die Vorstellung gefiel ihm. Die subtropischen Pflanzen in den Ecken schmückten den Patio zusätzlich, und die Oleanderhecke schützte vor Blicken von der Straße. Trotzdem hielt sich hier nie jemand auf. Die Nachbarn in den spanischen Bungalow-Apartments, die den Patio von drei Seiten umschlossen, und jene, die ihre Apartments über den Laubengang im spanischen Kolonialstil erreichten, schienen nicht gerade gesellig zu sein. Dix wohnte schon seit ein paar Wochen hier und hatte nur ein paar von ihnen gesehen.

Er dachte gerade über den künstlichen Mondschein auf dem Patio nach, als auf der Straße eine ohrenbetäubende Hupe losging. Zeternde Stimmen zerrten an seinen Nerven. Wut stieg in ihm auf, und für einen Moment war er versucht, wieder auf die Straße zu gehen und sich zu vergessen. Stattdessen ballte er die Hände zu Fäusten und ging zu seinem Apartment, dem ersten auf der linken Seite. Er stand bereits vor der Tür, als er Absätze über den Steinboden klacken hörte. Noch bevor er sich umdrehte, wusste er, wer es war.

Noch hatte sie ihn nicht bemerkt, sie schien es eilig zu haben. Im Licht des Pools schimmerten ihre Haare, ihre Hose und ihr Blazer in verschiedenen Blautönen.

Er handelte aus dem Bauch heraus, ohne nachzudenken. Sonst hätte er einen Rückzieher gemacht. Er ging mit großen Schritten um den Pool und war fast so schnell am Fuß der Treppe wie sie. Als er sie ansprach, war sie erst auf der dritten Stufe angekommen.

»Verzeihung?«

Obwohl sie ihn nicht bemerkt hatte, erschrak sie nicht. Sie

hielt inne und drehte sich in aller Seelenruhe um, blickte auf ihn herab, und als sie sah, dass ihr ein Mann gegenüberstand, hatte der Zug um ihren Mund, hatten ihre Augen etwas Herausforderndes an sich.

»Ich glaube, Sie haben da etwas fallen gelassen«, sagte er und hielt ihr die Hand hin.

Sie sah zu Boden, auf ihre Handtasche, berührte ihr geföhntes Haar.

»Ach ja?« Sie war verwirrt.

Schnell und unverschämt ließ er beide Hände in die Hosentaschen gleiten. Er sah ihr in die Augen. »Ich bin mir nicht sicher. Ich hatte es gehofft.«

Ihre Augen verengten sich langsam, so wie am Abend zuvor. Er gefiel ihr. Ein Lächeln trat auf ihre Lippen. »Warum das?«, entgegnete sie.

»Meine Dinnerverabredung ist gerade geplatzt. Ihre vielleicht auch?«

Sie lächelte nicht mehr, verspannte sich, ein ganz klein wenig nur. Er hielt ihrem Blick stand, wich ihm nicht aus, bis sie wieder lächelte. »Nein, tut mir leid.«

»Ich bin Ihr Nachbar. Apartment 1A.« Er deutete in die Richtung.

»Meine Dinnerverabredung dürfte jeden Moment hier sein, und ich bin noch nicht umgezogen. Ich muss mich beeilen.« Sie trat auf die vierte Stufe und wiederholte, dass es ihr leidtue.

»Mir auch«, sagte Dix, so herzlich und charmant wie möglich, aber nicht ohne eine Spur von Arroganz.

Sie lenkte ein. »Falls ich in Zukunft versetzt werde, hören Sie von mir.« Sie eilte leichtfüßig die Stufen hinauf und sah sich nicht noch einmal um.

Er zuckte mit den Schultern. Er war nicht davon ausgegangen, dass er Erfolg haben würde, also war er auch nicht enttäuscht. Aber die Vorarbeit war geleistet. Jetzt war es nur noch eine Frage der Zeit. Allein das Gespräch mit ihr hatte ihn erregt. Sie war verführerisch gewesen, trotz des gespenstisch blauen Lichts, in das ihr Gesicht getaucht war. Er ging zurück zum Apartment. Hörte das Klacken ihrer Absätze, drehte sich um und sah zum Laubengang hinauf. Sie öffnete gerade die Tür, es brannte kein Licht. Er war zufrieden. Er hatte Fortschritte gemacht. Er wusste jetzt, wo sie zu finden war.

DREI

Er musste sich nicht beeilen. Er musste im Grunde nicht einmal das Apartment verlassen. Er hatte Konserven, Cracker, Käse, Obst und Aufschnitt im Kühlschrank. Welcher Mann wäre nicht damit zufrieden gewesen, das Ende eines heißen Tages mit Käse und Bier ausklingen zu lassen? Aber er wollte es sich nicht gemütlich machen. Er wollte etwas erleben. Etwas Unterhaltsames, Erregendes, Männliches.

Er machte das Radio an und holte sich ein Bier aus dem Kühlschrank. Er lümmelte sich auf die Couch, folgte mit halbem Ohr dem Musikprogramm und überlegte, wie er den Abend verbringen wollte. Wenn er doch bloß mehr Geld und eine Frau an seiner Seite gehabt hätte!

Er hatte das Bier zur Hälfte ausgetrunken, als es an der Tür klingelte. Er fuhr zusammen. Noch nie hatte jemand bei ihm geklingelt. Er stand auf. Er ließ sich weder besonders viel Zeit noch beeilte er sich, er ging mit Bedacht.

Bevor er nach dem Türknauf griff, hielt er die Luft an. Erst, als er die Tür öffnete und wieder ausatmete, bemerkte er es.

Die Rothaarige stand vor ihm. »Mir wurde gerade abgesagt.«

Er durfte nicht wie der letzte Trottel wirken, deswegen hielt er seine Freude zurück. »Hereinspaziert. Vielleicht ist er ja hier?«

»Hoffentlich nicht«, sagte sie trocken. Sie ging an ihm vorbei ins Wohnzimmer. Nahm alles in Augenschein. Es hätte ein bisschen ordentlicher sein können. Die Sonntagszeitungen zerfleddert über das Sofa und den Boden zerstreut. Die Sofakissen nicht aufgeschüttelt. Die Aschenbecher voll. Die Bierflasche auf dem Läufer. Aber trotz der Unordnung sah das Wohnzimmer stilvoll aus. Die Wände waren vielleicht von Anfang an graugrün gewesen, aber die Einrichtung hatte Terriss ausgesucht. Alles modern, helles Holz, Glas und Chrom, gelbe, graue und weinrote Polstermöbel. Terriss hatte geprahlt, sein Einrichtungsgeschmack sei unfehlbar. Aber das hier war nicht der Ausdruck von individuellem Geschmack, sondern von Geld. Wenn man so viel Geld hatte wie Terriss, kam der Stil von ganz allein. Dann konnte man nichts falsch machen.

»Sonntags kommt die Putzfrau nicht«, sagte Dix.

»Sie sollten mal mein Apartment sehen.« Sie setzte sich in den Schaukelstuhl, als wäre sie darin zu Hause. Sie trug dieselben Hosen wie zuvor. Sie waren nicht hellblau, sondern hellgelb, der Pullover war dunkelgelb, und die Jacke, die sie sich über die Schultern geworfen hatte, war weiß. Ihr Haar war nicht rot, es hatte die Farbe von gebrannter Siena und einen goldenen Schimmer. Sie hatte sich die Haare gemacht und ihr Make-up aufgefrischt, aber umgezogen hatte sie sich nicht.

Dix hielt ihr das Zigarettenkästchen hin. »Und wieso wollen Sie ihm lieber nicht begegnen?«

Sie nahm sich eine, sah ihn an und wartete darauf, dass er ihr Feuer gab. Mit dem schmalen goldenen Feuerzeug von Mel. »Weil er glaubt, dass ich schreckliche Kopfschmerzen habe und ins Bett gegangen bin.« Sie blies Dix den Rauch ins Gesicht. »Und dass ich das Telefon ausgesteckt habe.«

Er lachte. Sie war schamlos, wie ihre glutroten Lippen, wie ihr Blick. Sie war genau das, was er wollte. »Drink gefällig?«

»Nein, ich habe Hunger. Cocktails hatte ich schon mehr als genug.« Sie rekelte sich im Schaukelstuhl. »Vielleicht bin ich deswegen auch hier.« Sie sah sich im Wohnzimmer um.

»Darf ich noch austrinken?«
»Natürlich.«
Er setzte sich wieder aufs Sofa und griff nach der Flasche. Die Zeitung, die so zu Boden gefallen war, dass man Mildreds käsiges Gesicht zur Hälfte sehen konnte, ließ er einfach liegen und stellte den Fuß darauf.

Plötzlich sah sie ihn wieder an. »Mel Terriss wohnt hier.« Eine Feststellung, keine Frage.

»Richtig. Mel ist in Südamerika. Er lässt mich hier wohnen, bis er wiederkommt.«

»Und Sie sind wer, bitte schön?«

Er lächelte – »Dix Steele« – und gab die Frage zurück: »Und wer, bitte schön, sind Sie?«

Sie war es nicht gewöhnt, dass man mit ihren eigenen Waffen zurückschlug, wusste nicht, was sie davon halten sollte. Sie warf ihre Haare zurück und zögerte kurz, ließ ihn dabei nicht aus den Augen. Dann akzeptierte sie ihn als ebenbürtig. »Laurel Gray.«

Er nickte ihr zu. »Erfreut, Sie kennenzulernen.« Viel zu höflich. Er versuchte es auf die unverschämte Art: »Und? Verheiratet?«

Sie war empört, hatte schon den passenden Gegenschlag parat, zügelte sich aber und musterte ihn noch einmal in aller Seelenruhe. Sie trug keinen Ehering, nur einen verschlungenen, klobigen, mit Rubinen und Diamanten besetzten Goldring. Glitzernde Klunker, wie sie in den Schaufenstern der Juweliergeschäfte auf dem Beverly Drive auslagen. Und einen Haufen Geld kosteten. Manchmal stand er vor den dicken Glasscheiben, betrachtete die großen Steine und war ratlos. Wie kam man an einen solchen Haufen Geld?

Irgendjemand hatte ihr diesen Ring an den Finger gesteckt. Aber einen Ehering trug sie nicht.

»Was geht Sie das an? Aber wenn Sie es unbedingt wissen wollen: zurzeit nicht«, sagte sie unterkühlt. Sie reckte ihr Kinn, und er wusste sofort, was sie sagen wollte, und damit sie es nicht

sagte, fragte er: »Sind Sie mit Mel befreundet?« Vielleicht war der Ring von ihm.
»Eigentlich nicht.« Sie drückte ihre Zigarette aus. »Aber ich habe mich hier ab und zu auf seinen Partys blicken lassen.« Sie beäugte ihn skeptisch. »Und Sie?«
Sie war neugierig, wie alle Frauen. Ihm doch egal. Sie würde nur in Erfahrung bringen, was er preiszugeben bereit war. »Alte Freunde«, sagte er. »Wir haben uns vor dem Krieg in Princeton kennengelernt.« Princeton war in ihren Augen gleichbedeutend mit Geld und Ansehen. Berechnung ihre zweite Natur. Sie mochte ein gieriges, kaltschnäuziges Miststück sein, aber sie hatte Feuer, und Männer spielten gern mit dem Feuer. »Ich komme aus New York«, sagte er beiläufig. New York klang besser als New Jersey.
»Sie sind also nach Kalifornien gekommen und haben Ihrem guten alten Mel einen Besuch abgestattet?«, fragte sie spöttisch.
»Woher denn!« Er betrachtete ihre langen Beine, ihre geschwungenen Hüften. »Terriss besucht man nicht. Terriss läuft man über den Weg.« Sie nahm sich noch eine Zigarette. Er trat auf sie zu, gab ihr Feuer. Als er sich über sie beugte, roch er ihr Parfüm, den Duft ihres Körpers. Ihre Augen waren groß und unverschämt. Aber es war noch zu früh. Er ließ das Feuerzeug zuschnappen, blieb kurz stehen, ließ den Geruch auf sich wirken.
»Und Sie möchten ganz sicher keinen Drink?«
»Ich möchte etwas essen.« Sie wollte nichts essen. Sie wollte das Gleiche wie er.
»Das werden Sie.« Aber nicht sofort. Er fühlte sich wohl. Er wollte nicht das Apartment verlassen müssen. Er wollte ihr weiter gegenübersitzen und seinen Instinkten nachspüren. Er wusste, wer diese Frau war. Er hatte es schon an dem Abend gewusst, als er ihr das erste Mal begegnet war. Es befriedigte ihn, alles bestätigt zu sehen. »Aber erst noch ein Drink.«
Sie wurde schwach: »Machen Sie zwei daraus.«

Er lächelte in sich hinein und ging in die Küche. Er hatte gewusst, dass sie ihre Meinung ändern würde. Ein paar Drinks noch, dann würden sie beide sich schon kennenlernen. Als er ins Wohnzimmer zurückkam, lag sie in den Schaukelstuhl geschmiegt wie zuvor. Als hätte sie sich nicht gerührt, als sollte er ihr Bewegung einhauchen.

Sie hatte sich gerührt. Die Zeitung, auf der sein Fuß gestanden hatte, lag jetzt neben ihrem Stuhl. Sie nahm ihm ihr Glas aus der Hand und sagte: »Der Würger hat also wieder zugeschlagen.« Sie war nicht wirklich interessiert, machte nur Konversation, das war alles. »Vielleicht begreifen diese dämlichen Kühe irgendwann, dass man sich nicht von irgendwelchen fremden Männern aufgabeln lässt.«

»Haben Sie sich etwa nicht aufgabeln lassen?«

Sie nahm einen großen Schluck von ihrem Highball und hob die Augenbraue. »Aber Princeton«, schnurrte sie, »Sie sind doch kein Fremder.« Auch sie nahm die Spannung wahr. »Mels Hausbar hat nie zu wünschen übriggelassen.«

»Der Keller ist bestens bestückt«, sagte er. »Apropos, ich bin Mel in einer Bar in die Arme gelaufen.«

»Und dann haben Sie in alten Zeiten geschwelgt?«

»Mel hat sich volltrunken an meine Begleitung rangemacht«, sagte er. Sein Blick sprach Bände. »Eine Blondine.«

»Eine Blondine, die Sie irgendwo aufgegabelt hatten, nehme ich an?«

»Eine Freundin aus New York«, log er. »War nur eine Woche in L.A. zu Besuch. Nicht Mels Typ.« Er trank einen Schluck. Er konnte sich nicht mehr an die Frau erinnern, nicht einmal an ihren Namen. »Haben Sie mal versucht, ihn loszuwerden, wenn er betrunken war?«

»War er jemals nicht betrunken?«

Er zuckte mit den Schultern. »Wir waren am nächsten Tag zum Lunch verabredet. Ich war gerade auf Apartmentsuche, und er stand kurz davor, nach Rio zu gehen, für seinen neuen Job. Und dann –«

»Wie bitte? Mel und ein Job? In Rio? Niemals!«

»Das hat er mir jedenfalls erzählt.« Das hatte ihm Mel tatsächlich erzählt. Möglich war es durchaus. Manche Alkoholiker versuchten es mit einem Neuanfang.

»Und dann sind Sie mal eben eingezogen«, sagte sie belustigt.

»So ist es, ja.« Kein Grund, gereizt zu sein. Sie hatte nicht sagen wollen, dass er auf Mels Kosten hier wohnte. Wenn sie davon ausgegangen wäre, dass sein Konto leer war, hätte sie ihm keine Gesellschaft geleistet. Sie hielt ihn vermutlich für einen genauso stinkreichen Nichtstuer, wie Mel Terriss einer war. Er zeigte sich ungerührt. »Brauchte einen ruhigen Ort zum Arbeiten.«

Sie schien sich bestens zu amüsieren. »Und was machen Sie? Bomben enwickeln?«

»Ich schreibe.« Weiteren Fragen kam er zuvor. Jetzt war sie an der Reihe. »Arbeiten Sie beim Film?«

»Selten. Ich stehe nicht gern früh auf.« Sie kannte ihre Kniffe, ihre Plattitüden, sie sagten mehr als tausend Worte. Was für ein Mann wohl an ihrer Seite war? Er sah ihn vor sich: Schmerbauch, Glatze, Doppelkinn. Zu alt, um noch eine Frau abzubekommen, ohne dafür zahlen zu müssen, sehr viel zahlen zu müssen. Einer, für den nur sein Geld sprach. Ein übler Verdacht befiel ihn. Vielleicht war es Terriss? Ein reicher alter Sack war er zwar nicht. Aber etwas in der Art: ein junger Kerl, abgestumpft vom Suff, auch äußerlich in Mitleidenschaft gezogen, ein Trottel, der schon immer ein Trottel gewesen war, schon bevor der Alkohol sein Hirn in Tiefschlaf versetzt hatte. Mit einem Ego, das zum Himmel stank. Er konnte förmlich hören, wie Terriss mit seiner Süßen prahlte, sie der Öffentlichkeit vorführte, so wie die Rothaarige ihren Klunker, und sich einredete, dass er ihr den Ring nicht hätte kaufen müssen, dass er sie einfach nur auf Händen trug.

Nein, nicht Terriss. Terriss hätte mit ihr angegeben. Sie zumindest erwähnt. Terris war es nicht. Und doch, die Möglichkeit krümmte sich in seinem Hirn wie ein fetter Wurm. Es war ihr ein Leichtes, Männer um ihren krallenbewehrten kleinen Finger zu wickeln, Männer wie Terriss. Vielleicht hatte er ihren Namen nicht verraten dürfen. Wegen ihres Berufs. Wegen eines eifersüchtigen Ex-Mannes, einer noch nicht abgeschlossenen Scheidung. Sie schwieg jetzt schon eine ganze Weile. Trank ihren Highball und musterte ihn eingehend. Aber an seinem Gesicht war nichts abzulesen. Er verstand sich darauf, eine ausdruckslose Miene aufzusetzen.

Er trank einen Schluck. »Ich stehe auch nicht gern früh auf«, sagte er, »deswegen schreibe ich.«

»Für die Leinwand?«

Er lachte. »Richtige Bücher, Lady! Falls ich irgendwann versuchen sollte, ein Drehbuch loszuschlagen, dann nur, weil ich Geld brauche.« Genau die richtige Antwort. Ihre Skepsis hatte ein Ende, man sah es sofort. Eine kaum merkliche Veränderung des Muskeltonus. Er behielt sie im Blick, leerte sein Glas.

»Noch einen?«

»Vorerst nicht, ich –«

»Sie sind hungrig, ich weiß. Ich gehe nur schnell mein Sakko holen, dann können wir los.« Er ging ins Schlafzimmer, griff nach dem schweren Tweedsakko, tiefbraun war der Stoff, weich und exquisit, und kehrte im Handumdrehen wieder zurück. Er zog es über. Er hatte zwanzig Dollar dabei, genug für ein Sonntagabenddinner. Für ein feines Restaurant reichte es nicht, aber dafür waren sie beide ohnehin nicht richtig angezogen.

Sie hatte ihren Lippenstift aufgefrischt, sich die Haare gekämmt und den weißen Mantel wieder über den gelben Pullover gezogen. Sie sah aus, als hätte sie gerade ein Bad genommen. Als er ins Wohnzimmer kam, trat sie von dem Spiegel weg, der neben dem Schreibtisch hing. Sie hatte ihre Tasche auf den Schreibtisch gelegt. Zum Glück hatte er den Brief an Onkel Fergus schon abgeschickt. Sie wäre imstande gewesen, sich auf jede erdenkliche Art über einen Mann zu informieren.

»Fertig?«

Sie nickte und ging zur Tür. Er trat hinter sie, genau rechtzeitig, um ihr die Tür zu öffnen. Sie sah zu ihm auf. »Haben Sie Mels Adresse? In Rio?« Die Frage kam unerwartet. Wieso zum Teufel konnte sie diesen elenden Mel Terriss nicht einfach vergessen?

»Ich gebe sie Ihnen, wenn wir zurückkommen«, sagte er. Er öffnete die Tür. Gemeinsam gingen sie in die Nacht.

Er berührte sie zum ersten Mal, führte sie mit einer Berührung am Ellenbogen in den blauen Patio.

Und fragte: »Wie wär's mit Malibu?«

EINS

Sie hatte keine Angst. Unbekümmert machte sie es sich auf dem Beifahrersitz bequem, ihr Knie dicht an seinem Bein. In einer Kurve berührte sie ihn. Ihr war bewusst, dass sie ihn berührte, sie hatte sich absichtlich so hingesetzt, es war einer ihrer Tricks. Und obwohl er wusste, dass es nur ein Trick war, war er erregt, hatte er die Berührung erwartet.

Dies war der Anfang von etwas Erfreulichem, etwas so Erfreulichem, dass ihm die Plötzlichkeit der Ereignisse einfach nur gefiel, ohne dass er groß darüber nachdachte. Sie saß neben ihm, das genügte. So lange schon hatte er sich nach ihr gesehnt. Schon immer hatte er sich nach ihr gesehnt.

Es war ein Traum. Ein Traum, den er nicht zu träumen gewagt hatte. Eine solche Frau! Rothaarig, üppig gebaut, duftend, mit geschwungenen Hüften. Eine kluge Frau. Er hatte keine Lust auf Malibu, er wollte wenden und zurück ins Apartment. Aber er konnte noch warten. Es war besser zu warten. Das wusste auch sie.

So früh am Abend herrschte nur wenig Verkehr. Er bog auf den Wilshire Boulevard und fuhr zu dem Eukalyptuswäldchen am San Vicente Boulevard. Ätherischer Eukalyptusgeruch parfümierte die Nacht. San Vicente war eine dunkle Straße, das fiel ihm erst jetzt auf. Sie rochen den Ozean schon, lang bevor sie den Hügel hinab in den Canyon fuhren, lang bevor sie das Wasser hörten.

Sie schwieg während der Fahrt, und er war dankbar für ihr Schweigen. Er fragte sich, ob sie ihm in der Stille auf den Grund zu kommen versuchte oder ob sie einfach nur müde war. Erst als er in den Canyon einbog, begann sie zu sprechen.

»Sie kennen sich aber gut aus auf den Nebenstraßen.«

»Sie offenbar auch«, antwortete er und lächelte. Sie berührte ihn wieder mit dem Knie. Warf ihr Haar zurück. »Ich bin oft genug hier langgefahren«, sagte sie auf ihre langsame und heisere Art, die den Worten Gewicht verlieh. Sie lachte. »Ich habe Freunde in Malibu.«

»Auch einen Freund der besonderen Art?«

»Ich habe nur besondere Freunde.«

»Aber haben Sie denn keine Freunde, die besonders besonders sind?« Die Neugier nagte an ihm. Er wollte wissen, wer sie war. Aber er konnte ihr keine offenen Fragen stellen. Sie war ihm ähnlich. Sie würde lügen.

»Normalerweise schon«, sagte sie. Sie fuhren jetzt auf dem Küstenhighway, zu ihrer Rechten lag Malibu. »Wo sollen wir essen?«, fragte sie.

»Wo Sie wünschen. Sie kennen sich in Malibu sicher aus.«

»Ich möchte nicht nach Malibu.«

Er drehte sich zu ihr, überrascht von ihrer Schroffheit. Er befürchtete, dass jetzt alles zu Ende war, dass sie ihn fallen lassen würde, so wie sie auch den Mann vor ihm hatte fallen lassen. Er befürchtete, etwas Falsches gesagt oder getan zu haben, ohne zu wissen, was. Aber sie war nicht aufgebracht. »Ich bin zu hungrig, um noch weiterzufahren. Gehen wir zu Carl's.«

Ihr Wunsch war ihm Befehl. Die Neonreklame des Lokals blinkte über die Straße. Ihm fiel ein, dass die Nicolais oder die Jepsons von Carl's oder Joe's oder Sam's gesprochen hatten. Er wollte ihnen nicht begegnen. Er wollte Laurel ganz für sich allein, er wollte sie nicht teilen müssen. Sie sollte von der Wut und der Angst, in die die Nicolais verstrickt waren, unberührt bleiben. Niemals sollte sie von etwas Hässlichem berührt werden.

Aber er wollte sich nicht gegen ihren Wunsch sperren. Wollte keine Spannungen riskieren, wo doch alles zwischen ihnen so friedlich, so unkompliziert gewesen war. Falls sich die Nicolais heute fürs Carl's entschieden hatten, waren sie bestimmt nicht mehr da. Als er sie vor über zwei Stunden verlassen hatte, waren sie kurz davor gewesen, sich auf den Weg zu machen. Vor dem Lokal parkte ein Wagen aus. Er wandte sich instinktiv von den Scheinwerfern ab, bog in die Straße neben dem Lokal, parkte ein, es war eng.

»Ich rutsche durch«, sagte sie. Er sah zu, wie sie auf seine Seite kam, half ihr aus dem Wagen, indem er ihre Hand nahm und sie an der Taille berührte. Jenseits der Straße war das Meer zu hören, sein Anbranden und Verstummen in der Dunkelheit. Für einen kurzen Moment stand sie dicht an seiner Seite, zu dicht, dann ließ er sie los. »Es macht Ihnen auch wirklich nichts aus, hier zu essen? Die Shrimps sind vorzüglich«, sagte sie.

Sie führte ihn zu den Eingangsstufen, und sie betraten den Gastraum. Es war nicht viel los. Er verschaffte sich schnell einen Überblick. Er kannte niemanden – und sie auch nicht. Sie hatte sich genauso umgesehen wie er.

Der Raum war groß, warmes Licht, die Fensterfront ging auf den nächtlichen Ozean. Sie setzten sich einander gegenüber, und er fand Gefallen daran. Mit einer Frau zusammen zu sein, ihr gegenüberzusitzen, ihr Gesicht wahrzunehmen, seine Form, die Struktur der Knochen unter der gebräunten Haut, die Augen, den Schwung der Lippen ... diese glutroten Lippen.

»Kennen Sie mich noch, wenn wir uns das nächste Mal über den Weg laufen?«, fragte sie.

Er nahm sie wieder als Ganzes wahr. Er lachte, aber was er erwiderte, meinte er völlig ernst. »Ich kannte Sie schon, bevor wir uns zum ersten Mal begegnet sind.«

Sie machte große Augen.

»Und Sie kannten mich.«

Sie senkte die Lider. Ihre Wimpern waren lang und geschwungen, wie bei einem Kind.«Sie sind sehr von sich überzeugt, stimmt's, Dix?«

»Ich bin noch nie so überzeugt gewesen.«

Sie riss die Augen auf und wurde von Lachen geschüttelt.

»Gütiger Himmel!«

Er schwieg, antwortete nur mit einem Blick. Zuvor war er unsicher gewesen im Umgang mit ihr, jetzt nicht mehr. Er wusste, was zu tun war. Ihre Kälte war rein äußerlich. Tief in ihrem Innersten war auch sie auf der Suche. Ein Gefühl der Euphorie überkam ihn. Er wusste, dass er das Richtige tat. Sie war für ihn bestimmt.

Bevor er sich weiter ins Zeug legen konnte, kam die Bedienung. »Bestellen ruhig Sie, Laurel. Ich schließe mich Ihnen an. Ein Aperitif vorneweg?« Die Unterbrechung ärgerte ihn. Die Bedienung war ein junges Ding mit einer viel zu mächtigen Frisur und einem banalen Gesicht.

»Nein.« Souverän und ohne Umschweife bestellte sie für beide.

»Und zwei Kaffee, gerne sofort!«

Die Bedienung ging, kam aber schnell zurück und schenkte ein. Diesmal würde sie nicht so bald wiederkommen.

»Wenn Sie Ihren Kaffee nicht möchten, Princeton, nehme ich ihn.«

»Bedaure«, sagte er. Sie wusste, wonach ihm der Sinn stand. Kaffee, sofort, nicht später. Er beugte sich über den Tisch, gab ihr Feuer, wurde ihrer ganz gewahr. Sie war echt, keine Fantasie eines einsamen, bedürftigen Mannes. Sie war eine Frau.

Sie machte es sich bequem. »Und wie lange wohnen Sie schon in Mels Apartment?« Sie führte das Gespräch absichtlich auf weniger intimes Terrain. Aber das machte nichts. Die Verzögerung erhöhte nur den Reiz.

Er überlegte. »An die zwei Monate – sechs Wochen etwa.«

»Seltsam, dass wir uns nicht früher begegnet sind.«

»Stimmt.« Andererseits war es überhaupt nicht seltsam. Er

hatte das Apartment oft durch den Hintereingang verlassen, der Weg zur Garage war so kürzer. Er hatte den bläulichen Patio keine sechs Mal betreten. »Als ich Sie gestern zum ersten Mal sah, dachte ich, Sie wären nur zu Besuch. Sind Sie verreist gewesen?«

»Nein.«

»Wir haben wohl nicht den gleichen Tagesrhythmus. Das dürfte sich bald ändern.«

»Wir werden sehen.«

»Ganz bestimmt«, sagte er überzeugt.

»Und wann ist Mel abgereist?«, lenkte sie wieder ab.

Er dachte nach. »Im August. Am Monatsanfang. Noch bevor ich eingezogen bin.«

Die Bedienung unterbrach sie erneut. Sie blieb nicht lang und war auszuhalten, trotz ihres banalen Gesichts. Die Shrimps sahen gut aus. Ohne zu fragen, schenkte sie Kaffee nach.

Er wartete, bis die Bedienung außer Hörweite war. »Wieso interessieren Sie sich eigentlich so sehr für Mel? Ich dachte, Sie wären nur ein paar Mal bei ihm gewesen?« Er war nicht eifersüchtig, aber sie sollte annehmen, dass er es war, ein wenig. Er hatte Erfolg, er konnte es sehen. Vielleicht war auch ihr daran gelegen, vielleicht ritt sie deswegen auf Mel herum. Nur einer ihrer Tricks, im Grunde interessierte sie sich nicht für Mel. »Haben Sie etwa für ihn geschwärmt?«

»Meine Güte, Princeton!« Damit hatte sich das Thema erledigt. Sie würde es nicht noch einmal versuchen.

Er lächelte. »Ich dachte schon, Mel wäre Ihr Juwelier.« Er berührte den großen rubinbesetzten Ring.

Sie schürzte verächtlich die Lippen. »Mel ist viel zu geizig. So einen Ring hätte er nicht gekauft. Alkohol ist das Einzige, wofür er Geld ausgeben kann, ohne sich zu ärgern.« Sie warf einen Blick auf den Ring. »Mein Ex.«

Er hob die Augenbrauen. »Ein schönes Stück.«

»Heiraten Sie niemals nur wegen des Geldes, Princeton, das ist es nicht wert.« Es war förmlich aus ihr herausgeplatzt. Und dann begann sie zu essen, als wäre sie sich mit einem Mal wieder ihres Hungers bewusst geworden. »Ich dachte, es lohnt sich, reich zu heiraten«, sagte er. Und fügte hinzu: »Für eine Frau.«

»Gegen das Geld ist nichts einzuwenden. Aber das ganze Drumherum!« Ihr Gesicht war wie versteinert. »Ungeheuer.«

»Wer? Ihre Verflossenen etwa?«

»Leute mit Geld. Menschen, die glauben, ihnen gehört die Welt. Die weder denken noch fühlen und einfach immer nur kaufen. Gott, wie ich diese Leute hasse!« Sie schüttelte den Kopf. »Halt die Klappe, Laurel.«

Er lächelte verständnisvoll und sagte: »Aber das trifft nicht auf alle zu.« Als wäre er selbst einer von diesen reichen Kerlen, eins von diesen Ungeheuern.

»Ich rieche Geld aus ein paar Meilen Entfernung. Und ich sage Ihnen, Princeton, diese Leute sind alle gleich.«

»Aber nicht jeder, der Geld hat, ist so wie Mel – oder Ihr Ex.« Sie aß weiter. So als hätte sie ihm nicht zugehört. Aber er musste wissen, ob Mel ihre Miete gezahlt hatte. »Immerhin zahlen sie die Miete. Und kaufen Schmuck.«

»Niemand bezahlt mir die Miete«, sagte sie schroff. Dann lächelte sie. »Halt die Klappe, Laurel, hab ich gesagt. Ich bin aber schon ein bisschen überrascht, dass sich Mel nicht von mir verabschiedet hat. Dabei hat er mich doch sonst auch ständig behelligt.«

»Mich wundert, dass er Sie nicht einfach mitgenommen hat.«

Sie verzog das Gesicht. »Ich habe Ihnen doch gesagt, dass ich meine Lektion gelernt habe, Princeton! Keine Geldheirat!«

Niemand, der ihre Miete zahlte. Sie war also allein. Sie war quitt mit ihrem Ex. Dafür hatte sie gesorgt, sie und eine Armee teurer Anwälte. Er sagte beiläufig: »Wenn er Sie abgefunden hat,

hat es sich wenigstens gelohnt. Sie können ausschlafen und haben ein Dach über dem Kopf.«

»Das stimmt.« Ihr Mund nahm einen strengen Zug an. »Aber ich werde nie wieder heiraten!«

Er konnte ihre Verbitterung verstehen, zugleich beunruhigte sie ihn. Vielleicht gab es da jemanden, den sie genauso sehr wollte, wie Dix sie wollte. Sie würde ihren Ex nicht so sehr hassen, wenn es keinen Grund gäbe, schließlich lebte sie von seinem Geld und war gleichzeitig frei von ihm. Er musste aufhören, er hatte ihr schon zu viele Fragen gestellt. Er hatte sie ausgehorcht, und sie würde ihn durchschauen, sobald ihre Wut verraucht war. Er lächelte. »Umso besser.«

»Warum?« Sie sah ihn skeptisch an.

»Weil ich Ihnen sonst vielleicht nicht rechtzeitig begegnet wäre – wenn Sie wieder geheiratet hätten, meine ich.«

Es besänftigte sie, begehrt zu werden. Sie schenkte ihm einen aufreizenden Blick. »Also bitte, Princeton!«

»Oder bin ich etwa doch zu spät?«

Sie lächelte das unerforschliche Lächeln einer Frau, die sich sehr gut auskannte in ihrem Waffenarsenal. Und antwortete nicht. Vielleicht gab es da jemanden. Aber in diesem Moment, in ihrer Gesellschaft, wusste er um seine Künste. Dies hier war ihr Schicksal, er war sich sicher. Sie hatten sich kennenlernen, sich ineinander verlieren sollen. So war es bestimmt, so und nicht anders.

Sie waren die letzten Gäste. Sie traten in die Dunkelheit, in den Geruch des Ozeans, und er war von einem Gefühl der Macht und der Erregung erfüllt, einem steten Pulsieren. Aber heute war es gut. Denn heute war er an ihrer Seite. Er wollte, dass sie für immer bei ihm blieb, zu zweit vereint. Mit ihr aufsteigen wollte er, in den gewaltigen Nachthimmel. »Fahren wir nach Malibu?« Er wollte eigentlich nicht ans Steuer, sich mit der Mechanik des Fahrens befassen. Er war froh, dass sie ablehnte.

»Lieber nicht.«

Fahren musste er trotzdem, vorerst ohne Ziel. Aber dann sah er eine geeignete Stelle, um anzuhalten. Eine Baulücke mit Sicht auf den nächtlichen Strand, den Ozean. »Einverstanden? Ich will nur ein bisschen Seeluft atmen.«

Ihre Augenbraue zuckte auf. Sie war davon ausgegangen, dass er mit dem Hintergedanken eines Halbwüchsigen hier hielt. Ihr gefiel, dass es ihm um etwas anderes ging. »Lassen Sie uns näher ans Wasser gehen, dann riecht man es besser«, sagte sie unverhofft.

Sie stiegen aus, gingen über den Strand, der Wind zerrte an ihnen. Die Böen und der tiefe Sand machten ihnen zu schaffen, aber sie kämpften sich immer weiter voran, bis sie am Ufer waren. Schaumkronen standen wie Frost auf dem schwarzen Gewühl der Wellen. Sterne blitzten im Himmelsgewölbe. Ein rhythmisches Pulsieren, ein Donnern und Rauschen, unaufhörlich. Der Geruch des Ozeans war durchdringend. Die salzige Gischt benetzte ihre Lippen.

Als sie über den Strand auf das Ufer zugelaufen waren, hatte er ihre Hand genommen, jetzt hielt er sie noch immer, und sie zog sie nicht weg. »So etwas habe ich schon sehr, sehr lange nicht mehr gemacht«, sagte sie. Ihre Stimme klang aufrichtig, sie spielte nicht mit ihm. Sie war bei ihm in diesem Augenblick – bei niemandem sonst. Der Wind fuhr ihr ins Haar, er konnte nur noch den Umriss ihrer Stirn und ihrer Wange sehen. Glücksgefühle wogten in ihm auf. Er hatte nicht daran geglaubt, jemals wieder Glück zu empfinden. Er wollte etwas sagen. »Laurel.«

Sie wandte sich ihm langsam zu, als wäre sie überrascht von seiner Gegenwart. Der Wind wehte ihr die Haare wie einen Schleier vors Gesicht. Sie sah zu ihm auf, und zum ersten Mal, hier, im Licht des Ozeans und der Sterne, konnte er die Farbe ihrer Augen erkennen – Dämmerungslicht, aufsteigender Meeresdunst, gesprenkelt mit dem Gold der Sterne.

»Laurel«, sagte er, und sie lehnte sich an ihn, wie von ihm erwartet, wie vorherbestimmt. »Laurel!«, stieß er hervor, als würde er mit ihr den Akt vollziehen. Um sie her war Stille, eine Stille, die noch gewaltiger war als der donnernde Rausch des unersättlichen Ozeans.

ZWEI *Schlafen, vielleicht auch träumen und träumend wachen ...* Schlafen und Wachen. Schlafen, in Frieden, befreit vom roten Unheil des Traums. Erwachen, ohne sich durch den Nebel dem Sonnenlicht entgegenkämpfen zu müssen. Güte des Schlafs, noch gütigeres Erwachen.

Das Klingeln des Telefons weckte ihn auf. Er griff nach dem Hörer, spürte neben sich die Vibration.

Er wollte leise sprechen, wollte sie nicht wecken. Und wollte es doch, dass sie die Augen aufschlug, so wie auch er die Augen aufgeschlagen hatte, in gleißendem Sonnenlicht. »Hallo?«

»Dix? Störe ich dich bei der Arbeit?«

Brub Nicolai. Für einen kurzen Moment schien das Licht schwächer zu werden, als hätte eine kalte Hand die Sonne berührt. »Ganz und gar nicht«, flüsterte er.

Brub wirkte heute nicht niedergeschlagen. Er klang ganz wie der Alte. »Wer war die Rothaarige gestern? War das etwa *die* Rothaarige?«

Es verschlug ihm die Sprache. Brub konnte ihn unmöglich mit Laurel gesehen haben. Es sei denn, er ließ ihn beschatten. Was noch unwahrscheinlicher war. Was ungeheuerlich wäre. »Wovon redest du?«

»Die Rothaarige, Dickson. Nicht deine Verabredung aus Hollywood. Die Rothaarige, die meine ich. War das etwa –«

»Wusste ja gar nicht, dass du ein Spanner bist, Brub. In welchem Gebüsch hast du dich versteckt?«

Brub lachte. Völlig unbekümmert. »Du hast uns nicht gesehen. Wir sind im Carl's gewesen und gerade losgefahren, als ihr kamt. Sylvia hat dich entdeckt. Mir ist nur die Rothaarige an deiner Seite aufgefallen.«

Der Wagen, dem er ausgewichen war, als er in der Nebenstraße parkte. Überall waren Augen. Ein Schneider auf dem Nachhauseweg vom Kino. Eine Bedienung im Drive-in. Ein junger Fleischergehilfe auf seinem Fahrrad. Ein Rezeptionist mit einer spitzen glänzenden Nase. Die wachsame, zu wachsame Frau eines Ermittlers. Deren Augen zu viel sahen.

Überall waren Augen, immer, aber sie sahen nie genug. So viel hatte er bewiesen. Seine Hand, die krampfhaft den Hörer umfasste, entspannte sich wieder. »Wundert mich nicht. Und was hat dein Frauchen dazu gesagt?«

»Das wiederhole ich besser nicht«, sagte Brub. Eine Veränderung des Tonfalls, kaum merklich. Zurück zur Tagesordnung. »Wie wär's mit Lunch? Du und ich und die Rothaarige?«

Er hörte sie atmen. Sie war wach, aber sagte nichts. »Sie hat schon was vor.« Er wollte nicht, dass sie Brub kennenlernte. Sie gehörte in eine andere Kategorie als die Nicolais.

»Aber du bist zu haben? Sag schon, wie wär's?«

Er hätte ablehnen können. Aber das wollte er nicht. Nicht einmal, um mit ihr zusammen zu sein. Die Partie war wichtig und musste gespielt werden. Jetzt, da Brub auf ihn zugekommen war, verspürte er wieder Lust zu spielen.

»Einverstanden. Wann und wo?« Er sah auf die Uhr. Es war schon nach elf Uhr.

»Um zwölf? Ich bin in Beverly Hills. Auf dem Revier.«

Sein Herz schlug schneller. Das wurde ja immer besser. Ab ins Revier, Lunch in der Mordkommission. Aber er wollte nicht hetzen müssen. Wollte ihr dabei zusehen, wie sie noch den letzten Rest Schlaf abschüttelte, wollte sehen, wie sie Frau war, sich anzog, die Haare bürstete. »Um eins, in Ordnung?«

»In Ordnung. Wir treffen uns hier?«
»Ja. Bis dahin, Brub.« Er legte auf, drehte sich um, sah sie an. Sie war schön, jünger als bei ihrer ersten Begegnung vermutet. Sie war schön nach dem Aufwachen. Das zarte Gespinst ihrer Haare auf dem Kissen, die großen dunkelgrauen goldgefleckten Augen. Sie lächelte nicht, sah ihn nur an, fragend und lang.
»Wer geht zuerst unter die Dusche?«, fragte sie.
Er berührte ihre Wange. Wollte ihr sagen, wie schön sie war, was sie ihm bedeutete, bedeuten würde. »Der, der keinen Kaffee kocht.«
Sie rekelte sich, träge wie eine Katze. »Ich koche nie.«
»Dann ab ins Bad mit dir – und lass dir nicht den ganzen Tag Zeit.«
»Da ist wohl jemand zum Lunch verabredet, was?«
»Geschäftlich.«
»Das dachte ich mir schon.«
Er durfte sie gar nicht erst anfassen, wenn er pünktlich sein wollte. Langsam und unwillig ließ er die Finger von ihr, fand aber ein gewisses Vergnügen darin, nicht zu dürfen, verzichten zu müssen. Die nächste Gelegenheit, die sich bot, würde er sich nicht entgehen lassen. Vorfreude war die schönste Freude.
»Na los«, drängte sie, »mach uns Kaffee!«
Sie hatte nicht erwartet, dass er tatsächlich aufstehen würde. Sie war überrascht, als er ihr gehorchte und seinen Morgenmantel anzog. Er wollte sie auch überraschen, ihr Interesse an ihm wecken. Sie kannte sich aus mit Männern, dabei war sie eigentlich zu jung dafür. Sie würde sich nur in eine Beziehung mit ihm verwickeln lassen, wenn sie lange genug bei ihm blieb, und dafür musste er ihr Interesse wecken. So verwöhnt und klug und skeptisch, wie sie war.
Er setzte den Kaffee auf und öffnete die Tür. Die Zeitung lag auf der Fußmatte, er musste also nicht in den Hof. Er warf aus Gewohnheit einen Blick auf die Titelseite. Obwohl sich sei-

ne Neugier in Grenzen hielt. Der Aufmacher interessierte ihn nicht. Der Artikel, um den es ihm ging, war auf Seite zwei. Die Ermittler hatten Mildreds Freundinnen vernommen. Keine weiteren Anhaltspunkte. Er überflog den Artikel. Hörte die Dusche plätschern. Keine Post. Für eine Antwort von Onkel Fergus war es zu früh. Hoffentlich schrieb ihm der alte Sack bald. Er brauchte Geld. Damit er Laurel anständig ausführen konnte. In teure Etablissements. Wo er sie präsentieren würde, wie es ihr gebührte.

Er ließ die Zeitung auf den Boden fallen und ging zurück ins Schlafzimmer. Er konnte es kaum erwarten, sie wiederzusehen. Sie war noch im Bad, aber die Dusche lief nicht mehr. Er rief ihr zu: »Wie trinkst du deinen Kaffee?« Berührte ihren gelben weichen Pullover auf dem Stuhl. Wollte sie sehen, ihren sauberen Körper riechen.

Sie kam ins Zimmer. Trug seinen weißen Frotteebademantel, der ihren Körper umhüllte wie ein Kokon. Ihre Haut strahlte, ihr Haar war noch feucht und unfrisiert. Sie kam zu ihm, sein Atem ging unruhig, er umarmte sie. »O mein Gott«, sagte er. Er löste die Umarmung, schob sie von sich. »Ich muss in einer Stunde da sein. Wie trinkst du deinen Kaffee?«

Sie kniff die Augen zusammen. »Schwarz und mit Zucker.«

Sie setzte sich an den Toilettentisch, und er beeilte sich, beeilte sich, damit er schnell wieder bei ihr sein konnte. Als er den Kaffee brachte, saß sie noch immer dort und bürstete sich die Haare, ihre feuergoldenen Haare. Er stellte ihr die Tasse hin, behielt seine in der Hand und ging durchs Zimmer.

»Du solltest duschen gehen, Dix, du kommst sonst noch zu spät zu deinem *Geschäftsessen*«, schäkerte sie.

»Es ist wirklich ein Geschäftsessen! Ich berichte dir bei Gelegenheit davon.« Er trank seinen Kaffee und sah ihr dabei zu, wie sie sich frisierte. Wie sie ihre Lippen schminkte, ihre Wimpern tuschte, als gehörte sie in diese Wohnung. Eifersucht kitzelte ihn. Alles schien ihr so vertraut zu sein. War sie vielleicht nicht zum ersten Mal hier? Hatte Mel Terriss sie angefasst? Eine unerträgliche Vorstellung. Dabei wusste er, dass es vor ihm andere Männer gegeben hatte. Sie war alles andere als unschuldig. Er stand abrupt auf und ging duschen. Er brachte es nicht fertig, bei ihr zu bleiben, jetzt, da der Zorn in ihm aufstieg. Er wusch ihn unter der Dusche von sich. Mel Terriss war weg. Sie hatte nichts mit ihm angefangen. Sie hätte es niemals so nötig gehabt. Nachdem er sich abgetrocknet hatte, wollte er zurück ins Schlafzimmer. Er befürchtete, sie könnte verschwunden sein. Aber sie war noch da, stand in der Tür. »Ich habe dir noch einen Kaffee geholt.«

»Danke, Darling. Stört es dich, wenn ich mich rasiere? Das Ding macht ordentlich Lärm.«

»Das halte ich schon aus.« Sie hatte sich angezogen. Saß mit ihrem Kaffee in der Hand auf dem Badewannenrand und sah ihm dabei zu, wie er sich rasierte. Als könnte sie es nicht ertragen, ihn gehen zu lassen. Als würde es ihr so gehen wie ihm. Jetzt, in ihrer Gegenwart, störte ihn der Lärm nicht. Er redete einfach darüber hinweg. »Ich wusste, dass du zu tun hast, deswegen habe ich Ja gesagt«, erklärte er sich.

»Und wenn ich nicht zu tun hätte?«

»Hast du doch aber, oder etwa nicht?«

»Gesangsunterricht um zwei.«

»Wann kommst du wieder?«

»Warum?«, fragte sie neckend.

Er antwortete nur mit einem Blick, beendete die Rasur, säuberte den Scherkopf. »Heute Abend was vor?«

»Warum?«, fragte sie noch einmal.

»Weil ich heute Abend vielleicht frei bin?«

»Ruf mich an.«

»Ich werde vor deiner Tür kampieren.«

Sie runzelte die Stirn, nur eine Spur. Vielleicht war es auch Einbildung. Aber sie sagte: »Ich komme zu dir.« Und lächelte. »Falls ich nichts vorhabe.«

Er sollte also nicht zu ihr kommen. Vielleicht wegen ihres Ex. Aber warum bloß? Vielleicht hatte sie etwas mit einem anderen. Vielleicht hatte sie gelogen. Vielleicht gab es da jemanden im Hintergrund, den Einen. Den Mann, den sie gestern Nacht angelogen hatte.

»Wenn du nicht kommst, steh ich vor deiner Tür«, sagte er abschließend.

Sie folgte ihm ins Schlafzimmer und machte es sich auf der Bettkante bequem, während er sich anzog. Graue Hosen, blaues Hemd, kein Sakko, es war warm. Er griff nach dem Tweedsakko vom Vorabend, das auf dem Stuhl lag. Er hatte vergessen, es aufzuhängen.

»Sieht aus wie Mels«, sagte sie. »Mel ist immer sehr gut angezogen.«

Er drehte sich mit dem guten Stück in der Hand zu ihr um. Sie hatte sich nichts dabei gedacht, es einfach nur so dahingesagt. »Das ist auch seins«, gab er zu, beiläufig, selbstbewusst. »In Rio ist Sommer. Mel hat sich neu eingekleidet und ganz Palm Beach leergekauft. Seine alten Sachen hat er hiergelassen. Er hat gesagt, ich soll mich bedienen.« Er ging in den Schrank, der voller teurer Sachen hing, und erklärte: »Mein Zeug ist mir zu klein geworden, während ich im Krieg war. Und weil es so gut wie nichts zu kaufen gab, hatte ich praktisch nichts mehr zum Anziehen, als ich zurückkam.«

»Mich wundert, dass dir Mels Sachen überhaupt passen.«

Er schloss die Schranktür. »Nur die alten, bevor er den Bauch bekommen hat. In Princeton war er noch schlank.«

Er steckte seine Brieftasche und die Autoschlüssel ein.

»Sogar seinen Wagen hat er dir überlassen! Er war dir wohl was schuldig. Ich dachte, er würde nicht einmal einen gebrauchten Zahnstocher verschenken.«

Er lächelte. »Die Miete, die ich ihm zahle, gleicht alles wieder aus. Aber ja, den ein oder anderen Gefallen habe ich ihm getan.«

»In eurem piekfeinen Princeton?«, neckte sie ihn.

»Ja, weil ich als Einziger mit ihm geredet habe.« Er brachte sie zur Tür. »Ist dein Telefon wieder eingesteckt?«

»Warum?«

»Weil ich dich anrufe, sobald ich zurück bin.«

»Ich rufe *dich* an, wenn *ich* zurück bin.«

An der Tür drehte sie sich noch einmal um und schmiegte sich in seine Arme. Ihre Lippen waren wie ihre Haare, waren Feuer. Diesmal beendete sie den Kuss. »Du musst los«, erinnerte sie ihn.

»Ja.« Er wischte sich mit einem Taschentuch den Lippenstift vom Mund. »Jemand hätte uns sehen können.«

Sie lachte. »Aber Dix, wenn man mittags auseinandergeht, weiß doch niemand, wann man gekommen ist.«

Sie verließen zusammen das Apartment. Er hörte, wie sie am Pool vorbei und die Stufen hinaufging. Er wusste, dass er sich aufführte wie ein bis über beide Ohren verliebter Student, aber wartete trotzdem am Eingang zum Patio, bis sie auf dem Laubengang angekommen war und ihm zuwinkte.

Der Wagen stand auf der Straße. Er hatte am Abend zuvor keine Zeit gehabt, ihn in die Garage zu bringen. Es kam ihm gelegen, nicht zur Garage zu müssen. Er war so guter Dinge, er wollte sich einfach nur ans Steuer setzen und forttragen lassen. Er lag gut in der Zeit.

Er fuhr zunächst über den Beverly Drive, dann weiter Richtung City Hall. Mit den weißen Seitenflügeln und dem Turm in der Mitte sah die City Hall wie das Hauptgebäude einer Universität und nicht wie ein Polizeihauptquartier aus. Ringsherum erstreckten sich grüne, von Sträuchern und Blumen eingefasste Rasenflächen. Nichts deutete darauf hin, dass hier die Polizei arbeitete, nur das grüne Licht der großen Bronzeleuchten auf beiden Seiten des Eingangs. Er ging die Stufen hinauf und betrat das Gebäude.

Ein aufgeräumter, nüchterner Korridor. Ein Schild wies den Weg zum Revier. Er näherte sich der Rezeption, die aussah wie in jeder anderen Behörde auch. Hätte der Mann, der ihm soeben entgegenkam, keine blaue Uniform getragen, Dix hätte nicht geglaubt, dass er sich hier im Revier von Beverly Hills befand. Der freundliche junge Mann an der Rezeption trug ein braun kariertes Sportsakko und braune Hosen.

»Ich möchte zu Brub Nicolai«, sagte er. Er kannte den genauen Dienstgrad nicht. »Detective Nicolai. Ich werde erwartet.«

Er folgte der Wegbeschreibung des jungen Mannes und trat in einen nüchternen Raum. Brub saß an einem Schreibtisch. Außer ihm waren noch ein paar weitere Männer anwesend, etwas älter als Brub, die schlichte Straßenanzüge trugen. Nichts an ihnen wirkte außergewöhnlich. Aber sie gehörten der Mordkommission an.

Brub strahlte, als er Dix sah. »Da bist du ja endlich!«

»Sogar sieben Minuten zu früh«, sagte Dix.

»Ich habe riesigen Hunger.« Brub wandte sich seinen Kollegen zu, der eine groß und schlank, der andere klein und untersetzt, und verabschiedete sich. Er stellte ihm die Männer nicht vor. Aber es handelte sich fraglos um Ermittler der Mordkommission. Er konnte es an ihrem Blick erkennen. Daran, wie sie ihn ansahen, obwohl er mit einem ihrer Kollegen befreundet war. Daran, wie sie sich sein Gesicht einprägten. »Na los, Dix, sonst muss ich noch das Stuhlbein anknabbern!«

»Friss bloß nicht zu viel Sägemehl, du gehst sonst noch auf wie ein Hefekloß.«

Sie gingen den Korridor entlang und traten ins Sonnenlicht. »Mein Wagen steht da drüben.«

»Lass uns zu Fuß gehen. Woanders stehst du auch nicht besser«, sagte Brub. »Wo gehst du normalerweise essen?«

»Wenn du hungrig bist und nicht warten willst, gehen wir in meinen Lieblings-Deli. Oder ins Ice House.«

Sie gingen zu Fuß. Die Sonne schien. Es war warm, die Luft roch gut. Die Passanten erinnerten an müßige Kleinstädter, sie grüßten einander oder standen beisammen und unterhielten sich im Sonnenschein. Dix entschied sich fürs Ice House, weil es näher war. Eine Speisekarte, wie sie Männern gefiel. Er bekam jetzt auch Appetit. Guter Schlaf machte hungrig.

Dix strahlte. »Hast mich heute Morgen ganz schön erschreckt. Dachte schon, du könntest hellsehen.«

»Wegen der Rothaarigen?« Er pfiff anerkennend. »Was für eine Frau! Wo hast du sie kennengelernt?«

Brub konnte er ruhig von ihr erzählen. So verrückt wie er nach ihr war, wollte er es sogar. »Musste mich doch in Virginibus Arms endlich mal um gute Nachbarschaft bemühen.«

»Virginibus Arms? Nicht schlecht.«

Jetzt wusste Brub, wo er wohnte. Dix hatte ihm zuvor nur seine Telefonnummer gegeben, nicht seine Adresse.

»Ich hatte Glück. Ich wohne zur Untermiete. Bei einem gewissen Mel Terriss.« Brub kannte Mel nicht. »Ein Bekannter aus Princeton. Wir sind uns in die Arme gelaufen, als er kurz davor stand, aus beruflichen Gründen die Stadt zu verlassen.«

»Unverschämtes Glück!«, sagte Brub. »Und die Rothaarige gehört zur Ausstattung?«

Dix grinste wie ein Vollidiot. »Keine Ahnung, wieso man mir das nicht gleich gesagt hat.«

»Ist sie beim Film?«

»Sie hatte ein paar kleinere Rollen.« Wie wenig er über sie wusste. »Sie nimmt Unterricht.«

»Und wie heißt sie?«

Er fühlte ihm nicht auf den Zahn, er war einfach Brub, der gute, alte Brub. Brub und Dix, die zwei Musketiere, die alles voneinander wussten.

»Laurel.« Sein Herz schlug schneller, als er ihren Namen sagte. »Laurel Gray.«

»Bring sie doch mal mit. Sylvia würde sie gern kennenlernen.«

»Sylvia – von wegen. Glaubst du im Ernst, dass ich Laurel einem charmanten Aufreißer vor die Nase setze?«

»Ich bin verheiratet, mein Lieber. Von mir geht keine Gefahr aus.«

»Kann schon sein. Aber die Kleine von gestern? Die macht dir doch schöne Augen, oder etwa nicht?«

»Maude würde auch einem Paar Stelzen schöne Augen machen. Cary ist übrigens so eine Art Cousin sechsten Grades von Sylvia. Deswegen treffen wir uns mit den beiden. Maude fand dich umwerfend, du Held.«

»Hält die auch mal den Mund?«

»Nie. Aber nachdem sie dich mit der Rothaarigen gesehen hat, war sie dann doch ziemlich kleinlaut.«

Es tat gut, dass ihn alle mit ihr sehen durften. Überall konnte er sich mit ihr zeigen, sie vorführen, nichts daran war riskant. Aber zu den Nicolais würde er nicht mit ihr gehen. Niemals. Niemals würde er sie Sylvias kühler Bewertung aussetzen. Sie würde Laurel ihren Maßstäben unterwerfen, sie ganz genau unter die Lupe nehmen.

»Sie hatte sich jedenfalls ordentlich in den Fall verbissen«, sagte Dix. Es war an der Zeit, das Gespräch in eine andere Richtung zu lenken. »Kommt ihr voran?«

»Die Sache ist ausweglos.«

»Der Fall wird geschlossen?«

»Fälle werden nicht einfach geschlossen, Dix.« Brub wirkte sehr ernst. »Fälle bleiben auch dann noch offen, wenn die Zeitungen und Maude und alle anderen die Sache längst wieder vergessen haben. So ist das eben.«

»Und so muss es auch sein«, sagte Dix nachdrücklich.

»Das ist nicht die erste schwierige Ermittlung. Manchmal sitzt die Mordkommission zehn, zwölf Jahre an einem Fall. Am Ende wissen wir, wer es war.«

»Nicht immer«, sagte Dix.

»Nicht immer«, räumte Brub ein. »Aber öfter, als man denkt. Manche Fälle sind nur auf dem Papier abgeschlossen. Manchmal warten wir nur darauf, was als Nächstes passiert.«

»Der Täter entkommt euch also nie?« Dix lächelte ironisch.

»Das würde ich so nicht sagen. Andererseits, sich selbst entkommt er auf keinen Fall. Schließlich muss er mit sich leben. Eingesperrt in der Einsamkeit seiner Verbrechen. Und wenn er begreift, dass er nicht entkommen kann«, Brub zuckte mit den Schultern, »dann bringt er sich vielleicht um oder landet in der Klapse, wer weiß. Aber nein, es gibt kein Entkommen.«

»Und was ist mit Jack the Ripper?«

»Was soll mit dem sein? Vielleicht ist er als Wasserleiche geendet. Oder als Unfalltoter. Oder als Irrenhäusler. Wir wissen es nicht. Aber eins wissen wir ganz genau, er hat nicht plötzlich von allein aufgehört. Er wurde am Weitermorden gehindert.«

»Und wenn er doch von allein aufgehört hat? Vielleicht hat er einfach die Nase voll gehabt«, wandte Dix ein.

»Er hätte nicht von selbst aufhören können«, sagte Brub. »Er war ein Mörder.«

Dix wirkte skeptisch. »Einmal Mörder, immer Mörder? Ist es das, was du damit sagen willst? Einmal Ermittler, immer Ermittler? Einmal Kellner, immer Kellner?«

»Nein. Das sind alles frei gewählte Berufe. Ermittler und Kellner können ihren Beruf wechseln. Eher im Sinne von einmal Schauspieler, immer Schauspieler. Auch ein Schauspieler, der beruflich nicht mehr aktiv ist, bleibt ein Schauspieler – und spielt weiter. Oder ein Künstler. Selbst wenn er keinen Pinsel mehr in die Hand nimmt, sieht, denkt und handelt er weiter wie ein Künstler.«

»Hm«, sagte Dix, »darüber lässt sich trefflich streiten.«

»Wohl wahr«, stimmte Brub gut gelaunt zu, »aber das ist nun mal meine Meinung.« Er stürzte sich auf seinen Kuchen.

Dix gab Zucker in seinen Kaffee. Schwarz, süß, heiß. Er lächelte, dachte an Laurel. »Und was ist mit eurem Ripper? Glaubst du, das ist ein Irrer?«

»Unbedingt.«

Dass sich Brub so sicher war, ärgerte Dix. Er hätte klüger sein sollen.

»Aber für einen Irren war er bis jetzt ziemlich clever, findest du nicht? Er hat keine Spuren hinterlassen.«

»Das heißt gar nichts«, sagte Brub. »Die Irren sind gerissener und vorsichtiger als wir. Die Irren sind durchtrieben und diskret, das ist Teil ihres Wahnsinns. Das macht es auch so schwierig, ihnen auf die Spur zu kommen. Aber irgendwann verraten sie sich eben doch.«

»Ach ja? Und wie?«

»Die Frage ist eher, wann. Sie verraten sich auf ganz verschiedene Weise. Durch die Wiederholung ein und desselben Musters zum Beispiel.« Brub hatte aufgegessen und zündete sich eine Zigarette an. »Das Muster ist uns so weit klar. Aber das Motiv des Würgers bleibt unklar.«

»Braucht ein Irrer ein Motiv? Hat er überhaupt eins?« Dix zündete sich auch eine Zigarette an.

»Ja, innerhalb seines Wahns.«

»Das ist faszinierend, Brub. Ihr kennt das Muster, sagst du, aber verrät das Muster denn nicht das Motiv?«

»Im Grunde ja. Aber nimm diesen Fall. Das Muster hat sich offenbart. Nicht glasklar, aber mehr oder weniger. Unbegleitete Frauen. Nachts. Die den Mann nicht kennen. Jedenfalls haben wir Grund genug, davon auszugehen. Nach allem, was wir wissen, kann das letzte Opfer den Täter nicht gekannt haben. Und es gibt keinerlei Verbindung zwischen den Frauen. Das heißt, er gabelt sie irgendwo auf. An einer Bushaltestelle oder während

sie nach Hause spazieren. Er kommt angefahren, und sie lassen sich mitnehmen.«
»Seid ihr nicht davon ausgegangen, dass er keinen Wagen hat? Wie war das noch?« – Dix gab vor, in seinem Gedächtnis zu kramen –»Kein Mensch trinkt seinen Kaffee in einem Drive-in, wenn er ihn genauso gut in seinem –«
Brub unterbrach ihn.»Es muss aber einen Wagen gegeben haben. Nicht in allen Fällen, aber zuletzt schon.« Er sah Dix ernst an.»Meiner Theorie zufolge nähert er sich den Frauen allerdings nicht in seinem Wagen. Keine Frau steigt einfach so bei einem Fremden ein. Die Gefahr ist hinlänglich bekannt. Ich glaube, er nähert sich zu Fuß, und nachdem er das leichtgläubige Opfer eingelullt hat, sagt er zu ihr, er sei auf dem Weg zu seinem Wagen. Das letzte Opfer zum Beispiel. Sie wartet auf ihren Bus. Der Täter befindet sich ganz in der Nähe. Um die Uhrzeit fahren die Busse in großen Abständen. Sie kommen ins Gespräch. Er lädt sie auf einen Kaffee ein. Nebel ist aufgezogen, es ist kühl. Und nachdem sie Kaffee getrunken haben, erwähnt er, dass er ganz in der Nähe geparkt hat und sie nach Hause fahren kann.«

Dix stellte seine Kaffeetasse vorsichtig ab.»So reimst du dir das Ganze also zusammen«, sagte er und nickte.»Klingt nachvollziehbar.« Er sah Brub wieder direkt in die Augen.»Und was sagen deine Kollegen dazu?«

»Die glauben, dass ich auf der richtigen Spur sein könnte.«

»Und was ist mit dem Motiv?«

»Nach wie vor offen«, sagte Brub mit finsterem Blick.»Vielleicht hat er was gegen Frauen. Vielleicht wurde er betrogen, und jetzt zahlt er es ihnen allen heim.«

»Das ist doch absurd«, sagte Dix. Er lachte.»Nicht einmal für meinen Roman wäre das stichhaltig genug.«

»Du darfst eins nicht vergessen, wir sprechen hier über einen Wahnsinnigen. Wir beide würden uns rächen, indem wir uns einfach ein neues Mädchen suchen. Wir würden der anderen zeigen, was sie sich durch die Lappen gehen lässt. Aber jemand, der nicht mehr alle Tassen im Schrank hat, denkt so nicht.«

Dix lachte und fragte: »Irgendwelche anderen Motive?«

»Religiöser Fanatismus vielleicht. Solche Leute gab's hier schon immer zuhauf. Aber zentral ist vor allem eines: Der Mann ist ein Killer, er kann nicht anders, er muss töten. So wie ein Schauspieler nicht anders kann, als zu spielen.«

»Er kann nicht aufhören?«, murmelte Dix.

»Er kann nicht aufhören«, bestätigte Brub. »Ich muss zum Canyon. Willst du mitkommen?«

Dix sah ihn fragend an.

»Zum Tatort«, sagte Brub. »Willst du ihn dir mal ansehen? Der Ort sagt mehr als tausend Worte darüber, womit wir es hier zu tun haben.«

Sein Herz machte einen Sprung. Den Tatort besichtigen – Material für das Buch. »Warum nicht«, sagte er und warf einen Blick auf seine Uhr. Zwanzig nach zwei. »Eine Stunde kann ich noch freimachen. Ist ja schließlich Recherche.«

Brub beglich beide Rechnungen. Als Dix protestierte, sagte er: »Geht auf mich. Geschäftsessen.«

Es war, als würde ihm eine kalte Hand über den Rücken streichen. Unsinn, alles Einbildung. Er lachte. »Du hast ein Spesenkonto? Beneidenswert.«

»Ausgabe: Expertengespräch. Halten sich nicht sowieso alle Krimiautoren für Kriminologen?«

»Und ich widme mein Buch dem Detective, der mich zum Lunch eingeladen hat.«

Die beiden traten auf den sonnigen Beverly Drive. Die Mittagszeit war vorbei, die Leute waren wieder in ihren Büros. Frauen bummelten die Straße entlang. Sammelten sich vor den Schaufenstern. Kleine Kinder an den Händen. Gingen plaudernd ihrem müßigen Geschäft nach. Kein leuchtender Rotschopf weit und breit.

Der Zeitungsverkäufer an der Ecke sprach mit einem Kunden über die Pferderennen. Neben ihm Zeitungsstapel, darunter die Frühausgabe der *News*, und eine Zigarettenkiste mit Münzen. Keine Zeitung heute. Es gab ohnehin nichts Neues. Er saß an der Quelle.

Sie gingen zur City Hall zurück. »Nehmen wir deinen oder meinen Wagen?«, fragte Brub.

Dix spürte wieder die eisige Hand. Hätte Brub es wissen können? Aber woher? Nein, er verdächtigte ihn nicht. Es gab nicht den leisesten Grund, davon auszugehen. Brub sah nichts Außergewöhnliches in ihm, für Brub war er ein ganz normaler junger Mann, wie Brub selbst. Aber konnte er sich da wirklich ganz sicher sein? Immerhin hatte ihn Brub früher sehr gut gekannt. Aber das war lange her. Inzwischen durchschaute ihn niemand mehr. Auch Laurel durchschaute ihn nicht.

Sollte er tatsächlich wieder in den Beverly Glen Canyon fahren, in demselben Wagen? War die Verabredung zum Lunch vielleicht nur ein Vorwand gewesen? Warteten die zwei gewöhnlich wirkenden Ermittler vom L. A. Police Department darauf, dass Brub ihnen Bericht erstattete? Er zögerte zu lang, viel zu lang. Es spielte keine Rolle, welchen Wagen sie nehmen würden. Niemand hatte es darauf abgesehen, sein schwarzes Coupé als Tatfahrzeug zu identifizieren, ein Coupé wie Tausende andere auch. Es ging nicht um den Abgleich von Reifenspuren. Von Reifenspuren auf Asphalt konnte man keine Abdrücke nehmen. Das hatte Brub gesagt. Das hatte er durchblicken lassen. Zu viele andere Reifenspuren.

Er tat so, als wäre er in Gedanken versunken gewesen. »Entschuldige, was hast du gesagt?«

Brub lächelte verschwörerisch. »Wohl an die Rothaarige gedacht, was? Welchen Wagen wir nehmen, Dix. Deinen oder meinen?«

»Ist mir egal«, sagte er prompt. In diesem Moment wurde ihm

klar, dass ihm sein eigener Wagen lieber wäre. Was war er doch für ein Waschlappen! Sein Geist kam wieder in Schwung. Die Partie wurde interessant. Jetzt, da er die Herausforderung annahm: »Wir können aber ruhig meinen nehmen.«

»Gut«, sagte Brub und blieb vor dem Eingang der City Hall stehen. »Ich gehe nur schnell rein und frage Lochner, ob er uns begleiten will. Du hättest doch nichts dagegen?«

»Überhaupt nicht.« Er folgte Brub. Er wollte ihre Mienen studieren. Sehen, ob sie sich Zeichen gaben.

Es war nur noch einer der beiden Männer da. Er unterhielt sich mit zwei uniformierten Motorrad-Cops. Baseball, Regionalliga. »Kommst du mit nach Beverly Glen, Loch?« Er stellte sie einander vor. »Jack, ein Freund von mir, Dix Steele. Dix, mein Kollege Jack Lochner.«

Lochner war der Größere der beiden. Faltendurchfurchtes Gesicht, etwas zu großer Anzug. Wirkte wie jemand, der aus Kummer abgenommen hatte. Ein durchschnittlicher Mann mit durchschnittlicher Lebensbilanz. Er wandte sich Brub zu. Anders als kurz zuvor musterte er Dix nicht mehr, er sah ihn ganz normal an. Gab ihm die Hand. »Erfreut, Mr. Steele.« Er klang erschöpft.

»Dix schreibt Krimis, Loch. Er würde gern mitkommen. Was dagegen?«

»Ganz und gar nicht.« Lochner versuchte ein Lächeln, hatte aber keine Übung darin. Ein sorgenvoller Mensch. »Gibt allerdings nicht viel zu sehen. Ich weiß nicht, wozu wir noch mal hinfahren sollten. Abgesehen davon, dass Brub darauf besteht. Aber die Kollegen aus Beverly Hills sind der Meinung, er sei auf der richtigen Spur.«

Dix zeigte sich interessiert. »Du hast also – eine Theorie?«

Brub lachte verlegen. »Jetzt zieh du mich nicht auch noch auf! Ich habe da so eine ... dunkle Ahnung, das ist alles.«

»Mr. Nicolai ist unser Medium«, brummte Lochner.

»Unsinn«, widersprach Brub sofort. »Aber es ist eben, wie es ist, ich habe das Gefühl, dass wir hier tatsächlich auf der richtigen Spur sind.« Er wandte sich Dix zu. »Und die Kollegen aus Beverly Hills sehen das auch so. Deswegen sind wir ja auch hier. Obwohl Beverly Hills eigene Einheiten hat, die unabhängig vom L. A. Police Department arbeiten, musst du wissen. Aber die Kollegen unterstützen uns in dieser Sache nach Kräften.«

»Und sie wissen, was sie tun«, fügte Lochner hinzu. »Kluge Leute sind das.«

Sie verließen gemeinsam das Gebäude. »Wir nehmen meinen Wagen«, sagte Dix und ging voran. Auf keinen Fall würde er sich in einen Dienstwagen setzen. Nur ein Vollidiot würde sich in einen Wagen der Mordkommission setzen. Einer okkult gesinnten Mordkommission noch dazu.

»Sie kennen den Weg?«, fragte Lochner.

»Ja, nach Beverly Glen. Ab da müssen Sie mich dirigieren.« Die Herausforderung war angenommen. Sein Verstand war hellwach, scharf wie ein schneidend kalter Winterwind an der Ostküste. Sie würden ihn dirigieren. Nicht ein einziger Muskel würde zucken und ihn verraten. Er war zufrieden. Eigentlich kannte er den Canyon nicht. Er musste sich überhaupt keine Sorgen machen.

»Erst zum Sunset Boulevard«, sagte Brub. »Dann rechts auf den Beverly Glen Boulevard.«

»Ich weiß, Brub.« Er fuhr Richtung Sunset Boulevard, fand Gefallen daran, wie schnittig der Wagen anzog, wie geschmeidig er dahinglitt. Ein guter Wagen. Er riss sich zusammen. Mit einem Cop auf der Rückbank hielt man sich besser an die Geschwindigkeitsbegrenzung. »Letzten Sonntag, als ich von euch nach Hause gefahren bin, ist mir ein Streifenwagen aufgefallen, Brub. Auf Höhe der Bel Air Gates.« Könnten das dieselben Cops gewesen sein, mit denen sich Lochner auf dem Revier unterhalten hatte? Könnten sie auf dem Revier gewesen sein, um ihn sich genauer anzusehen? Allmählich ging seine Fantasie mit ihm durch. Tausende von Fahrern an jenem Sonntagnachmittag, niemals hätten sie ihn wiedererkannt. Er war einer von vielen. Seine Hände krallten sich noch fester ums Lenkrad. Oder wussten sie mehr, als ihm bewusst war? War Freitagnacht noch jemand im Canyon gewesen? »Wozu war die Streife dort postiert? Falls der Killer an den Tatort zurückkehrt?«

»Verkehrskontrolle«, sagte Lochner ungerührt. »Ich habe noch nie von einem Mörder gehört, der an den Tatort zurückkehrt. Hätte nichts dagegen. Würde die Sache einfacher machen. Dann müssten wir uns nicht den Kopf zermartern.«

»Man müsste einfach nur ein paar Kollegen dort hinbeordern und abwarten«, sagte Brub. »Und die könnten Dame spielen, bis er wieder auftaucht – ein Kinderspiel.«

»Und woher wüsste man, dass er kein Schaulustiger ist?« Dix spielte mit.

»Gute Frage.« Brub sah zu Lochner.

»Er würde auffällig unauffällig wirken«, sagte Lochner.

»Keine Fangzähne? Kein Schaum vorm Mund?« Dix lachte.

»Er wüsste natürlich nicht, dass er von unseren Leuten beobachtet wird«, sagte Brub.

Sie waren in Beverly Glen angekommen. »Und jetzt?«

»Weiter geradeaus«, sagte Brub. »Wir sagen dir, wenn es so weit ist.«

Sie fuhren zunächst eine pittoreske kleine Straße entlang, die ihn an die Alleen in Neuengland erinnerte. Das Laub fiel allmählich von den Bäumen. Er war nicht nervös, verspürte nur die leise Sorge, dass er den Ort wiederkennen könnte, dass Brub, der dicht neben ihm saß, bemerken könnte, wenn etwas in ihm zusammenzuckte. Aber er beruhigte sich wieder. »Die Gegend erinnert mich an zu Hause. Herbst in New York State, Connecticut, Massachusetts.«

»Ich bin auch von der Ostküste«, sagte Lochner. »Aber seit zwanzig Jahren nicht mehr drüben gewesen.«

Die Straße hatte jetzt etwas Abweisendes. Die letzten großen Anwesen lagen hinter ihnen, nur noch kleine schäbige Hütten waren übrig, Hütten, die es hier in den Bergen früher überall gegeben hatte, bevor das Establishment die Vorzüge der Gegend erkannt und die Mittellosen verjagt hatte. Dann ließen sie auch die Hütten hinter sich, und die Straße schlängelte sich immer weiter durch den Canyon bis in ein dahinterliegendes Tal. Nachts musste es hier oben sehr einsam sein. Neben der Straße verliefen tiefe Gräben, wuchs dichtes Gestrüpp. Schon jetzt war es wie ausgestorben, keinerlei Gegenverkehr. Als hätten sie sich Zutritt in ein verbotenes Tal verschafft, ein Tal, das von der Polizei bewacht wurde. Um Neugierige fernzuhalten. Nur Jäger und Gejagte hatten Zutritt. Die Straße lag im Schatten der Berge. Es war etwas kühler geworden, die Sonne in weiter Ferne.

Jeden Moment würden sie ihn auffordern zu halten. Brub und Lochner schwiegen. Waren in Gedanken bei dem Fall, der sie verärgerte, verbitterte, beunruhigte. Auch Dix schwieg. Dies war nicht der richtige Moment für Geplauder. Ihm fiel auf, dass seine Hände am Lenkrad verkrampften. Er lockerte den Griff. Fragte sich, was geschehen würde. Ob er von jetzt auf gleich würde halten müssen. Ob sie ihn vorwarnen würden. Er wusste es nicht. Er fuhr nicht schneller als zwanzig Meilen die Stunde, achtete auf die Straße, ignorierte die Gräben, das braune Laub darin, Laub wie Kot. Der Weg kam ihm nicht bekannt vor, überhaupt nicht. Immerhin.

Es war Lochner, der sagte: »Da wären wir, Mr. Steele. Sie können hier irgendwo halten.«

Ein vollkommen unauffälliger Straßenabschnitt. Nichts wies ihn als Leichenfundort aus.

Lochner und Brub stiegen aus, er folgte ihnen. Sie überquerten die Straße. »Er ist hierhergefahren, dann hat er gewendet«, sagte Brub. »Vielleicht kam er auch aus der anderen Richtung und war auf dem Rückweg in die Stadt.«

»Hier wurde sie gefunden?« Dix war ganz ruhig. Er war ein Autor, der für sein Buch recherchierte, den sie mitgenommen hatten, dieses eine Mal.

Brub trat in den Graben, in das braune, raschelnde Laub. »Hier liegt es sehr dicht. Vielleicht hat er geahnt, dass hier noch mehr Laub fallen würde. Vielleicht wollte er, dass sie nach und nach von immer mehr Laub bedeckt wird, damit man sie nicht findet.«

Brub watete durch die raschelnden Blätter, als müsste sich unter dem Rascheln etwas verbergen, ein Anhaltspunkt, ein Geistesblitz. »Tag für Tag mehr Laub. Und niemand, der hier anhalten würde. Wozu auch? Keine schöne Aussicht, nirgends. Wer will sich schon das ganze Gestrüpp hier ansehen?«

Lochner stand neben Dix, die Hände in den Hosentaschen, sorgenvolle Falten im Gesicht.

Er durfte Fragen stellen, sie erwarteten von ihm, dass er Fragen stellte. »Und weshalb wurde sie so schnell gefunden?«

»Zufall«, sagte Brub. Er stand im Graben, knöcheltief im Laub. »Der Milchlieferant hatte eine Reifenpanne, genau an dieser Stelle.«

»Er hat sich diese Stelle ganz bewusst ausgesucht«, sagte Lochner.

»Der Milchmann?« Dix war verwirrt.

»Der Mörder. Sehen Sie sich doch um. Man kann von hier aus gut erkennen, wenn sich von hinten Scheinwerfer nähern. Für die Gegenrichtung gilt dasselbe. Freie Sicht auf zwei Kurven. Wenn nötig, bleibt er einfach sitzen und tut so, als würde er mit ihr fummeln, bis die Luft wieder rein ist.« Er kniff die Augen zusammen, blickte erst in die eine, dann in die andere Richtung. »Ziemlich unwahrscheinlich, dass hier nachts jemand vorbeikommt. Er musste sich keine großen Sorgen machen.« Lochner hatte eine monotone Art zu sprechen. »Er bringt sie um, öffnet die Wagentür, lässt sie in den Graben rollen und verschwindet.

Kein Risiko, erwischt zu werden. Erwürgen ist am einfachsten, am sichersten.«

Brub bückte sich, schob das Laub zur Seite.

Dix näherte sich dem Dickicht und sah ihn an.

»Was gefunden?«, fragte er mit der gebotenen Neugier.

Lochner leierte weiter: »Die Spurensicherung hat hier jeden Quadratzentimeter unter die Lupe genommen. Denen ist nichts entgangen. Brub wird hier nichts finden. Aber er wollte sich noch mal umsehen, also bin ich mitgekommen.« Er steckte sich eine Zigarette an, mit einem Streichholz in der hohlen Hand. »Wenn es irgendwo etwas zu finden gibt, dann in seinem Wagen.«

Wind kam auf, ein leichter, aber schneidender Wind. So wie sich Lochner die Zigarette angesteckt hatte, konnte es keine Einbildung sein. »Es gibt also noch keine Beschreibung des Wagens?«, fragte Dix mit angemessenem Bedauern.

»Nein«, sagte Lochner matt, aber er hatte diesen Unterton. *Noch nicht, aber bald.* Weil Akten nicht geschlossen wurden. Weil Serienmörder weitermorden mussten. Dix war zum Lachen zumute. Wie naiv sie doch waren, trotz ihres Wissens, trotz ihres Spürsinns. Im Dunkeln tappende Trottel.

»Und wenn Sie den Wagen finden – rechnen Sie damit, eine Haarnadel oder einen Lippenstift oder etwas in der Art zu finden?«

Brub lachte. Tonlos drang sein Lachen aus dem Gestrüpp. »Meine Güte, Dix! Du bist ja richtig von gestern! Haarnadeln sind passé. Weißt du das nicht?«

»Rückstände«, sagte Lochner.

»Rückstände?« Dix war verwirrt.

Brub machte einen großen Schritt aus dem Dickicht. Klopfte sich das Laub von den Hosenbeinen.

»Rückstände von Laub zum Beispiel«, sagte Lochner und zeigte auf Brub. Er ging wieder zum Wagen. »Wir haben aber auch Rückstände aus dem Drive-in und von der Kleidung und den Schuhen des Opfers. Irgendetwas davon wird sich auch in seinem Wagen finden.«

Dix ließ sich nichts anmerken und schüttelte, mit einem Ausdruck des Erstaunens und der Bewunderung, den Kopf. »Und auch nach zehn oder zwölf Jahren sind diese Rückstände noch – da?«

»Überreste davon, ja«, sagte Lochner.

Sie setzten sich wieder in den Wagen. Dix ließ den Motor an. »Wo kann ich wenden?« Sie mussten es wissen. Die Polizei kannte sich hier bestens aus. Sie hatten die Spurensicherung hergebracht, sich genau umgesehen. Am liebsten hätten sie die ganze Gegend in Säcke verstaut und ins Präsidium geschafft.

»Fahr ein Stück weiter«, sagte Brub, »da vorne kommt ein Abzweig.« Dix fuhr den Hügel hinauf und bog in die nicht asphaltierte Seitenstraße. Falls sie ihn doch verdächtigten, war er soeben vielleicht in eine Falle getappt, hatten sie jetzt seine Reifenspuren. Vielleicht hockten hinter dem Gesträuch zwei Cops, zwei mit Gips ausgestattete Cops, die Dame spielten, abwarteten und gleich Abdrücke nehmen würden. Aber auch wenn es so wäre, sie hätten sich getäuscht. Er hatte hier nicht gewendet. Ein Stück weiter war eine Stelle, an der ein Wagen beim Wenden keine Spuren hinterließ. Er drehte und fuhr zurück in die Stadt.

Er sollte jetzt gesprächig sein. Sich beeindruckt und neugierig zeigen. »Und, Brub? Was gefunden?«

Er schüttelte den Kopf. »Nein, wie zu erwarten. Aber – wenn ich tue, was er getan hat, wenn ich tue, was er getan haben *könnte*, komme ich ihm näher. Ich habe ein Bild von ihm, aber – es ist nur ein Schemen. Ein Mann im Nebel. Die Art von Nebel, die bei uns im Canyon aufzieht.«

»Wie am Freitagabend, als ich bei euch war«, sagte Dix gut gelaunt.

»Richtig.«

»Er kommt von der Ostküste«, sagte Lochner.

Dix hatte sich völlig unter Kontrolle. Nicht das leiseste Zucken, nichts. Das kalte scharfe Messer der Gefahr erregte ihn.
»Das haben Sie noch nicht erwähnt. Hat die Bedienung einen Ostküstenakzent erkannt?«
»Niemand hat irgendwas erkannt«, sagte Brub. »Der Kerl hat gesprochen wie alle anderen auch, ohne Akzent, ohne besondere stimmliche Merkmale. Loch schließt darauf.«
»Er kommt von der Ostküste, ich weiß es«, wiederholte Loch. Er klang entschieden. »Wegen der Methode.«
»Welche Methode?«, fragte Dix.
»In New York gab es Gangs, die ihre Opfer stranguliert haben, ohne Spuren zu hinterlassen.«
»Mit dem Arm. Keine Finger, keine Fingerabdrücke«, sagte Lochner. »Er kommt von der Ostküste.«
»Mr. Lochner, mit Verlaub, Sie stimmen mir doch sicher zu, dass auch jemand von der Westküste diese Methode anwenden könnte.«
»Ich weiß, wie das in New York lief. Und er weiß es auch und macht es genauso«, sagte Lochner.

Sie ließen den verschatteten Canyon hinter sich, fuhren in die lichte Stadt zurück. Aber es herrschte kein strahlender Sonnenschein mehr. Graue Wolken standen am blauen Himmel. Die Straße, die sich vom Sunset Boulevard zum Beverly Drive schlängelte, lag in bedrückendem Zwielicht. Es war fast vier Uhr, als sie an der City Hall ankamen.

Dix hielt, Lochner stieg aus. »Danke fürs Chauffieren, Mr. Steele«, sagte er.

»Danke, dass ich mitkommen durfte. Ziemlich grausam, das alles, Ihr Job wäre nichts für mich«, sagte er kopfschüttelnd.

Lochner ging davon. Brub stand an die Wagentür gelehnt, wirkte verstimmt. »Es ist tatsächlich grausam«, sagte er, »schrecklich grausam sogar, aber es ist, wie es ist. Man kann nicht die Augen davor verschließen. Es gibt sie nun mal, diese Mörder, und wir müssen sie fassen, ihrem Treiben ein Ende setzen. All dieses Morden, Dix, ich habe die Nase so voll davon. Wir hatten das zur Genüge, du und ich. Es war mir schon immer zuwider. Wie wir uns kaltschnäuzig über unsere Karten gebeugt und überlegt haben, wie wir wieder ein paar Leute um die Ecke bringen können, die genauso wenig sterben wollten wie wir. Und wie wir uns danach wieder zusammengesetzt und alles durchgesprochen haben. Und wie wir gezählt haben, wie viele Leute wir dieses Mal erwischt hatten. Als wäre von Tieren die Rede und nicht von Menschen.« Seine Augen waren wild. »Mir ist dieses Morden so zuwider. Die Welt soll ein guter und sicherer Ort sein. Für mich, meine Frau und meine Freunde – und für meine Kinder, wenn es irgendwann so weit ist. Wahrscheinlich bin ich deshalb bei den Cops gelandet. Damit ich dafür sorgen kann, dass es wenigstens hier in L. A. ein klein wenig sicherer wird.«

»Das sieht dir ähnlich«, sagte Dix. Und das meinte er auch so. Brub akzeptierte jede noch so unerfreuliche Arbeit, wenn er damit Unrecht wiedergutmachen konnte.

Er schob sich den Hut in den Nacken, lachte kurz und nüchtern. »Ein Junior-Cop auf hehrem weißen Ross. In ein paar Jahren bin ich wahrscheinlich so abgewrackt wie Loch. Aber noch muss ich das Ganze persönlich nehmen. Ich will dieses Schwein kriegen.« Er lachte wieder, diesmal entschuldigend, weil er so dick aufgetragen hatte. »Warte kurz, ich bin gleich zurück, dann lade ich dich auf einen Drink ein.«

»Tut mir leid.« Dix legte die Hände aufs Lenkrad. »Ich bin schon viel zu spät dran. Wir holen das nach. Und danke für den lehrreichen Ausflug, Brub.«

»Also dann, wir sehen uns.« Brub hob die Hand und ging davon. Wie ein Matrose auf hoher See. Wie ein Cop auf der Spur eines unbekannten Widersachers.

IV

EINS Er kam nach Hause und rief Laurel an. Noch bevor er sich einen Drink machte oder eine Zigarette ansteckte. Aber sie hob nicht ab. Er versuchte es viertelstündlich aufs Neue, und als sie um sechs Uhr, die Dämmerung begann sich im Ausschnitt des offenen Fensters auszubreiten, noch immer nicht ans Telefon gegangen war, trat er in den Innenhof und sah zu ihr hinauf. Alles dunkel.

Als er ins Apartment zurückging, streifte er mit dem Fuß die Abendzeitung. Er hatte gar nicht mehr daran gedacht. Er war so versessen darauf gewesen, Laurel zu erreichen, dass er die Nachrichten vergessen hatte. Er machte das Licht im Wohnzimmer an. Zwei Drinks hatte er schon gehabt, einen dritten wollte er nicht. Er wollte Laurel. Er nahm die Zeitung mit ins Schlafzimmer, wo er es sich auf dem Bett gemütlich machte und das Telefon in Griffweite war. Er knipste die Nachttischlampe an, blätterte in der Zeitung und wurde fündig. Keine Titelstory diesmal und keine neuen Informationen. Die Ermittlungen liefen weiter. Wer hätte das gedacht. Wertvolle Anhaltspunkte – von wegen. Alles nur Gewäsch. Er las den Sportteil, sah sich die Cartoons an und versuchte es noch einmal bei Laurel. Wieder vergebens.

Allmählich stieg Wut in ihm auf. Wieso hatte sie ihn nicht wissen lassen, dass sie heute Abend nicht nach Hause kommen würde? Sie hatte gesagt, sie würde zum Gesangsunterricht gehen. Keine Gesangsstunde ging bis spät in die Nacht. Sie wusste, dass er sie erwartete. Warum rief sie ihn nicht an, wenn sie sich verspätete? Er versuchte, die Sache nüchtern zu betrachten. So gut es ging. Natürlich hatte sie viele Freunde. Eine Frau mit diesem Körper, solchem Haar und einem so eigentümlich schönen Gesicht musste so viele Freunde haben, dass sie mit ihren Verpflichtungen kaum hinterherkam. Er war ein Niemand, er war neu in ihr Leben getreten. Sie hatten sich erst gestern kennengelernt. Er konnte nicht von ihr erwarten, alles stehen und liegen zu lassen und sich nur noch ihm zu widmen. Sie wusste noch nicht, was sich zwischen ihnen entwickelte. Sie wusste noch nicht, dass es nur noch sie beide geben würde. Dass sie miteinander verschmelzen würden. Und solange sie das noch nicht verstanden hatte, durfte er sich nicht daran stören, dass sie ihren Verpflichtungen nachging. Aber sie hätte ihm Bescheid sagen müssen. Sie hätte ihn nicht ans Telefon fesseln dürfen, weil er Sorge hatte, es könnte klingeln, sobald er das Apartment verließ. Er lag auf dem Bett, hatte nichts gegessen, rauchte zu viel, las die elende Zeitung, bis auf den letzten sterbenslangweiligen Artikel, wartete darauf, dass das Telefon klingelte. Wählte sich die Finger wund.

Er blieb lange so liegen. Er versuchte seine Wut zu bändigen und alles mit Abstand zu betrachten, als plötzlich die Türklingel schrillte. Er sprang auf. Er war wütend, und wie, der würde er was erzählen, aber die Freude darüber, sie gleich zu sehen, sie in seinen Armen zu halten, ließ die Wut sofort wieder verfliegen. Er öffnete die Tür. Seine Hand krampfte sich um den Knauf. Vor ihm stand Sylvia Nicolai.

»Stör ich, Dix?« Groß und schlank stand sie vor ihm, vollkommen gelassen, die Hände tief in die Taschen ihres Kaschmir-Burberrys vergraben, die Haare aus dem schmalen Gesicht gestrichen.

Er konnte es nicht fassen. Mit ihr hatte er nicht gerechnet. Sie hatte Feuer, wie Laurel, aber dieses Feuer war gezähmt – war höflich, sachlich, kultiviert. Er riss sich zusammen. Empfing sie freundlich. »Kommen Sie rein, Sylvia.«

»Störe ich auch wirklich nicht?« Sie zögerte und warf einen

Blick ins Wohnzimmer, als rechnete sie damit, Laurel zu begegnen. Da wusste er, warum sie gekommen war, ganz egal, womit sie ihren Besuch begründen würde. Sie wollte Laurel begutachten.

»Kein bisschen! Ich drehe Däumchen. Ich sollte etwas zu Abend essen, bin aber sogar zu träge, das Haus zu verlassen. Sie haben schon gegessen?«

Sie betrat das Apartment, noch immer ein wenig zögerlich, taxierte in der für Frauen typischen Art das Wohnzimmer und billigte, was sie sah. Sie blickte ihn an, höflich, aber nicht förmlich, die Hände noch immer in den Taschen ihres Mantels, sie trug Pumps mit hohen Absätzen. Eine Freundin der Familie. Eine Frau, die nicht stören wollte. »Ja, haben wir«, sagte sie. »Wir waren auf dem Sprung nach Beverly Hills, wollten ins Kino. Aber dann klingelte das Telefon.« Ein Schatten trübte ihren Blick.

»Schon wieder?«, fragte er besorgt.

»Oh! Nein!« Sie schüttelte vehement den Kopf. Als wäre schon der Gedanke allein unerträglich. »Lochner wollte Brub sehen, das war alles.« Sie lächelte – mit ihrem großen, schönen Mund. »Er hat gesagt, ich soll Sie überraschen und mir die Zeit von Ihnen vertreiben lassen, bis er fertig ist. Er hat gesagt, es wird nicht lang dauern.«

War es wirklich Brubs und nicht ihre Idee gewesen? Sie war zuvor immer so distanziert gewesen. Jetzt war sie ihm zugewandt und lächelte nicht mehr so verhalten. Sie wirkte geradezu unbefangen. Vor zwei Tagen hätte sie ihn damit für sich eingenommen. Jetzt spielte er ihr nur noch etwas vor. »Wie schön, dass Sie da sind, Sylvia! Darf ich Ihnen den Mantel abnehmen?« Sie ließ sich aus der Jacke helfen. Sie trug einen schmalen karierten Rock in Brauntönen und einen braunen Pullover. Sie war schlank und anmutig wie eine Birke. Laurel dagegen war üppig und warm wie eine Frau.

Sie setzte sich aufs Sofa. »Schön haben Sie es hier.«

»Mir gefällt es auch. Ich hatte Glück mit dem Apartment. Sie leisten mir doch Gesellschaft bei einem Drink? Ein Gläschen nur?«

»Eine Cola? Wenn möglich?«

»Da schließe ich mich Ihnen an.« Er reichte ihr eine Zigarette, gab ihr Feuer und ging die Getränke holen. Was Lochner wohl von Brub wollte? Was war so wichtig, dass er ihm den Abend ruinierte? Er würde es herausfinden. Brub würde schließlich bald hier sein, davon erzählen wollen. So musste er nicht die ganze Zeit versuchen, Laurel zu erreichen. Hauptsache, die beiden waren wieder verschwunden, wenn Laurel kam.

Er kam mit den Getränken zurück. »Hat Ihnen Brub von unserem Ausflug mit Lochner erzählt?«

»Das hat er.« Sie nahm die Cola entgegen. »Vielen Dank. – Was sagen Sie zu Loch?«

»Er macht einen geradezu gelangweilten Eindruck auf mich. Will er damit verschleiern, dass er der beste Ermittler seiner Einheit ist?«

»Er hat als Ermittler tatsächlich einiges an Erfolgen vorzuweisen«, sagte sie und lächelte. »Er leitet die Mordkommission.«

Dix machte große Augen. »Lochner ist der Boss?« Er lächelte. »Darauf wäre ich im Traum nicht gekommen.«

»Brub auch nicht. Ich kenne Lochner übrigens nicht persönlich.«

»Sie sollten ihn kennenlernen, lohnt sich.« Dix machte es sich in seinem Sessel gemütlich. Leiter der Mordkommission. Dieser traurige alte Knabe. »Der Mann hat Charakter.« Er war ganz ruhig. »Ich kann mich nicht daran gewöhnen, dass Brub bei den Cops gelandet ist.«

»Ich auch nicht«, sagte Sylvia ernst. »Aber er wollte schon als kleiner Junge zur Polizei. Wie wohl viele Jungs damals. Inzwischen scheinen Jagdflieger höher im Kurs zu stehen. Jedenfalls hat Brub seinen Traum nie aufgegeben, und als er mich gefragt hat, ob ich etwas dagegen hätte, wenn er ihn sich erfüllt, habe ich gesagt, ich würde mich freuen.«

»Dann tragen Sie also die Verantwortung dafür?«, fragte er mit gespieltem Ernst.

»Nein«, sagte sie und lachte. »Aber er hat mich gefragt, und es war mir ernst. Ich bin mit allem einverstanden, solange es ihn glücklich macht. Der Beruf hat allerdings seine Schattenseiten. Man muss rund um die Uhr erreichbar sein, wie ein Arzt. Und jederzeit kann das Telefon klingeln.«

»Wie heute.«

»So ist es.« Sie machte keinen ängstlichen Eindruck auf ihn, höchstens unterschwellig. Sie hatte sich wieder erholt, von dem Grauen, das ihr Samstagabend und am Tag zuvor die Kehle zugeschnürt hatte. Heute konnte sie die Angst ignorieren. Heute wechselte sie gut gelaunt das Thema und schüttelte sie ab. »Wir haben Sie gestern Abend gesehen.«

»Das hat mir Brub schon erzählt.«

Jetzt würde sie zum eigentlichen Grund ihres Besuchs kommen. Sie wollte alles ganz genau wissen. »Wer war sie? Die Frau, von der Sie uns erzählt haben?«

»Eine Nachbarin.«

»Wie haben Sie sich kennengelernt?« Sie lechzte nach einer Romanze.

»Ich hab mich an sie rangemacht.«

Sie war sichtlich irritiert.

»Wie ich schon zu Brub gesagt habe, ich wollte meine Nachbarn besser kennenlernen – und siehe da. In Los Angeles ist es genauso schlimm wie in New York. In New York begegnet man seinen Nachbarn und sagt nichts. Und hier läuft man seinen Nachbarn noch nicht einmal über den Weg.«

»Aber Sie sind ihr doch über den Weg gelaufen?«

»Ja, und dann habe ich mich an sie rangemacht«, sagte er noch einmal ohne jede Scham.

»Wie heißt sie?«
»Laurel Gray.«
»Ist sie Schauspielerin? Sie sieht umwerfend aus.«
»Ja, sie hat in ein paar Filmen mitgespielt.« Er bemerkte wieder, wie wenig er über sie wusste. »Aber sie macht sich nicht viel daraus. Zumal sie ein Nachtgeschöpf ist und nicht gern früh aufsteht.« Die Doppelbödigkeit entging ihr nicht.

Nach einem Moment der Stille sagte sie: »Kommen Sie uns doch mit Laurel besuchen. Wir würden uns freuen, sie kennenzulernen.«

»Das werden wir.« Wie einfach sich das sagte. So einfach, wie es sich vermeiden ließ. Es ging ihm noch besser. Wie gut, dass Laurel noch nicht da war. Wie gut, dass Sylvia sie nicht in Augenschein nehmen konnte. Sie würde Laurel nicht mögen, die beiden waren nicht vom selben Schlag. Es hatte sich also alles bestens gefügt. Das Telefon klingelte. Er entschuldigte sich, überzeugt davon, dass es nicht Laurel war. Wahrscheinlich war es Brub.

Er war so überzeugt davon, dass es nicht Laurel war, dass er die Schlafzimmertür nicht zumachte. Aber sie war es doch.

»Was treibst du, Dix?«

»Wo warst du?« Er war sofort wieder gereizt. Sie war bis nach neun Uhr unterwegs gewesen und fragte ihn, was er trieb, so als wäre nichts!

»Dinner.«

»Ich dachte, wir wären zum Dinner verabredet.«

»Ach ja? Das muss ich vergessen haben.«

Er wurde wütend.

»Möchtest du nicht zu mir kommen?«, fragte sie.

Unmöglich. Nicht jetzt. »Ich kann nicht.«

»Warum?«

»Weil ich nicht allein bin.« Seine Wut richtete sich jetzt auf Sylvia. Weil sie bei ihm war. Dann auf Brub, weil er sie zu ihm geschickt hatte.

»Wer ist die Frau?«, fragte sie. Sie klang jetzt streng.
»Welche Frau?«
»Die Frau, die auf deinem Sofa sitzt, Süßer.«
Sie hatte Sylvia gesehen. Sie muss an der Tür gewesen sein. Sie muss Sylvia gesehen haben und wieder gegangen sein. Das würde auch ihre Dreistigkeit erklären. Sie war verärgert. Und im Aufwallen seiner Gefühle für sie – schließlich wollte sie doch nur keine andere Frau bei ihm wissen – war die Wut auch schon wieder verflogen.

Er konnte nicht offen mit ihr reden, Schlafzimmer und Wohnzimmer lagen zu nah beieinander, die Tür stand offen. Sylvia hörte alles, versuchte wohl, nicht hinzuhören, schließlich hatte sie Anstand, aber es war nichts zu machen, sie hörte alles.

»Eine alte Freundin«, sagte er.
»Geschäftlich, nehme ich an?«, fragte sie bissig.
»So ist es.«
»Dann kann ich ja kommen.«
»Nein!« Er wollte nicht, dass sie kam. Nicht, bis Sylvia und Brub gegangen waren. Das musste sie doch verstehen. Nur konnte er ihr das nicht sagen. Er sprach so leise wie möglich. »Ich komme zu dir, sobald ich kann.«
»Und wieso darf *ich* nicht kommen?«, wollte sie wissen. »Ich bin dir wohl nicht gut genug für deine Freunde, was?«

War sie etwa betrunken? Der Ton sah ihr nicht ähnlich. Sie sprach langsam, schien aufgebracht zu sein. Sie scherte sich doch sonst um nichts in der Welt. Hatte ihn heute einfach links liegen lassen, für etwas Besseres, Vergnüglicheres. Und jetzt so besitzergreifend? Es musste einen Grund dafür geben, der sich ihm entzog. Er wollte sie packen und schütteln. Sie musste doch wissen, dass er nicht offen sprechen konnte.

»Also?«
»Ich bin beschäftigt. Ich komme, sobald ich kann.«
Sie knallte den Hörer auf die Gabel, es fühlte sich an, als wür-

de sein Trommelfell platzen. Er war außer sich. Er hatte derjenige sein wollen, der das Gespräch beendet. Aber nun hatte sie aufgelegt. Er ging sichtlich verstimmt ins Wohnzimmer zurück, vergaß, dass er nicht alleine war und seine Gefühle verbergen musste. Sylvia entschuldigte sich. »Ich hätte mich nicht aufdrängen sollen.«

»Doch«, sagte er entschieden, ohne sich zu erklären. »Doch.« Er wollte wirklich, dass sie blieb, er hatte gegen ihre Anwesenheit nichts mehr einzuwenden. Seine ganze Wut richtete sich jetzt auf Laurel. Sein Ohr schmerzte noch immer. Als ihm auffiel, dass Sylvia ihn beobachtete, lächelte er. Es fiel ihm schwer. Es tat weh, die starre Maske, die sein Gesicht war, zu zerreißen. »Aber nicht doch, Sylvia. Es ist schön, dass Sie da sind. Es gibt mir das Gefühl, angekommen zu sein. Das sollten wir feiern, finde ich. Mit einer Gedenkplakette: An diesem und jenem Tag, zu dieser und jener abendlichen Stunde fühlte sich Dickson Steele endlich nicht mehr wie der Fremdling von der Ostküste. Nach all den Monaten war er endlich angekommen.« Spielerische Worte, damit sie nicht mehr so fragend glotzte. Er stellte sich gar nicht mal so schlecht an.

Ihr Blick war schon fast wieder normal, als sie sagte: »Sie sind einsam gewesen.«

»Wie zu erwarten.« Sie hielt sich zurück. Wirkte weniger neugierig als mitleidig. Aber er wollte kein Mitleid. »Es braucht Zeit, sich einzuleben. Das wusste ich, als ich hergezogen bin.«

»Sie hätten sich früher bei uns melden sollen.« Alles Forschende war jetzt aus ihrem Blick verschwunden.

»Würden Sie das tun?«, fragte er. »Sie wissen doch, wie es ist. Egal wie gut man auch befreundet gewesen sein mag, nach einer gewissen Zeit sollte man sich im Klaren darüber sein, dass man in jemandes Leben eindringt. Manche Freundschaften überleben das, aber meistens verdirbt man sich nur die guten Erinnerungen.«

»Aber einen Versuch ist es wert«, sagte sie. »Wie sollte man sonst –«

Es klingelte. Brub war da. So schnell. Sein Treffen mit Lochner konnte nicht so wichtig gewesen sein. Er ging zur Tür, und obwohl sie ihren Satz noch nicht zu Ende gebracht hatte, antwortete er ihr auch schon. Er wollte Brub im Moment des Türöffnens vermitteln, dass alles in bester Ordnung war. »Der Bruch muss nicht auf Gegenseitigkeit beruhen, Sylvia. Und derjenige, der die Tür vor jemandes Nase zuschlagen muss, fühlt sich üblicherweise sehr viel schlechter als derjenige, der übereifrig an eine alte Freundschaft anzuknüpfen versucht. Jedenfalls würde ich nicht –«

Laurel stand vor ihm. Er war so überrascht, dass es ihm die Sprache verschlug. Sie war doch so wütend gewesen. Sie hatte doch aufgelegt, und jetzt war sie trotzdem gekommen? Er brachte kein Wort heraus. Dass er sie empört ansah, wurde ihm erst klar, als sie ihn nachäffte. »Und dann? Was hat der große böse Wolf dann zu Rotkäppchen gesagt, hm, Süßer?« Sie trat an ihm vorbei ins Wohnzimmer, er rührte sich nicht vom Fleck, war nach wie vor außer sich, schwieg.

Nun standen sie sich also gegenüber, Sylvia und Laurel. Und sie waren aus demselben Grund gekommen. Weil sie sich aus der Nähe betrachten wollten. Er wusste nicht, wieso ihnen daran gelegen war. Sie buhlten doch nicht um ihn. Er bedeutete Sylvia rein gar nichts, und Laurel schien es ähnlich zu gehen. Sie musterten einander herablassend, wie für Frauen üblich, ganz egal, worum es ging.

Am Telefon hatte er befürchtet, sie könnte betrunken sein. Aber sie war nüchtern. Sie roch nach Parfüm, nicht nach Alkohol. Sie hatte noch nie so umwerfend ausgesehen. Ganz in Weiß, nur ihr Haar leuchtete, ihr Mund, ihre Augen. Sylvia wirkte geradezu farblos und Laurel beinahe grell. Zwischen ihnen die Kluft der Herkunft und des Lebenswandels.

»Sylvia, darf ich vorstellen, das ist Laurel. – Laurel, das ist Sylvia, die Frau eines Freundes von mir, Brub Nicolai.«

Sie nahmen die Vorstellung zur Kenntnis, monoton vorgetragene Plattitüden, wie es die Höflichkeit gebot, aber die Kluft blieb unüberwindbar. Und nichts würde sie verringern.

»Gib mir bitte deinen Mantel, Laurel. Möchtest du etwas trinken?« Ihre Augen sahen sonderbar aus, wie bernsteinfarbene Blüten, die sich öffneten und auf ihn richteten. »Ich versuche schon seit Stunden, dich zu erreichen, wo bist du gewesen?«

Verlogenes Luder. Sylvia sollte glauben, er hätte am Telefon zuvor eine andere Frau abblitzen lassen. Er warf Sylvia einen Blick zu. Sie ließ sich nicht täuschen. Niemand täuschte Sylvia. Sie vermochte die Wahrheit aufzuspüren, hinter den Worten, den Gesichtern, den lächelnden Mündern. Plötzlich fröstelte ihn. Weil ihm klar wurde, weil er wusste, ohne jeden Zweifel, dass sie seiner Wahrheit auf der Spur war, seit er aus dem Nebel in ihr Leben getreten war. Zorn stieg in ihm auf. Es ging sie nichts an, was in ihm verborgen lag, sie sollte ihn sehen, wie er von allen gesehen wurde, als normaler junger Mann, als jemand, mit dem man gern Zeit verbrachte – und darüber hinaus als alten Freund ihres Mannes. Brub konnte sie nicht auf ihn angesetzt haben. An dem Abend, als er zum ersten Mal bei ihnen gewesen war, hatte es keinen Grund gegeben, ihn zu verdächtigen. Auch heute gab es keinen Grund, und doch, sie hatte ihn forschend angesehen, jedes Wort auf die Goldwaage gelegt – und irgendetwas an ihm hatte sie gestört.

Er wusste es ganz genau, er hatte es von Anfang an gewusst – sie konnte ihn nicht leiden. Und er konnte auch sie nicht leiden, ihre Neugier, ihren giftigen, messerscharfen Verstand. Aber an Brub war nichts auszusetzen. Sie würde ihnen beiden schon nicht in die Quere kommen. Dafür würde er sorgen.

»Ich bin seit fünf zu Hause.« Er gab ihr Feuer. »Vielleicht hast du dir die falsche Nummer notiert.«

»Möglich.« Sie sah wieder zu Sylvia. Sie hielt genauso wenig von Sylvia wie Sylvia von ihr. Aber sie ließ es sich anmerken. So war sie, sie konnte nicht anders. Gleichwohl hatte sie Angst vor ihr, ein Gefühl, das in Sylvia keine Entsprechung fand. Laurel war zäher, als Sylvia je hätte sein können, aber hart wie Stahl war sie nun auch wieder nicht, sie war zerbrechlich. Mit dreistem Unterton fragte sie: »Wo ist Ihr Mann?« Dann schwieg sie, aber als Sylvia antworten wollte, verlor sie die Geduld: »Ich möchte ihn kennenlernen, ich habe viel über ihn gehört.«

Verlogenes Luder. So gut wie nichts hatte er ihr von Brub erzählt. Nicht einmal sein Name war gefallen.

»Er müsste jederzeit hier sein. Er hat beruflich zu tun, und ich dachte, ich könnte mir mit Dix so lange ein bisschen die Zeit vertreiben.« Sie schenkte ihm ein sinnliches Lächeln, das Laurel galt. Sie gab Laurel der Lächerlichkeit preis.

»Aber es war stinklangweilig mit Dix«, sagte er.

Sylvia war genauso angriffslustig wie Laurel. »Das würde ich so nicht sagen«, erwiderte sie.

»Arbeitet Ihr Mann an dem Mildred-Atkinson-Fall?«, fragte Laurel unvermittelt.

Er hätte nicht gedacht, dass sie Brub Nicolai kannte, aber sie musste seinen Namen schon einmal gehört haben, und nun zerrte sie etwas ans Tageslicht, dessen Existenz Dix und Sylvia bisher geleugnet hatten. Aber das war ihr egal. Sie wollte nur eins, ihnen die Stimmung verderben. Und sie ahnte nicht, wie gut es ihr gelungen war.

»Ja.« Sylvia wollte nichts davon hören. Ihre Hände verkrampften sich, ihr Mund nahm einen harten Zug an. Sie war schlecht darin, sich nichts anmerken zu lassen.

»Gorgon hat Brub erwähnt«, sagte Laurel und nickte. Sie klärten ihn nicht darüber auf, wer dieser Gorgon war. Sylvia musste es wissen. Sie akzeptierte den Namen, einfach so. »Heute Abend. Er hat gesagt, Brub Nicolai sei der beste Bulle seiner Einheit.«

Er konnte spüren, wie Sylvia bei dem Wort *Bulle* zusammenzuckte. Sehen konnte er es aber nicht. Weil er gar nichts mehr sah. Seine Sinne hatten sich dermaßen verhärtet, dass ihm das Zimmer vor den Augen verschwamm. Er stützte sich auf der Tischplatte ab.

Gut, dass Sylvia da war. Gut, dass er und Laurel nicht allein waren, Laurel, die offenbar mit einem Mann zusammen gewesen war, einem Mann namens Gorgon, während er hier auf sie gewartet hatte! Ein heftiges Verlangen, mit ihr allein zu sein, die Wahrheit aus ihr herauszupressen, pochte gegen seine Schläfen, hämmerte, so sehr, er hätte aufschreien mögen vor Schmerz. Ihm blieb nichts anderes übrig, als sich mit den Händen auf dem Tisch abzustützen und mit anzuhören, wie sich die beiden Frauen unterhielten. Über Brub. Über Brub, der jetzt endlich kommen und seine Frau fortschaffen sollte. Ihm blieb nichts anderes übrig, als mit anzuhören, wie Laurel wiederkäute, was Gorgon gesagt hatte, das ganze ach so kluge Gerede über Brub Nicolai, der zu einem immer fähigeren Ermittler wurde.

Er stand kurz davor zusammenzubrechen, als ihn die Klingel erlöste. Er ging zur Tür, ohne sich zu entschuldigen. Für die beiden Frauen existierte er sowieso nicht. Brub, endlich. Brub, wie er ihn kannte, mit umwölkter Stirn und abwesendem Blick, bis er Dix wahrnahm und lächelte.

»Hallo, Dix! Ist Sylvia noch da?«

»Ja. Wir haben geplaudert. Komm rein.« Er ließ Brub vorangehen. Er wollte nichts mehr von diesem Gorgon hören. Und das musste er auch nicht. Als er in den Raum trat, war Sylvia dabei, Laurel und Brub einander vorzustellen.

»Brub, darf ich vorstellen, Laurel Gray. Laurel, das ist mein Ehemann, Brub Nicolai.«

Laurel musterte Brub, genauso wie sie Dix gemustert hatte, als sie ihm das erste Mal begegnet war. Gründlich, dreist – und das, obwohl Sylvia neben ihr stand. Vielleicht wusste sie es nicht besser, vielleicht war es unbewusst, und sie konnte Männern einfach nicht anders begegnen. Sylvia betrachtete die Szene völlig gelassen. Laurel machte ihr keine Sorgen. Erst nachdem Brub Laurel begrüßt hatte und sich Sylvia zuwandte, flackerte die Angst in ihr auf.

Sie hatte ihre Stimme gut unter Kontrolle, aber die Angst verlieh ihr einen kühlen Unterton. »Ist alles ... in Ordnung, Darling?«

Er nickte. Sein Lächeln beruhigte sie. Aber es war ein unwirkliches Lächeln, das so schnell wieder verschwand, wie es ihm auf die Lippen getreten war. Ein Lächeln wie ein kurz aufflackerndes Licht in der Dunkelheit.

»Wie wär's mit einem Drink, Brub?«, fragte Dix munter.

»Gern.« Eine reflexhafte Antwort. Nach kurzem Überlegen schüttelte er den Kopf und sagte: »Aber nicht heute Abend.« Als hätte er von Anfang an nichts trinken wollen. »Ich bin zu müde. Bist du so weit, Sylvia?«

»Natürlich, Darling.« Sie klang betont gut gelaunt, als wäre sie sich nicht im Klaren darüber, wie niedergeschlagen Brub war.

Dix unternahm keinen Versuch, die beiden zum Bleiben zu bewegen. Er wusste, dass Brub neue Informationen hatte. Er wusste, dass Brub ihm davon erzählen würde, falls er doch für einen Drink bliebe. Aber Dix interessierte sich nicht für den Fall. Er wollte nur noch allein sein, allein mit Laurel.

»Schade«, sagte er und bemühte sich um einen aufrichtigen Ton. »Du solltest ein paar Tage kürzertreten, du siehst erschöpft aus. Kannst du ihn nicht einfach einsperren, Sylvia?«

»Ich wünschte.« Auch sie verstellte sich, sie war in Gedanken schon ganz bei Brub.

Laurel und Sylvia tauschten die obligatorischen Freundlichkeiten aus, ohne sie zu meinen. Brub nickte, er konnte es nicht erwarten, nach Hause zu gehen. Er zog Sylvia fest an sich.

»Ich ruf dich an«, sagte er. Dix hielt die Tür einen Spaltbreit offen, bis sie über den Patio gegangen und durch den Torbogen auf die Straße getreten waren. Erst dann schloss er sie. Ein großer Schritt, und schon stand er im Eingang zum Wohnzimmer.

Laurel rekelte sich im Sessel, ihre Augen blitzten, ein dreister Zug stand ihr um den Mund, sie war bereit zum Angriff.

»Wer ist Gorgon?«, kam er ihr zuvor.

Sie antwortete nicht, sondern fragte: »Wieso war diese Frau hier?«

»Wer ist Gorgon?«

»Erzählst mir Märchengeschichten! Sagst, ich darf nicht runterkommen! Von wegen geschäftlich!« Sie spie die Worte aus.

»Wer ist Gorgon!« Er ging auf sie zu, seine Schritte waren geräuschlos.

Nichts war zu hören, nur ihre nörgelnde Stimme. »Das lasse ich nicht mit mir machen, kein Mann darf so etwas mit mir machen, und du schon gleich gar nicht!«

Er stand vor ihr und sah auf sie herab. »Wer ist Gorgon?« Sein Kopf stand kurz vorm Explodieren. Es war kaum noch auszuhalten. Er packte sie an den Schultern, wollte sie aus dem Sessel ziehen. »Wer –«

»Wenn du mich nicht augenblicklich loslässt, wirst du für keine Frau mehr zu gebrauchen sein«, sagte sie mit kalter Niedertracht. Er spürte, wie sich ihr Körper wehrte, ließ sie wieder los und trat einen Schritt zurück. Es war ihr ernst gewesen. Der Druck, unter dem er stand, ließ nach. Das Entsetzen über ihre Entschlossenheit war wie eine eiskalte Abreibung. Je mehr der Schmerz nachließ, desto schwächer wurde Dix, seine Stirn war nass vor Schweiß. Er wischte sich mit dem Ärmel über die feuchten Brauen.

»Ich bin weg«, hörte er sie sagen.

Er hätte sie nicht daran hindern können, so geschwächt wie er war, aber er sagte mit heiserer Stimme: »Geh nicht.«

Er sah sie nicht einmal an. Er wusste nicht, warum sie blieb.

Neugier vielleicht? Mitleid war es nicht. Sie hatte kein Mitleid mit Männern.

Ihr Ton überraschte ihn. Kein Hass mehr, eher ein Schulterzucken: »Wir können wohl beide einen Drink gebrauchen.«

Er hörte, wie sie in die Küche ging, und warf sich aufs Sofa, vergrub sein Gesicht in den Kissen, grub die Fingernägel in die Handflächen. Er hatte sie töten wollen.

Als er hörte, wie sie zurückkam, drehte er sich um. Sie stand vor ihm, hielt ihm ein Glas hin. »Danke, Laurel.«

Sie setzte sich wieder in den Sessel und trank.

Er nippte, einmal, zweimal. Sie hatte sich nicht lumpen lassen, der Drink war stark.

»Schon besser?«, fragte sie.

»Ja. Genau das hab ich gebraucht.«

»Noch ein Versuch?«

Er sah sie an. Sie meinte es ernst. Er schämte sich für seinen Zorn. Das war nicht er gewesen, sondern jemand, der ihm fremd war. Ein Fremder, der er selbst war.

»Ja.«

»Du willst wissen, wer Gorgon ist? Er ist mein Anwalt.«

Jetzt schämte er sich noch mehr. Er schwieg.

»Ich bin ihm in die Arme gelaufen, als ich kurz vor sechs vom Gesangsunterricht kam. Er wollte sich mit mir besprechen, geschäftlich.« Sie sah ihn fest an. »Und ich dachte mir, dass er mich ruhig zum Essen einladen kann.« Dann wandte sie den Blick ab. »Ich konnte dich nicht anrufen, Dix. Ich will nicht, dass er seine Nase in meine Angelegenheiten steckt.«

Das war also der Grund gewesen! Er war wieder von Zuneigung erfüllt, zärtlichster Zuneigung. Eigentlich hatte sie also bei ihm sein wollen. Sie wollte ihn nicht weniger als er sie. Er hatte sich nicht getäuscht, sie waren füreinander bestimmt. Er stand im Begriff, aufzustehen und zu ihr zu gehen, als sich ihr Ton wieder verschärfte: »Also, was ist nun mit dieser Frau?«

Er lachte. »Die Sache ist völlig unspektakulär, wie bei dir auch. Brub hat sie vorbeigebracht. Sie sollte hier warten, solange er zu tun hat. Dabei wollte ich sie gar nicht hier haben.«

Sie klang jetzt bissig. »Und warum durfte ich nicht runterkommen? Bin ich dir etwa nicht gut genug, ihr vorgestellt zu werden?«

»Meine Güte, Laurel!« Er war frustriert. Zumal sie Sylvia tatsächlich nicht ebenbürtig war. Und doch war sie ihr himmelweit überlegen.

»Also?«

Er wollte nicht mehr wütend sein. Er würde nicht zulassen, dass sie ihn wieder zur Weißglut trieb. »Also«, sagte er. »Erstens: Ich wollte nicht, dass du dich hier zu Tode langweilst. Zweitens: Ich war nicht gut auf dich zu sprechen, weil du mich versetzt hast.«

»Du hast mich erwartet?«

»Das weißt du ganz genau. Wir waren zum Dinner verabredet.«

»Drittens?«

Sie war zufrieden, ihr leuchtender Mund deutete ein Lächeln an, ihre Bernsteinaugen blitzten spöttisch.

»Drittens: Ich wollte dich ganz für mich allein haben und nicht mit irgendwelchen Leuten teilen müssen.« Seine Stimme zitterte noch ein wenig, und er fühlte sich schwach auf den Beinen. Aber er ging trotzdem zu ihr und zog sie aus dem Sessel an sich. Seine Hände waren jetzt stark, nicht grausam.

»Nicht so schnell, Dix.« Sie wollte ihn von sich drücken und wand sich unter seinen Händen, aber er ließ sie nicht los. Er küsste sie und hielt sie fest, bis sie ruhig war. Er hielt sie lang.

Als er sie losließ, war Gelächter in ihm, wo zuvor nur Schmerz gewesen war. Er jubilierte. »So ist es, Laurel, und so muss es sein. Du – und ich.«

Sie war schön wie ein loderndes Feuer. Sie sah zu ihm auf,

sogar ihre Augen loderten. Sie strich sich übers Haar. »Du hast wohl recht«, sagte sie und massierte sanft ihren Arm. »Aber nie wieder so ruppig! Das lasse ich nicht mit mir machen.«

»Es tut mir leid.« Es tat ihm tatsächlich leid, für einen kurzen Moment war er wieder angespannt. Es tat ihm nicht nur leid, er hatte Angst. Er hätte ihr wehtun können. Er hätte sie verlieren können. Er durfte niemals vergessen, dass er keinesfalls riskieren durfte, sie zu verlieren. Wenn er sie – – Er schüttelte den Kopf, er schauderte.

»Alles in Ordnung?«, fragte sie ängstlich.

Er schwieg, zog sie an sich und umarmte sie. Er umarmte sie, ohne sich zu erklären, bis er wieder ganz ruhig war.

ZWEI

Am Morgen darauf schien die Sonne ins offene Fenster, tauchte das weiße Kissen, auf dem ihr flammendes Haar gelodert hatte, ihr Kopf bald wieder ruhen würde, in goldenen Widerschein. Das Zimmer war lichtdurchflutet. Er lag zufrieden auf dem Bett. Wie wohltuend es war, aufzuwachen, wenn die Sonne schien, wenn es warm war, die Wärme eines Körpers, seiner strahlenden Schönheit im Gedächtnis. Wie schön, zu wissen, dass sie bald wieder bei ihm sein würde. Nachdem sie ihre Besorgungen gemacht, ihre beruflichen Termine hinter sich gebracht, ihre Unterrichtsstunden absolviert haben würde. Dass sie ungeduldig zurückkehren würde in seine begierigen Arme. Ihm blieb nur, die Zeit totzuschlagen, aber die Zeit würde ihm einfach und widerstandslos wie Sand durch die Finger rinnen, die Sonne würde untergehen, der Tag würde enden, der Abend wäre gekommen. Und die Nacht würde leuchten, strahlen, heller als die Sonne.

Der Tag verging, es wurde Abend, der nächste Tag brach an, die nächste Nacht, und immer so weiter. Bis er nicht mehr zu sagen wusste, wie viele Stunden vergangen waren, wie viele Stunden eines Tages, wie viele Stunden einer Nacht. Alles verschmolz, fließend, endlos, ein einziger Kreislauf. Ein Leben in Schönheit, so eindrücklich wie ein Traum, er lag geborgen im Schoß des Glücks. Er dachte nicht: Irgendwann wird all das hier ein Ende haben. Kreisläufe hatten keinen Anfang und kein Ende, sie existierten einfach. Während der Stunden, in denen er auf sie wartete und sich in den Erinnerungen an ihre strahlende Gegenwart sonnte, ließ er keinerlei Bedenken zu. Nur selten verließ er in jenen Tagen das Apartment. Draußen tickten die Uhren, und wo die Uhren tickten, war Ungeduld. Er träumte lieber weiter. Nicht einmal die Besen schwingende Schreckschraube vermochte seinen Traum zu stören.

Er sagte nicht: Dies wird nicht für die Ewigkeit sein. Er erwartete kein Erwachen. Eines Morgens, als ein Wolkenband über die Sonne hinwegzog, wollte er darin kein Omen sehen. Er verleugnete seine Sorge angesichts des kühlen Hauchs, der eines Nachmittags auch dann noch durch die Fenster zog, als er sie längst geschlossen hatte. Er verleugnete den grauen Schleier, der sich in der Nacht darauf über die Sterne breitete.

All das war ihm bewusst, aber er verleugnete es. Eine Woche war vergangen, ein oder zwei Tage, vielleicht gab es auch keine Zeit mehr. Jedenfalls wurde sie unruhig. Sie musste unruhig werden, unzufrieden, eingesperrt in den engen Grenzen seines Traums. Vielleicht war es die Haltung ihrer Schultern, beim Tanz zur Musik aus dem Radio. Vielleicht war es ihr enervierter Blick, als sie sich zum Abendessen wieder an den Wohnzimmertisch setzten. Vielleicht war es die Tatsache, dass sie der Frage auswich, wie ihr Tag gewesen war. Oder wie sie an der offenen Tür stand, hinaussah in die Nacht.

Er hatte von Anfang an gewusst, dass sie der Welt nicht vorenthalten werden durfte. Dass sie nicht auf ewig in der Höhle seines Traums versteckt bleiben durfte. Aber er hatte es sich nicht eingestanden. Sie war diejenige, die es zur Sprache bringen musste.

Laurel rief an. Am späten Nachmittag, fünf Uhr, vielleicht später. »Dix, ich kann heute Abend nicht zum Essen kommen. Ich habe zu tun.«

Er wusste inzwischen etwas mehr über sie, nicht viel, nur ein wenig. Sie sprach kaum von sich selbst, darin waren sie sich ähnlich. Sie hatten in ihrer Höhle nicht viele Worte gemacht. Er wusste, dass sie Unterricht nahm und auf ihre große Chance wartete. Hochfliegende Ambitionen hatte. Für die Leinwand entdeckt werden wollte, wie schon andere Frauen vor ihr. Aber wichtiger als Talent waren die Türhüter. Die richtigen Kontakte – das Zauberelixier.

Er musste seine Enttäuschung vor ihr verbergen. So lauteten die Spielregeln. Sie trugen ihre Herzen nicht auf der Zunge. Die weltlichen Bedürfnisse, es gab sie nun mal. Niemals hätte er es gewagt, ihr seine jungenhafte Sehnsucht zu gestehen.

»Also gut«, sagte er, als würde es ihm nichts ausmachen. »Dann sehen wir uns also später?«

Sie schien einen kurzen Moment zu zögern.

»Wenn es nicht zu spät wird. Danach findet noch eine Party statt.« Jetzt zögerte sie tatsächlich, kurz, aber eindeutig. »Und ich soll singen.«

Er wusste, dass es ein Fehler war, sagte aber trotzdem: »Komm zu mir, egal wie spät es ist, weck mich.«

Sie blieb auf wortreiche Art unverbindlich. Es fing an, nachdem sie aufgelegt hatte. Unmerklich erst. Nebelfetzen, die aufzogen in seinen Gedanken, leise Zweifel, die er zunächst ignorieren konnte, aber dann wurde der Nebel dichter, waberte um seine Gehirnwindungen, brachte ihn um den Verstand.

Sie hatte einen anderen. Einen mit Geld. Einen, der sie mit Geschenken überhäufte. Einen mit sehr, sehr viel Geld sogar. Onkel Fergus! Dix rannte beinah zum Schreibtisch. Er hatte in den letzten Tagen nicht einmal die Post durchgesehen. Höchstens ein- oder zweimal hatte er nach dem Poststempel aus Princeton Ausschau gehalten, aber immer nur an Mel Terriss adressierte Mahnschreiben vorgefunden. Dann hatte die Post, hatten die Mahnschreiben keine Rolle mehr gespielt, weil er sich in Laurel verloren und alles andere um sich herum vergessen hatte. Fahrig ging er den Stapel Briefe durch und wurde fündig. Dem Kuvert war der übliche Scheck beigelegt. Er warf einen Blick auf die Summe: 250 Dollar. Dann las er den kurzen, mit der Maschine geschriebenen Brief:

Mein lieber Dickson,

sollten Dir Deine Rückenschmerzen wahrhaftig Probleme bereiten und nicht nur vorgeschützt sein, damit Du nicht arbeiten musst, möchte ich Dich darauf hinweisen, dass Du als Veteran einen Anspruch auf Behandlung in einer Veteranenklinik hast. Zu glauben, dass Du mich um finanzielle Unterstützung außer der Reihe erleichtern könntest, war gleichwohl so naiv, wie ich es von Dir gewöhnt –

Er knüllte den Brief zusammen und feuerte ihn quer durchs Zimmer, ohne ihn zu Ende zu lesen. Er kannte sie längst, die selbstgefälligen Ohne-Fleiß-kein-Preis-Plattitüden, er hatte sie sein Leben lang gehört. Andere bekamen Autos, Anzüge, ein Konto zur freien Verfügung – er bekam Plattitüden. Es war nicht so, dass der alte Geizhals kein Geld gehabt hätte. Er hatte Geld zuhauf. Geld für Aktien, Anleihen, Immobilien. Alles investiert in die Vorstellung grundsolider Bürgerlichkeit. Man hätte annehmen sollen, ein Mensch wie Onkel Fergus wüsste die Annehmlichkeiten des Lebens zu schätzen und wäre nicht darauf zu verzichten bereit. Onkel Fergus war in Armut aufgewachsen, als Sohn eines einfachen Farmers. Mit vierzehn hatte er zu arbeiten begonnen, in einem Eisenwarengeschäft in Princeton (Dix kannte jede einzelne Station dieses kargen Lebens, konnte alles auswendig hersagen, wie ein Gedicht), er hatte die Nächte durchgepaukt, um die Aufnahmeprüfung fürs College zu bestehen. Dix hatte ihn vor Augen, den Habenichts und Hinterwäldler, der nichts als einen schlecht sitzenden Anzug und ein Paar klobige Schuhe besaß, in denen er zum College ging, lernte und arbeitete, und niemand wusste, dass er in Princeton studierte, außer ein paar andere Hinterwäldler – und dann schloss er sein Studium ab, aber nicht einmal *cum laude*, was die Grundvoraussetzung für eine große Erfolgsgeschichte gewesen wäre. Er hatte sich nur durchgebissen, war bis zu seinem Abschluss immer in Sorge gewesen, und am Ende hielt er nichts als ein durchschnittliches Diplom in den Händen und die Überzeugung, dass man als Princeton-Absolvent auf derselben Stufe stand wie ein Senator, vielleicht sogar wie Jehova.

Dix hatte anders als Onkel Fergus kein Princetonian werden wollen. Wenn er einer der Studenten hätte sein können, die in schnellen Autos durch die Stadt fuhren, teure Anzüge trugen, keine Geldsorgen und Mädchen an ihrer Seite hatten – dann vielleicht schon. Dann hätte auch er sich vielleicht wie ein Senator oder wie Jehova fühlen wollen, immerhin war er der Neffe von Fergus Steele, immerhin arbeitete auch er während seiner Schulzeit in dem Eisenwarengeschäft, das jetzt seinem Onkel gehörte. Denn wenn er nicht arbeitete, hatte er kein Geld. Der handgestickte, goldgerahmte Sinnspruch seines Onkels: Wer nicht arbeitet, muss darben.

Ein Mann brauchte Geld. Ohne Geld keine Frau. Frauen interessierten sich nicht dafür, wie man aussah, ob man klug war, nicht, solange man sie nicht ins Kino oder zum Tanz ausführen und danach zum Essen einladen konnte.

Dix wusste damals noch nicht, wie man zu Geld kam, ohne zu arbeiten. Abgesehen davon, dass er ab und an ein 10- oder

25-Cent-Stück aus der Kasse mitgehen ließ. Und log. Einmal nahm er sogar fünf Dollar. Wie hätte man ein Mädchen zum Junior Prom ausführen sollen, ohne ihr Blumen zu schicken? Onkel Fergus feuerte den Lieferjungen.

Dix wusste, dass er im College durch die Hölle gehen würde. Und so kam es auch. Er litt im ersten Jahr, er litt schrecklich. Er hätte abgebrochen, sofort hingeschmissen, aber die Alternative war noch unsäglicher, verschickt zu werden wie ein Stück Vieh, auf eine Farm, die Onkel Fergus gehörte, nach Pennsylvania. Entweder er wurde ein »Gentleman« nach Onkel Fergus' Maßstäben oder ihm blieb einzig und allein, das Dasein eines Farmers zu fristen. Dix war nicht dumm, er wusste genau, dass er keine Stellung finden würde, nicht auf eigenen Füßen stehen konnte. In seinem ersten Jahr arbeitete er nach dem Unterricht im Eisenwarengeschäft und wagte es nicht, den Leuten in die Augen zu sehen, weil er Angst hatte, sie könnten sich über ihn lustig machen oder Mitleid mit ihm haben.

Im Frühling dann hatte er den Dreh raus. Er hielt sich an die reichen Schnösel, die an der Uni genauso verloren waren wie er selbst. Widerliche Snobs waren das, Mel Terriss war ein typischer Vertreter dieser Art. Dafür waren ihre Brieftaschen prall gefüllt. Und er bekam ein hübsches Taschengeld, wenn er ihnen verriet, wo man spätabends noch eine Flasche Schnaps bekam, oder wenn er ihren Wagen in die Werkstatt brachte oder ihre Hemden aus der Reinigung holte. Ein bisschen auf die Tränendrüse gedrückt, und schon bekam er ein kleines Darlehen. Und er durfte ihre Sachen anziehen und ihre Zigaretten rauchen und ihren Schnaps trinken. Solange er vor ihnen zu Kreuze kroch, führte er ein annehmliches Leben. Und wenn sich die Schnösel über einen Trottel lustig machen konnten, der weniger hatte als sie, profitierte ihr Ego. Er nahm ihr Geld, fand sich damit ab, dass sie ihn verachteten, und so gestaltete sich das zweite Jahr durchaus annehmbar.

Im zweiten Jahr lernte er auch Mel Terriss kennen. Mel hatte es bisher noch nicht einmal in die Clique der Snobs geschafft. Dix war sein Türöffner, und Mel zeigte sich erkenntlich. Mit seiner Garderobe und seinem Wagen war alles ein Zuckerschlecken. Die Mädchen hielten Dix für Krösus und Mel für die Marionette. Dix sah gut aus und hatte Charisma; er hatte alles, was Mel fehlte. Er hielt sich Mel gefügig, indem er ihm Frauen zuspielte, mit denen er selbst seine Zeit nicht verschwenden wollte, und indem er ihn mit Hochprozentigem versorgte. Schon auf dem College war Mel auf dem besten Wege, Alkoholiker zu werden. Der Alkohol überzeugte ihn davon – ihn und niemanden sonst –, dass er kein Widerling war. Dabei machte ihn der Alkohol nur noch unerträglicher. Gegen Ende des Semesters hatte Mel nur noch Dix als Freund. Dix war das recht. Solange er dafür sorgen konnte, dass Mel nicht vom College flog, standen ihm zwei gute Jahre bevor. Bis dahin war ihm das gelungen, indem er Mel beibrachte, seine Probleme finanziell zu regeln und die Streber dafür zu bezahlen, ihm Nachhilfe zu geben. Dix und Mel konnten sich zwar nicht ausstehen, waren aber aufeinander angewiesen. Sie hielten zusammen.

In jenem Sommer wussten die jungen Männer, dass der Kriegseintritt nicht mehr abzuwenden war. Es war nur noch eine Frage der Zeit. Dix verpflichtete sich beim Air Corps. Alle, die etwas auf sich hielten, meldeten sich freiwillig.

Die Kriegsjahre waren die ersten glücklichen Jahre seines Lebens. Er musste den reichen Schnöseln nicht mehr die Stiefel lecken, alle bekamen den gleichen Sold, und es dauerte nicht lange, bis auch er Geld hatte wie Heu. Weil ihn nichts schrecken konnte, weil er der beste Pilot im ganzen Verein war, weil er in rasendem Tempo befördert wurde. Er trug maßgeschneiderte Anzüge und auf Hochglanz polierte Schuhe. Er brauchte kein Auto, weil er etwas Besseres hatte, stromlinienförmige, kraftvolle Jagdflieger. Er war der Überflieger, er war das, was er schon immer hatte werden wollen, er hatte Klasse. Er hätte jede Frau haben können, die ihm gefiel, überall auf der Welt, an jedem erdenklichen Ort. Die Welt gehörte ihm.

Seine Lebenswirklichkeit war so überwältigend, dass ein anderes Leben nicht mehr denkbar war. Und auch als der Krieg vorbei war, konnte er sich kein anderes Leben vorstellen. Nicht, bis er wieder in dem kleinen, dunklen Wohnzimmer seines Onkels stand. Zu Onkel Fergus zurückzukehren war wie ein Schock. Ihm war nicht klar gewesen, dass es nicht ewig so weitergehen würde wie während des Krieges. Er hatte gedacht, es würde sein ganzes Leben lang so bleiben, dabei war es nur ein Zwischenspiel.

Auch Onkel Fergus war es während des Krieges gut ergangen. Er hatte einen Spezialnagel oder eine Spezialschraube oder ein Spezialwerkzeug erfunden und zu produzieren begonnen. Aber obwohl er jetzt noch wohlhabender war als zuvor, hatte sich der alte Mann kein bisschen verändert. Er lebte nach wie vor in demselben düsteren, ungemütlichen Haus, mit derselben liederlichen alten Haushälterin und aß dieselben lausigen Mahlzeiten. Der einzige Unterschied: mehr Aktien, mehr Anleihen, mehr Immobilien. In einem Anfall von sentimentalem Patriotismus hatte er Dix' einjährigem Schreibvorhaben in Kalifornien zugestimmt. Dix hatte sich ordentlich ins Zeug legen müssen, um ihn breitzuschlagen. Der alte Geizhals ging davon aus, dass er bei Freunden wohnte, die ihm unter die Arme griffen und ein Auge auf ihn hatten. Die häufigen Adresswechsel erklärte Dix damit, dass unbefristete Arbeitsräume Mangelware seien. Nachdem sich Onkel Fergus einverstanden gezeigt hatte, reute ihn seine Großzügigkeit. Aber jetzt war es zu spät, Dix ließ ihn nicht mehr von der Leine.

In heller Wut zerriss er den lausigen Scheck in immer kleinere Stücke, die er auf Mels Läufer regnen ließ. Der gleiche Scheck wie immer. Almosen, mit denen er einen weiteren Monat über die Runden kam. In eine Klinik für Veteranen sollte er gehen, betteln – schließlich war er ja Veteran, nicht wahr?

Er saß am Schreibtisch und vergrub das Gesicht in den Händen. Durch seine eisern verkrampften Finger hindurch sah er den Stapel mit Mahnungen, die an Mel Terriss adressiert waren. Wieso war er Mel nicht während des Krieges wiederbegegnet, zu einer Zeit, als er ihn hätte verächtlich machen können, so wie er es sich immer schon vorgestellt hatte? Nicht einmal zur Infanterie hatte es bei Mel gereicht. Er hatte während des Krieges in irgendeiner Fabrik gearbeitet. Als sie sich zum ersten Mal wiederbegegnet waren, in einer Bar, war der Krieg längst vorüber und Mel wieder ganz er selbst – ein stinkreicher Widerling.

Dix hatte eigentlich nicht mit Mel sprechen wollen. Er wollte ihn ignorieren, hatte allerdings vergessen, dass man Arschlöcher wie Mel nicht meiden konnte. Mel konnte nicht anders, er bahnte sich seinen Weg und streckte ihm seine fette dumme Visage entgegen. Dix konnte förmlich sehen, wie sich angesichts der Blondine an seiner Seite das Räderwerk in Mels Kopf in Bewegung setzte. Er war sofort bereit, weiterzumachen wie früher, Dix die Drecksarbeit erledigen zu lassen, sich die Frauen von ihm zuführen zu lassen, im Austausch gegen ein Taschengeld. Aber so lief das nicht mehr, die Zeiten waren vorbei, sechs Jahre zuvor hatte Dix mit der Speichelleckerei aufgehört. Und doch, vielleicht war es nicht verkehrt gewesen, Mel in die Arme zu laufen. Immerhin hatte er jetzt sein Auto, sein Apartment und seinen Kleiderschrank. Der Kreditrahmen würde nicht ewig hinreichen, aber noch war alles in bester Ordnung. Mel hatte so viel Geld. Und Mel war in Rio. Der gute alte Mel.

Ohne Mel hätte es keine Laurel gegeben. Er beruhigte sich, parallel dazu stieg wieder ein nagendes Verlangen nach Laurel in ihm auf. Vielleicht hatte man ihr wirklich angeboten, auf ein paar wichtigen Veranstaltungen zu singen, natürlich würde sie ein solches Angebot nicht ablehnen, das wusste er, auch wenn sie sich genauso nach ihm verzehrte wie er nach ihr. In dieser Hinsicht war sie ihm ähnlich, auch sie wollte einen Platz an der Sonne. Nur ging es ihr dabei weniger ums Geld. Sie wollte ins Rampenlicht.

Plötzlich war er wieder voller Hass auf Onkel Fergus. Wenn er es nicht schaffte, Laurel ins Rampenlicht zu hieven, würde sie ihn loswerden wollen. Sobald er den Reiz des Neuen für sie verloren hatte. Sobald sie herausfand, dass er abgebrannt war. Aber er durfte sie nicht verlieren, er hatte niemanden außer ihr, sie war das einzig Gute, was ihm passiert war, seit er seine Uniform abgelegt hatte. Er ging auf alle viere, wie ein geprügelter Hund, und begann, die Schnipsel aufzusammeln. Er brauchte das Geld, lange würde es zwar nicht reichen, eine Woche etwa, aber vielleicht konnte er in der Zwischenzeit mehr auftreiben. Irgendwo in L. A. musste schnelles Geld zu machen sein, da war er sich sicher, er hatte sich nur noch nicht darum bemüht. Das war auch nicht nötig gewesen. Bevor Laurel in sein Leben getreten war, war er mit den 250 Dollar gut zurechtgekommen. Er sammelte jeden noch so winzigen Schnipsel auf, versuchte, die Überreste nicht noch mehr zu zerknittern. Plötzlich fiel ihn die Angst an, Laurel könnte zurückkommen und ihn in dieser lächerlichen Haltung vorfinden. Er sammelte fieberhaft weiter. Seine Hände waren klitschnass, als er alle Schnipsel beisammenhatte, er zitterte. Bevor er es wagte, den Scheck wieder zusammenzupuzzeln, wischte er sich die Hände an seinem Hemd trocken. Zitternd und gewissenhaft legte er alle Schnipsel an ihren Platz. Bis nur noch einer fehlte, ein wichtiger natürlich, fast die halbe Unterschrift, »Fergu«. Er suchte hektisch nach dem fehlenden Schnipsel, robbte wie ein Kleinkind über den Boden, bebte vor Angst, Laurel oder die Putzfrau könnten plötzlich die Wohnung betreten.

Da war er ja! Unter dem Sessel. Endlich hatte er den Scheck wieder beisammen. Er wusste nicht, ob die Bank ihn so annehmen würde oder ob es nötig sein würde, Onkel Fergus zu schreiben und sich irgendeine Geschichte auszudenken. Dass der Scheck zwischen die Werbeprospekte geraten, von der Putzfrau zerrissen worden war. Onkel Fergus würde ihm die Geschichte nicht glauben. Er würde den Scheck sperren lassen und vor dem Ausstellen eines zweiten Schecks abwarten, um sicherzugehen, dass der erste auch wirklich nicht eingelöst worden war. Mindestens ein Monat würde vergehen, ein ganzer Monat, den er mit dem letzten Zehn-Dollar-Schein in seiner Tasche bestreiten müsste.

Er war so besorgt, dass ihn Übelkeit befiel, eine so heftige Übelkeit, dass ihn jegliche Kraft verließ. Er schaffte es gerade noch bis zum Sofa. Ließ sich fallen, schloss die Augen, die Hände zu Fäusten geballt. Er durfte Laurel nicht verlieren. Er würde sie auch nicht verlieren. Was auch immer geschah. Er konnte arbeiten. Es gab sicher einen Haufen Jobs in der Stadt. Und Laurel kannte jede Menge wohlhabende Leute. Und wenn er ihr zu verstehen gab, dass er einen Fuß in die Tür bekommen wollte? Irgendwo? Nicht des Geldes wegen. Zu Recherchezwecken. Oder Brub? Er würde Brub fragen, ob er sich vorstellen könnte, ihm einen Job bei der Polizei zu verschaffen.

Bei dem Gedanken musste er lächeln, und schon ging es ihm besser. Aber was würde Laurel treiben, wenn er im Dienst war, rund um die Uhr abrufbereit? Sie würde ganz bestimmt nicht zu Hause sitzen. Laurel war nicht wie Sylvia.

Ein Job kam nicht infrage. An Geld kam man auch anders. Wenn Laurel ihn doch wenigstens einigen ihrer Freunde vorstellen würde. Am leichtesten kam man an Geld, wenn man Leute kannte, die Geld hatten. Damit hatte er Erfahrung. Wieso hielt Laurel ihn geheim? Wieder stieg diese Wut in ihm auf, aber er durfte jetzt nicht wütend werden. Noch einen Anfall würde er nicht verkraften. Er ging zur Bar und genehmigte sich einen ordentlichen Schluck. Er wollte nicht trinken, aber er musste seinen Magen beruhigen.

Wenn er gewusst hätte, wo sie war, wäre er zu ihr gegangen. Wenn ihr nur irgendetwas an ihm lag, hätte sie mit ihm im Publikum singen wollen. Sie hatte bestimmt keinen Auftritt. Sie hatte einen anderen, und wann immer sich die Gelegenheit bot, ihn zu sehen, nahm sie keine Rücksicht auf Verluste.

Er konnte nicht den ganzen Abend zu Hause sitzen, sich den Kopf zermartern, sich zerquälen. Er würde noch den Verstand verlieren. Er musste raus, an die Luft, wo er atmen konnte. Er wollte sich verbergen. In der Nacht.

Er holte tief Luft. Niemals. Noch war es zu früh. Noch waren die Cops in Alarmbereitschaft. Und dann war da Laurel. Niemals würde er es wagen, etwas zu tun, das seine Beziehung zu ihr gefährden könnte. Aber das Haus verlassen musste er trotzdem. Er musste den Kopf frei bekommen.

Er ging ins Schlafzimmer und griff nach dem Telefon. Er wusste nicht, wie oft Brub in den letzten Tagen, Wochen angerufen hatte. Dix hatte von einem Tag auf den anderen alle Annäherungsversuche abgeblockt. Aber er hatte die Tür nie ganz zugeschlagen. Sobald er die viele Arbeit hinter sich hätte, würde er Brub anrufen. Er wählte, erst jetzt fiel ihm ein, dass er nicht auf die Uhrzeit geachtet hatte. Zum Glück war es noch nicht sehr spät, erst kurz vor neun Uhr.

Sylvia hob ab. Sie klang nicht nur überrascht, sondern so, als hörte sie seine Stimme zum ersten Mal. Er erkundigte sich nach Brub: »Ist er da? Ich dachte, ich könnte vielleicht vorbeikommen, wenn er nicht zu beschäftigt ist.«

Augenblicke später schien sie wieder zu wissen, mit wem sie es zu tun hatte. War herzlich. »Kommen Sie gern, Dix. Wir haben uns schon gefragt, wann Sie wieder aus Ihrem Buch auftauchen.«

»Ich störe auch wirklich nicht?«

»Im Gegenteil, wir würden uns freuen«, sagte sie, ohne zu zögern. »Das meine ich ernst, Dix. Brub war so gelangweilt davon, mit mir allein hier herumzusitzen, dass er zu den Nachbarn gegangen ist. Vermutlich leiht er sich eine Heckenschere oder ein Kartenspiel aus.«

»Er ist also gar nicht zu Hause?«

»Bis Sie da sind, wird er längst zurück sein«, sagte sie überzeugt. »Kommen Sie!«

Es ging ihm auf der Stelle besser, er war wieder er selbst. Selbstsicher, guter Dinge, unbeschwert. Es war viel zu eng geworden zwischen Laurel und ihm. Zu viel Nähe war nicht gut für einen Mann. Vielleicht sah Laurel das auch so. Vielleicht hatte sie deswegen den Job heute Abend angenommen. Sie selbst kann sich jedenfalls nicht eingesperrt gefühlt haben, sie war jeden Tag unterwegs gewesen. Gesangsunterricht, Schönheitssalon, irgendeinen Vorwand hatte sie immer gehabt.

Er machte sich nicht die Mühe, sich umzuziehen. Er griff nach dem erstbesten Sakko und zog es über. Zurück im Wohnzimmer, fiel ihm der zerrissene Scheck ins Auge, der auf dem Schreibtisch lag. Er blieb stehen. Laurel durfte ihn auf keinen Fall sehen. Er schob das Häufchen in ein Kuvert. Er verschloss es, damit kein einziger dieser wertvollen Schnipsel verloren ging, und verstaute es in der Innentasche seines Sakkos. Er warf einen flüchtigen Blick auf die vielen an Mel adressierten Mahnbriefe, fragte sich, ob Laurel sie bemerkt und, wenn ja, warum sie nichts gesagt hatte. Irgendjemand hatte die Briefe ordentlich gestapelt, er selbst war es nicht gewesen. Vielleicht das alte Miststück, vielleicht aber auch Laurel. Wahrscheinlich war es Laurel gewesen. Er hatte vor Augen, wie sie die Zeitung und die Zeitschriften auf dem Tisch in Ordnung brachte. Beiläufig, aber gründlich. Vielleicht hatte sie das Gleiche mit den Briefen getan, während er sich anzog oder Kaffee kochte. Müßig, bedächtig. Sie hätte sie in jedem Fall bemerkt. Mit einem einzigen Wisch schob er die Briefe in die Schublade und schloss sie mit einem lauten Knall. Er wollte keine Gedanken mehr wälzen, er war auf dem Weg zu Brub, er wollte vergessen.

DREI

Er verließ das Apartment durch die Hintertür. Sobald er in die Nacht hinausgetreten war, ging es ihm besser, weil er etwas tat, das ihm vertraut war. Es war eine angenehme Nacht, sternenloser Himmel, nur diesige Dunkelheit. Er ging mit leisen Schritten zur Garage. Das Geräusch des Garagentors war in den Apartments nicht zu hören. Die Angeln waren bestens geölt.

Der Wagen sah tadellos aus. Er war ihn seit einigen Tagen nicht mehr gefahren, und es fühlte sich richtig an, wieder am Steuer zu sitzen. Er ließ den Motor aufheulen, als er aus der Garage fuhr. Sollen sie ihn doch hören. Er war auf dem Weg zu seinem Freund, dem Cop.

Als er bei den Nicolais ankam, war alle Wut, war alle Anspannung verflogen. Pfeifend ging er die Stufen hinauf. Brub öffnete ihm, und sofort war alles wieder gut, wie am ersten Abend. Er trug Stoffschuhe und zerknitterte Hosen, so wie Dix, und gab ihm die Hand. »Welch erhebender Anblick! Hast mich ja ganz schön abblitzen lassen, du Spinner.«

Alles war gut, bis die beiden, wie am ersten Abend, das Wohnzimmer betraten. Und wie am ersten Abend war Sylvia da. Durchdrang den Raum mit ihrer Anwesenheit, trotz ihres Schweigens. Das Ton-in-Ton ihres silbergrauen Anzugs, ihrer fahlgoldenen Haare und ihres blassen, ernsten Gesichts ließ die schrille Einrichtung verstummen. Ihr Blick hieß ihn nicht willkommen. Sie sah ihn an wie einen Fremden. Eine Sekunde später lächelte sie, aber es war nur ein mattes Lächeln, aus leeren Augen. Er kam sich wie ein Eindringling vor und wurde wieder wütend. Wenn sie ihn nicht hierhaben wollte, wieso hatte sie dann das Gegenteil behauptet? Wieso hatte sie ihm nicht einfach gesagt, dass Brub nicht da war, und es dabei belassen? Sie hatte ihn geradezu bestürmt zu kommen. Sie hatte sogar dafür gesorgt, dass Brub rechtzeitig zurückgekommen war, um ihn in Empfang zu nehmen.

Sobald sie das Wort an ihn richtete, beruhigte er sich. »Und? Roman abgeschlossen?« Die Frage klang so, als wären sie sich jeden Tag begegnet. »Ich bin sterbensneugierig.« Für einen kurzen Moment erschauderte sie, gleich darauf schenkte sie ihm wieder ein breites Lächeln. »Möchten Sie ein Bier?«

»Gern, aber bitte keine Umstände, ich weiß ja, wo –«

Sie war bereits aufgestanden. »Ich bin die offizielle Barkraft hier. Sie machen es sich schon mal bequem.« Ihre Bewegungen waren an diesem Abend weniger geschmeidig, weniger geschliffen, aus ihrem Körper sprach eine gewisse Unruhe. Vielleicht hatten sie sich gestritten. Vielleicht war Brub deshalb bei den Nachbarn gewesen. Vielleicht hatte sie ihn deshalb so nachdrücklich darum gebeten zu kommen – um die gedrückte Stimmung danach schneller hinter sich lassen zu können. Brub zumindest war wie immer, der gute alte Brub, saß auf der Couch und sagte: »Dachte schon, du wärst wieder an der Ostküste, Dix.«

»Die viele Arbeit«, sagte Dix. Wie jemand, der einem normalen Beruf nachging und bedauerte, wie viel Zeit er in Anspruch nahm.

»Na? Fertig geworden?«

»Noch lange nicht!« Er lachte. »Aber es ging nur noch stockend voran, deswegen die Pause.« Sylvia stellte Flasche und Glas auf den Beistelltisch. Dix setzte sich ans andere Ende der Couch, auf der auch Brub saß. Er lächelte Sylvia zu. »Deswegen mein Überfall. Ich störe doch nicht?«

»Nicht im Geringsten! Habe ich Ihnen nicht gesagt, wie schrecklich langweilig uns war?« Sie wandte sich Brub zu. »Bier, Darling?«

»Warum nicht.«

Die zärtliche Verbundenheit, die Leichtigkeit der Unzertrennlichen vom ersten Abend war verschwunden. Irgendetwas stimmte nicht. Aber ihre Probleme waren ihm gleichgültig. Ihm war an einem ruhigen Abend gelegen, er wollte ein Bier trinken und Brub dabei zuhören, wie er von seinem Boot schwärmte. Wenn es um Boote ging, verwandelte sich Brub in einen kleinen Jungen. Dix wollte nicht reden müssen, er wollte sich einlullen lassen vom Mäandern der Worte.

Von dem Fall war keine Rede, bis Dix ihn ansprach, bis er fragte: »Wie laufen die Ermittlungen?«

Er behielt Sylvia im Blick, wartete ihre Reaktion ab. Er war enttäuscht. Heute Abend war ihr nichts anzumerken. Sie war zu still und farblos. Stiller, farbloser hätte sie kaum sein können. Keine Regung, nichts.

»Es gibt nichts zu berichten«, sagte Brub. »Wir treten auf der Stelle. Keine neuen Anhaltspunkte, keine weiteren Spuren.«

Brub sagte die Wahrheit. Er wirkte verärgert, aber nicht mutlos. Die Ermittlungen waren eingeschlafen. Man hatte die Akte nicht geschlossen, weil Akten nicht geschlossen wurden, aber es tat sich nichts mehr. Er wechselte das Thema. »Erinnerst du dich an Ad Tyne, Dix?«

Tat er nicht.

Brub ließ nicht locker. »Natürlich erinnerst du dich. Adam Tyne. Der blonde Flugkommandant aus Bath. Sympathischer, ruhiger Kerl. Wir sind ihm im Frühling 43 öfter mal begegnet.«

Er versuchte sich zu erinnern, aber kein Adam Tyne, nirgends. Er war vielen netten Kerlen begegnet, irgendeiner von denen wird es wohl gewesen sein. Nicht, dass es eine Rolle spielte. »Ich habe einen Brief von ihm bekommen, Anfang der Woche. Ich hatte ihm zuerst geschrieben, nach Ende des Krieges, aber er hat mir nie geantwortet. Er hat geheiratet. Wünschte, ich könnte dir den Brief zeigen, aber ich habe ihn im Büro vergessen.« Brub wurde sehr ernst. Der Wechsel im Tonfall war so plötzlich, dass Dix keine Gelegenheit hatte, sich vorzubereiten: »Traurige Neuigkeiten: Brucie ist tot.«

Brucie ist tot. Die Worte hallten nach in der Leere des Schweigens. *Brucie ist tot.* Es war wie ein Donnern. *Brucie ist tot.*

Sobald er konnte, wiederholte er die Worte, mit dem nötigen Entsetzen und maßvoller Ungläubigkeit. »Brucie ist –«, er konnte nur flüstern, mit dem letzten Wort versagte ihm die Stimme, »– tot.« Tränen liefen ihm die Wangen hinab, er verbarg sein Gesicht in den Händen, versuchte das Schluchzen, das ihn zu schütteln begann, zu unterdrücken. *Brucie ist tot.* Nie zuvor waren diese Worte ausgesprochen worden. Er hatte sich nicht vorstellen können, was geschehen würde, wenn es so weit wäre. Sylvias Ausruf des Mitgefühls – »Dix!« – kam aus weiter Ferne, und dann Brubs verlegene Entschuldigung: »Dix, ich wusste nicht, dass du ...«

Er war sprachlos. Er konnte nicht mehr aufhören zu weinen. Er weinte und weinte und weinte. Eine gefühlte Ewigkeit. Eingeschlossen in sein sprachloses Entsetzen. Schließlich hob er den Kopf und sagte leise: »Es tut mir leid.« Sylvia und Brub waren erleichtert. Sie konnten den Schmerz, der ihm die Kehle zusammenschnürte, nicht einmal erahnen.

»Das wusste ich nicht«, wiederholte Brub und putzte sich die Nase. »Ich wusste nicht, dass du und Brucie –«

»Sie war mein Ein und Alles.« *Brucie,* weinte sein Herz, *Brucie.* Auch Dix putzte sich die Nase. Sylvias Augen waren groß wie Monde, fahle, traurige Monde. »Das wussten wir nicht«, flüsterte sie.

»Woher auch«, sagte er und schüttelte den Kopf. »Wahrscheinlich wusste niemand davon. Es war vorbei.« Er steckte das Taschentuch wieder ein. Er konnte wieder sprechen. Sie hatten keine Ahnung, was ihn umtrieb. »Wie ist sie gestorben? Bei einem Luftangriff?«

»Sie wurde ermordet«, sagte Brub.

Er konnte sich entsetzt zeigen. Weil er entsetzt war. Er hatte nicht erwartet, es jemals ausgesprochen zu hören. Es war so lange her. »Ermordet«, wiederholte er.

Brub nickte. Er sah mitgenommen aus.

Dix musste weiterfragen. Sosehr es ihm auch wehtun würde, ihm, dem Mann, der sie geliebt hatte.« Wie ist es ... Was ist ... Wer hat sie ermordet?«

»Die Ermittlungen sind ergebnislos geblieben«, sagte Brub. »Die Einzelheiten erspare ich dir lieber, Dix.« Er biss die Zähne zusammen. »Ich muss es wissen.« Sein Blick zeigte, dass ihm die Wahrheit zuzumuten war.

»Sie war übers Wochenende in einem kleinen Badeort. Ihr Mann sollte später dazustoßen. Jedenfalls hat sie das der Vermieterin vor Ort gesagt.« Brub stockte mehrfach, er berichtete nur widerwillig, was passiert war. Dix nötigte ihn dazu. »Ihr Mann ist jedenfalls nicht gekommen. Und falls er doch da war, hat ihn niemand gesehen. An einem Samstagmorgen hat sie ihre Unterkunft verlassen, allein, und danach ist sie nicht mehr zurückgekommen. Gefunden wurde sie erst mehrere Wochen später. In einer kleinen felsigen Bucht. Sie wurde erwürgt.«

Dix war sprachlos. Er konnte Brub nur aus blinden Augen anstarren.

»Hat eine Weile gedauert, bis sie identifiziert wurde. Sie hatte sich in der Unterkunft unter einem falschen Namen eingetragen.« Beinah entschuldigend sagte er: »Ich hätte nicht gedacht, dass sie zu dieser Sorte Frau gehört. Sie war immer ein Wirbelwind gewesen, aber so ... so nett dabei, weißt du? ... So ein richtig nettes Mädchen eben.«

»Sie gehörte nicht zu *dieser Sorte*«, sagte Dix, »niemals.«

Sylvia wollte etwas erwidern, schwieg dann aber doch. Sie saß da wie ein Gespenst, die traurig leuchtenden Augen auf Dix gerichtet. Er musste gehen, das wusste er, bevor er wieder zusammenbrechen würde. Aber er wusste nicht, wie.

»Von ihrem Ehemann keine Spur. Es muss passiert sein, kurz nachdem unsere Einheit England verlassen hat. Deswegen wussten wir auch nichts davon. Deswegen haben wir nie etwas davon erfahren.« Und dann sprach er die Wahrheit aus: »Es gab so viele Tote damals. Da hat eine Tote mehr nicht die Schlagzeilen gefüllt.«

Brucie war gestorben, und niemandem hatte es etwas ausgemacht – außer ihm. Alle hatten Menschen verloren, die ihnen lieb und teuer waren wie Brüder, teuer wie das eigene Selbst, und alle hatten sie gelernt, kein Wort mehr über den Tod zu verlieren. Sie hatten sich geweigert, den Tod als das anzuerkennen, was er war – der Tod. Selbst auf dem Grunde des Herzens, wo ein jeder mit sich allein war, verleugneten sie ihn.

»Ich sollte besser gehen«, sagte Dix mit belegter Stimme. Er versuchte ein Lächeln. »Es tut mir leid.«

Sie wollten, dass er noch blieb, dass er in dem Mitgefühl, dem Verständnis und der Zuneigung, die sie ihm entgegenbrachten, alles hinter sich ließ. Aber er wollte nicht länger bleiben. Er wollte gehen und allein sein, an einem einsamen Ort, in seinem Apartment. Sich erinnern und vergessen. Er wimmelte ihr Drängen ab, wie eine lästige Fliege, in dem Wissen, dass es mit diesem einen Mal nicht getan war, dass er sie immer wieder aufs Neue würde abwimmeln müssen. Er ging hinaus in die Nacht, und die beiden standen dicht beieinander in der Tür. Zusammen. Nie allein.

Er fuhr los, ohne zu wissen, wohin. Er wollte einfach nur fort. Er wusste nicht, wie lange er fuhr, wie weit. Er dachte keinen einzigen Gedanken, alles in seinem Kopf war Geräusch, war Rauschen von schwarzem Wasser auf kaltem Sand, kälter noch als Brucie, Wasser, das die Stimme einer jungen Frau war, gepresst vor Angst, eine Stimme, die wieder und immer wieder *nein ... nein ... nein ...* sagt; Angst war kein gezackter Blitz, der in einen fuhr, war keine eisige Faust in den Eingeweiden, war nichts, dem man hochmütig gegenübertreten, das man zerstören konnte. Angst war Nebel, der um einen heraufzog, an einem emporrankte, durch die Poren, unter die Haut und bis in die Knochen drang. Angst war die Frau, die immer und immer wieder ein und dasselbe Wort flüstert, das zu erhören man sich weigert, obwohl es ein Schrei ist, ein entsetzlicher Schrei, den man nie vergessen wird. Wieder und wieder hörst du ihn, und der Nebel vor deinen Augen ist ein schwerer roter Schleier, den du nicht fortreißen kannst. Brucie ist tot. Brucie, die er geliebt hatte. Brucie, seine einzige Liebe.

Sie hatte ihn auch geliebt! Wenn sie doch bloß nicht verheiratet gewesen wäre. Wenn sie doch bloß begriffen hätte, dass ihre Ehe bedeutungslos war. Aber sie liebte Dix, und sie liebte auch den anderen. Und sie wusste nicht, dass der andere bald sterben würde, irgendwo über Deutschland. Sterben, wie so viele damals sterben mussten. Sie war verwirrt gewesen. Aber sie war kein schlechter Mensch. Sie war gutherzig! Wie sehr, das verstand er erst nach ihrem Tod. Sie hatte keinen Fehler begangen. Es war nicht falsch, zu lieben. Wer so viel Liebe zu geben hatte, wer so überwältigt war von Liebe, der musste lieben. Wenn doch bloß dieser Mann nicht gewesen wäre, dieser Mann, der über Deutschland sein Leben lassen musste. Wenn er das gewusst hätte! *Wenn ... wenn ... wenn ...* flüsterten die rauschenden Wellen. Tote Brucie. Kleine Brucie.

Er hatte kein Gefühl dafür, wie lange er unterwegs gewesen war, die verkrampften Hände am Lenkrad, das Donnern der Wellen in den Ohren, wie viele Meilen er auf diese Weise zurückgelegt hatte. Er hielt kein einziges Mal. Er fuhr so lange, bis er völlig leer war. Bis die Tränen, die Wut und das Mitleid belanglos geworden waren. Irgendwann war er auf dem Weg nach Hause, ohne es zu bemerken. Erst als er den Wagen in die Garage fuhr, wurde es ihm bewusst. Er war erschöpft, so sehr, dass er seinen bleiernen Körper wie unter dem Einfluss von Drogen den unbeleuchteten Weg entlang zum dunklen Apartment schleppte. Er betrat das Apartment durch die Hintertür, einen schweren Fuß vor den anderen setzend. Und erst als er ins Schlafzimmer kam und sie sah, erinnerte er sich an Laurel – und mit einem quälenden Gefühl der Erleichterung auch daran, dass er nicht mehr alleine war.

Sie musste gehört haben, wie er die Wohnung betreten hatte, denn die Nachttischlampe brannte, und sie stand neben dem Bett, in einem gelben Negligé, die Arme fest um den Oberkörper geschlungen. Obwohl er völlig entkräftet war, nahm er für einen kurzen Moment die Angst in ihren Augen wahr. Aber sie war schnell wieder verschwunden.

»Das bist ja du!« Dann, strenger: »Wo bist du den ganzen Abend gewesen?«

Er konnte nicht antworten, er war zu müde, um Fragen zu beantworten oder Fragen zu stellen. Er taumelte auf sie zu. Sie wich zurück, aber einen Schritt nur, dann war der Nachttisch im Weg. Er umarmte sie, hielt sie fest, umarmte ihre Wärme, das Leben, das unter ihrer Haut und durch ihren Körper floss. Er hielt sie fest und sagte: »Hilf mir. Ich bin müde – so, so müde.«

VIER

Erst am Nachmittag wachte er wieder auf. Die Fenster lagen im Schatten, draußen war es trostlos, der Himmel war nasse graue Seide.

Er war nicht ausgeschlafen, er war benommen und erschöpft, trotz einer traumlosen Nacht. Er nahm sich eine Zigarette aus der Schachtel auf dem Nachttisch, steckte sie an. Fragte sich, wo Laurel sein mochte. Ohne sie hätte er es letzte Nacht – letzten Morgen? – nicht gewagt, sich schlafen zu legen, aus Angst zu träumen. Sie hatte es gespürt und nach der ersten Frage keine weiteren mehr gestellt. Sie war für ihn da gewesen, half ihm beim Ausziehen, schlug die Bettdecke zurück, legte sich zu ihm, ihren warmen Körper, in seine Arme.

Er sollte endlich aufstehen, das behagliche Bett verlassen. Er sollte sich duschen, rasieren und anziehen, bevor sie zurückkam. Sobald sie nichts mehr zu tun hatte, würde sie zurückkommen, ohne vorher anzurufen. Sie würde einfach kommen, sie wusste, dass er sie brauchte. Sie hatte sich um ihn gekümmert. Sie hatte die Bettdecke zurückgeschlagen –

Also hatte sie noch gar nicht im Bett gelegen! Also war auch sie gerade erst zurückgekommen, war auch sie die ganze Nacht unterwegs gewesen!

Er verlor nicht die Fassung. Er blieb liegen und dachte nach. Wog alles gegeneinander ab, wie ein Richter, ruhig, objektiv, beinahe kalt. Die Bettdecke war noch nicht zurückgeschlagen gewesen, weil auch sie gerade erst zurückgekommen war. Das war alles. Kein Grund zum Ärger. Sie würde ihm schon noch erklären, wo sie gewesen war und warum. Vielleicht würde sie lügen, aber sie würde es ihm erklären, und er würde wissen, wenn sie log. Nichts einfacher als das.

Sie war letzte Nacht vor ihm erschrocken. Weil sie ein schlechtes Gewissen gehabt hatte? Nicht zwangsläufig. Er war noch immer ganz ruhig. Vor seinem schleppenden Gang war sie erschrocken, er musste sich angehört haben wie ein Fremder. Sie hatte Angst vor dem Unbekannten gehabt, nicht vor ihm.

Und sie hatte auch kein schlechtes Gewissen gehabt, schließlich hatte sie ihn gefragt, wo er gewesen war. Sie hatte einen guten Grund für ihre Verspätung und war direkt zu ihm gekommen, um sich zu erklären. Und obwohl er nicht zu Hause gewesen war, hatte sie ihm verziehen. Sie hatte ihm keine weiteren Fragen gestellt, und er hatte Trost bei ihr gefunden.

Es war nach vier Uhr, als er aufhörte, darüber nachzudenken, und endlich aufstand. Er duschte und rasierte sich rasch, zog den Anzug an, der ihm am liebsten war und den er nur selten trug. Ein besonderes Stück, englische graue Wolle mit einem hellgrauen Plaidmuster und einem Hauch von Dunkelrot. Der Anzug saß so gut wie seine Uniform. Er hatte ihn bei Mels Schneider maßanfertigen lassen, ganz am Anfang, als Mel gerade erst nach Rio gegangen und sein Kreditrahmen noch unangetastet gewesen war.

Nachdem Dix sich angezogen hatte, ging er ins Wohnzimmer.

Alles blitzte, alles war an seinem Platz. Die Alte musste da gewesen sein, während er schlief. Auch die Küche war makellos. Er beschloss, Martinis zu machen, sie mochte Martinis. Es gab etwas zu feiern, und er würde nicht knausern, piekfein mit ihr essen gehen würde er, vielleicht im Ciro's. Er besaß keinen Smoking, er hatte sich noch nicht die Mühe gemacht, Mels Smoking umändern zu lassen. Es wurde Zeit, denn ihm und Laurel stand ein Coup bevor, auch wenn Laurel noch nichts davon wusste. Er konnte ihr von Nutzen sein – und sie ihm. Ein gut aussehender junger Mann, der wusste, was er wollte, war genau das, was sie brauchte. Erst würde er dafür sorgen, dass sie ins Rampenlicht kam, und dann würde er die Goldstücke aufsammeln, die aus dem Rampenlicht in die Dunkelheit rollten.

Er mixte die Cocktails, probierte einen. Kühl, wohltuend. Nur diesen, diesen einen. Er hatte noch nichts gegessen, wollte sich den Abend nicht verderben, indem er zu früh anfing zu trinken. Er holte die Abendzeitung ins Haus, und bei dem Gedanken, dass ihm die Zeitung früher wichtiger gewesen war als alles andere, musste er lächeln. Er rauchte eine Zigarette und achtete darauf, die Asche fein säuberlich im Aschenbecher abzustreifen, den Sessel nicht zu verrücken und die Bügelfalten seines besten Anzugs nicht in Mitleidenschaft zu ziehen. Er rauchte seine Zigarette zu Ende, überflog die Zeitung, fast sieben Uhr, sie war noch immer nicht da und hatte ihn noch immer nicht angerufen.

Nicht, dass sie ihn schon wieder versetzte. Nicht schon wieder, ohne Bescheid zu sagen. Er las eine weitere Viertelstunde geistesabwesend die Zeitung und geriet allmählich doch in Rage. Immer wieder dachte er, nicht schon wieder, das durfte nicht sein.

Widerwillig stakste er zur Tür und trat in den trübblauen Innenhof. Er wagte es kaum, zu ihr hinaufzusehen, seine Augenmuskulatur war so verkrampft wie seine Glieder. Er atmete aus, langsam, seufzend, seltsam erleichtert. Es brannte kein Licht bei ihr.

Er hörte das Telefon klingeln und rannte sofort los. Stieß gegen den Türrahmen, fragte sich, ob es schon länger geklingelt hatte, und befürchtete, dass er nun auch noch ertragen musste, ihren Anruf zu verpassen.

»Hallo?« Eine Männerstimme antwortete, Brubs Stimme, Dix war sofort gereizt. »Hallo, Dix.« Dann ein Durcheinander von Worten. Entschuldige, dass ich jetzt erst anrufe, gerade erst nach Hause gekommen, Dinner im Klub, ob Dix es schaffen könne?

Er verspürte keinerlei Lust, den Abend in ihrem affektierten Klub zu verplempern, mit Sylvia, die ihn die ganze Zeit anstarren würde, und Brub, der so tun würde, als wäre er noch immer derselbe, obwohl er an eine Frau gekettet war. Er schlug die Einladung gerade aus, als er hörte, wie die Tür ging. Geistesgegenwärtig entschied er sich um. Machte aus »Tut mir leid, Brub, lieber nicht« ein »Wenn möglich treffe ich euch dort, fahrt ihr schon los, ich muss Laurel erst fragen, ob sie Pläne hat«. Als wäre auch er an eine Frau gekettet. Dabei war es nur Pragmatismus. Wenn es ihm gelang, Laurel in den Klub auszuführen, als Brubs Gast, würde er ihr einen großen Auftritt verschaffen, ohne dafür zahlen zu müssen. Er beendete das Gespräch so schnell es ging, er war aufgewühlt, hatte die unsinnige Angst, sie könnte wieder verschwinden, bevor er sie überhaupt zu Gesicht bekam.

Er wunderte sich, dass sie nicht ins Schlafzimmer kam, und stürzte los. Aber in der Schlafzimmertür blieb er schon wieder stehen, weil ihn plötzlich eine schreckliche Angst lähmte – eines Tages würden ihm hier vielleicht fremde Männer gegenüberstehen, schweigende, sachliche, fremde Männer.

»Laurel?«

»Wer denn, bitte schön, sonst?«

Es war Laurel, und obwohl ihre Stimme einen bissigen Unterton hatte, ging er mit einem Gefühl der Erleichterung zu ihr ins Wohnzimmer. Sie hatte sich aufs Sofa gelegt, die Arme hinterm Kopf verschränkt. Sie war ohne Frage gerade eben erst zurück-

gekommen, was auch immer sie den Nachmittag über getrieben haben mochte. Sie trug ein fuchsrotes, klein kariertes Kostüm, die Kostümjacke war geöffnet, der Stoff des engen Rocks, der ihre schlanken Beine umschloss, warf Falten. Sie sah ihn aus blitzenden Augen an, lächelte mokant. »Auf dem Sprung?«
Er wollte nicht streiten. Er sah sie an und war sich sofort wieder sicher, dass er sie liebte. Er liebte sie mehr, als er sie je zuvor geliebt hatte. Mehr als Brucie. Zum ersten Mal konnte er gleichzeitig an Brucie und an eine andere Frau denken – eine andere Frau, die er ohne jeden Zweifel liebte.
»Immer.« Er lächelte. Aber ging nicht auf sie zu. »Möchtest du etwas trinken?« Er musste sie erst in Stimmung bringen, wollte verhindern, dass sie ihn von sich stieß. »Ich habe Martinis gemacht.«
»Für wen?«
Er war kurz verwirrt. Als der Groschen fiel, lächelte er breit. Sie war eifersüchtig! Sie dachte, er hätte eine andere. Ihm war zum Lachen zumute.
»Für dich, Darling. Für wen sonst?« Jetzt lachte er. »Ich geh sie holen.«
Er war so guter Dinge, dass er vor sich hin pfiff, während er zum Kühlschrank ging, um den Shaker zu holen. Er griff nach zwei Gläsern. Sie hatte sich nicht von der Stelle gerührt, ihre Augen blitzten noch immer. »Du hast dich noch nie in Schale geworfen für mich.«
»Aber heute Abend gehen wir groß aus!« Vorsichtig goss er die kalten trockenen Martinis ein. Sie rochen köstlich.
»Wohin denn? In einen Drive-in?«
Seine Hand blieb ruhig. Nur ein einziger Tropfen ging daneben. Das hatte sie sicher nur so dahingesagt. Sie wollte streiten, weil sie eifersüchtig war. Weil er sie nie zuvor ausgeführt hatte, weil sie davon ausging, dass er andere Frauen ausführte. Er drehte sich langsam zu ihr um, ihr Glas in der Hand.

»Von wegen.« Er reichte ihr vorsichtig das Glas. Staunte über ihre Schönheit, rührte sie aber nicht an. »Ein Drive-in ist nicht der richtige Ort für dich.« Er lächelte, ließ den Blick über ihren Körper gleiten.

Sie probierte einen Schluck. »Und der richtige Ort wäre?«, fragte sie mürrisch. »Einer, an dem man dich um nichts in der Welt mit mir sieht?«

Er wollte nicht streiten. Er würde sich die gute Laune nicht verderben lassen. Er setzte sich mit seinem Martini in den Sessel, lächelte und sagte: »Du gehörst fraglos ins Schlafzimmer, meine Schöne. Haben dir unsere Flitterwochen etwa nicht gefallen?«

»Die sind also vorbei?«

Jetzt hatte er sie, wo er sie von Anfang an hatte haben wollen. Jetzt hielt er die Zügel in der Hand. Zuvor war er derjenige gewesen, der Angst davor gehabt hatte, sie könnte ihn verlassen, der über die Stöckchen gesprungen war, die sie ihm hingehalten hatte. Es war gut, das Sagen zu haben. »Warst du's nicht auch ein bisschen leid?«

Keine Antwort. Stattdessen wollte sie wissen: »Wo bist du gestern Abend gewesen?«

Er hätte ihr Spiel mitspielen können, aber er wollte nicht. Er wollte sie nicht noch mehr provozieren. »Bei den Nicolais.« Gestern Abend – Jahre her schien das zu sein. Brucie war tot, aber dass sie tot war, spielte jetzt keine Rolle mehr. Laurel war seine große Liebe. »Trink aus, wir müssen uns beeilen. Wir werden erwartet.«

Sie stellte das Glas vorsichtig auf dem Boden ab. »Von wem?« »Den Nicolais. Sie erwarten uns zum Dinner. In ihrem Klub.«

Ihre dunklen Augen funkelten kalt wie Edelsteine. »Aha! Diese hochnäsige Modepuppe ist es also.«

»Ach, Laurel.« Er seufzte. »Worauf willst du hinaus?«

Sie betonte jedes einzelne Wort, wie Trommelschläge.

»Ein Mann wie du schreckt vor nichts zurück.«

»Also, Laurel.« Er war ganz ruhig. »Brub Nicolai war mein bester Freund bei der Air Force und ist auch hier in L.A. mein bester Freund. Seine Frau ist seine Frau. Sie ist mir so egal wie die Drogerie-Kassiererin, die mir Zigaretten verkauft, oder die alte Schachtel, die Virginibus Arms verwaltet, ich könnte dir im Moment noch nicht einmal sagen, wie Sylvia aussieht. Ich bin nur deshalb zu den Nicolais gegangen, weil du nicht da warst. Sie haben mich gefragt, ob wir sie heute Abend in ihrem Klub zum Dinner treffen wollen. Also, trinkst du jetzt deinen Martini aus und ziehst dich um, damit wir gehen können? Bevor es zu spät ist?«

Sie nahm ihr Glas, leerte es langsam und stellte es auf den Teppich zurück. »Ich will nicht.«

»Aber Laurel!« Sie hätte eine Abreibung verdient gehabt. »Und warum nicht?«

»Weil mir diese ganzen stinkreichen Schweinehunde in ihren Spezialklubs gegen den Strich gehen!«

»Laurel!« Er verlor noch immer nicht die Geduld, er krallte sich förmlich an ihr fest. »Die Nicolais sind nicht stinkreich. Sie haben ein kleines Haus, und der Klub ist nicht weiter wild, ganz zwanglos.«

»Ich weiß, wer die Nicolais sind«, sagte sie abschätzig.

»Das kann gut sein, Laurel, die Familie Nicolai –«

»Ein Haufen reicher Hautevolee-Schweinehunde.«

»Würdest du mir bitte zuhören?« Er wurde laut. »Nur weil die Nicolais Geld haben, bedeutet das nicht, dass auch Brub welches hat. Hat er nämlich nicht. Er hat das Geld, das er als Cop verdient, und das ist alles. Das dürfte allzu viel nicht sein. Die beiden haben bestimmt nicht so viel Geld wie du.« Und dann fügte er noch schnell hinzu: »Oder ich.«

»Sieh an, du hast auf einmal Geld?« Sie lächelte süffisant. »Ist dein Scheck endlich da?«

»Ja«, sagte er und hielt seinen Ärger zurück. »Und in Schale habe ich mich geworfen, weil ich dachte, du kommst vielleicht früher nach Hause und wir gehen aus. Ins Ciro's oder wohin auch immer du möchtest. Dann hat Brub angerufen, und ich dachte, dir wäre vielleicht lieber, wenn wir in den Klub gehen. Ins Ciro's können wir schließlich immer.«

Sie gähnte, unverschämt, genüsslich. »Ich gehe heute Abend nirgendwohin«, sagte sie. »Ich werde etwas essen und dann ins Bett gehen. Ich bin müde.«

Er hielt sich nur kurz zurück. Als er dann sprach, klangen die Worte kalt, unaufgeregt. »Natürlich bist du das. Nach dem langen Abend gestern.«

Ihr war nicht klar, dass er es wusste. Sie sah ihn an. »Was willst du damit sagen?«

»Dass du gestern nur unwesentlich früher nach Hause gekommen bist als ich, hab ich recht? Du hattest noch nicht einmal Zeit, das Bett anzuwärmen.«

Ihr Gesicht nahm einen mürrischen Ausdruck an. »Das geht dich nichts an«, sagte sie gleichgültig.

Er schwieg. Er traute sich in diesem Moment nicht über den Weg. Wer weiß, was er gesagt hätte. Er wagte auch nicht, sie anzusehen, ihren anmaßend lang hingestreckten Körper, den störrischen Zug um ihren Mund. Und wie es ihn anging! Sie war seine Frau, sie gehörte zu ihm. Er wartete auf eine Erklärung, aber die Stille war ohrenbetäubend. Er wusste es besser, er sah sie gar nicht erst an, und als er sie dann doch ansah, ging er schon auf sie zu und spürte den Schmerz in seinen verkrampften Fingern. Seine Schritte über den Teppich waren geräuschlos. Einen Augenblick später stand er schon vor ihr. Seine Stimme klang, als käme sie von sehr weit her, aus dem Nebel. »Laurel«, sagte er. »So etwas darfst du nicht sagen, Laurel.«

Ihr Blick war kalt, reglos. Nur ab und an blitzte etwas darin auf, huschte ein Schatten durch ihre Augen, unmerklich beinah. Ein Anflug von Angst vielleicht. Er wandte sich ab. Fast hätte er sich vergessen, sie wollte ihn wütend machen, aber das ließ er nicht zu. Er war stärker als sie. Er bückte sich und nahm ihr Glas in die Hand. Er hatte seine Stimme wieder im Griff. »Noch einen?«

»Warum nicht«, murrte sie widerwillig. Er ging zum Tisch, schenkte nach, brachte es ihr zurück. »Danke«, sagte sie. Unaufrichtig und noch immer gereizt, denselben trotzigen Ausdruck in den Augen. Er lächelte. Das Schlimmste war also vorbei. »Und, was sagst du? Meinst du, der bringt dich wieder auf die Beine? Könnte vielleicht Spaß machen, zum Klub rauszufahren –«
»Nicht mit mir.« Sie gähnte demonstrativ. »Wenn du ohne deine ach so wunderbaren Nicolais nicht auskommst, dann geh. Aber ich komme nicht mit. Es wäre mir ein Graus.«

Er holte tief Luft und zwang sich zu einem Lächeln. Sie benahm sich wie ein Kleinkind, und so musste man auch mit ihr umgehen. Das Gezeter einfach ignorieren. »Nicht ohne dich. Ich will dich zum Dinner ausführen. Wenn du nicht willst, kann ich Brub anrufen und ihm sagen, dass wir nicht kommen. Soll ich im Ciro's anrufen und einen Tisch für« – er warf einen Blick auf seine Armbanduhr, – »für zehn Uhr reservieren?«

»Spar dir das Geld«, gähnte sie. »Lass uns in einen Drive-in fahren.« Sie gähnte und gähnte und gähnte.

Er war schon auf dem Weg ins Schlafzimmer, blieb nun aber stehen. Und drehte sich langsam zu ihr. »Auf keinen Fall«, sagte er kategorisch.

»Warum nicht? Was ist dagegen einzuwenden?« Sie war aufgebracht.

»Nichts.« Er gab ihr bereitwillig recht. »Aber du bist müde, und du brauchst etwas Anständiges heute, keinen Fritteusenfraß.«

»Warum nicht? Ich geh ständig zu Simon's auf dem Wilshire Boulevard.«

Sie führte nichts im Schilde. Sie benahm sich noch immer wie ein Kleinkind. Er antwortete ganz langsam und ohne sich im Ton zu vergreifen: »Kein Drive-in heute Abend.«

Sie sah ihn an, auf den Ellbogen gestützt. »Was ist los? Hast du etwa Angst, dir könnte dort jemand begegnen?«

Sie fragte einfach nur so. Sie hatte seine reichen Freunde im Sinn, Freunde wie Mel. Dass ihn irgendjemand sehen und glauben könnte, er sei abgebrannt.

Als hätte er ihr den Namen in den Mund gelegt, sagte sie: »Mach dir keine Gedanken, Süßer. Sogar Mel hat dort gegessen, wenn er mal knapp bei Kasse war.«

Er atmete ganz ruhig. »Aber ich bin nicht knapp bei Kasse. Mein Scheck ist heute gekommen.« Vielleicht hätte sie einen Schalterangestellten dazu bringen können, ihm den zerfetzten Scheck auszuzahlen. Vielleicht hätte sie ihm das Geld für den Abend borgen können. Er ließ nicht locker. »Hör zu, ich habe mich in Schale geworfen, weil ich mit dir groß ausgehen will. Komm schon, lass uns auf die Pauke hauen. Wir müssen auch nicht ins Ciro's. Wir gehen, wohin du willst, ins Kings oder Tropics oder –«

Sie unterbrach ihn wieder. »Jetzt hör du mir zu, ich bin müde, ich bin am Ende, ich will mich nicht herrichten und groß ausgehen und die Nacht zum Tag machen. Ich will einfach nur zum Drive-in –«

»Niemals!« Er hätte nicht so laut werden dürfen. Aber er konnte nichts dagegen tun. Er schwieg, presste die Lippen zusammen. Seine Hände hatten zu zittern begonnen, schnell schob er sie in die Taschen seines Sakkos.

Sie sah ihn durchtrieben an, zufrieden, dass sie ihn dazu gebracht hatte, die Fassung zu verlieren. »Gut«, sagte sie schließlich. »Dann eben der Klub.«

Er war sprachlos. Die Kinnlade klappte ihm herunter, wie in einem Cartoon.

»Ich habe meine Meinung geändert«, sagte sie. »Wir gehen zu den Nicolais.« Sie stand auf. Streckte sich wie ein Tier, ein großes Katzentier, ein goldenes junges Pumaweibchen. Sie ging auf ihn zu. »Ruf an und frag, ob wir noch kommen können, ich mache mich in der Zwischenzeit zurecht.« Sie stand vor ihm, aber berührte ihn nicht. Auch er berührte sie nicht. Dafür war keine Zeit. Nicht, wenn sie es rechtzeitig schaffen wollten. Dabei hatte er gar keine Lust mehr, er hatte auf einmal seine Meinung geändert. Weil sie ihre Meinung geändert hatte? Nein, weil er sich fragte, warum sie auf einmal doch wollte, nachdem sie gerade eben noch so kategorisch dagegen gewesen war.

Sie öffnete die Tür. »Na los, ruf an, ich bin gleich wieder da.« Und ging.

Er wollte sie zurückrufen, ihr hinterhereilen, sie zurückholen. Sie mussten nicht ausgehen. Besser, sie blieben allein, zu zweit. Als sie die Tür hinter sich ins Schloss zog, überkam ihn ein Gefühl der Trostlosigkeit, als wäre sie für immer fort. Obwohl er wusste, dass sie nur in ihr Apartment gegangen war, um sich umzuziehen, obwohl er wusste, dass sie zurückkommen würde, fühlte es sich so an, als wäre sie für immer fort.

Er hatte schon einen ersten Schritt getan, um ihr zu folgen, kehrte dann aber um und ging ins Schlafzimmer. Er hätte sie begleiten, die Nicolais von ihrem Telefon aus anrufen sollen. Er hätte wenigstens versuchen sollen, sie zu begleiten. Schließlich war er noch nie bei ihr gewesen. Was für einen Unterschied würde das schon machen? Sie kam doch auch zu ihm. Aber sie bestand darauf, weil die Verwalterin angeblich eine Schnüfflerin war, die ihre Nase in fremder Leute Angelegenheiten steckte und beide vor die Tür setzen würde, wenn sie dahinterkam, dass sie etwas miteinander hatten. Das Apartment der Verwalterin lag direkt neben der Treppe. Sie bekam sehr genau mit, wer die Treppe hinaufging, hatte Laurel gesagt. Mels Apartment war sicherer, verborgen vor ihren neugierigen Blicken.

Heute war nicht der richtige Abend, Laurels Überzeugungen infrage zu stellen. Er hatte sie in halbwegs gute Stimmung versetzt und wollte nichts mehr daran ändern.

Er schlug die Nummer des Klubs im Telefonbuch nach, wählte, verlangte Brub und wartete, während ihn jemand suchen ging. Hoffentlich war es zu spät, hoffentlich waren die Nicolais längst im Bett. Aber es war erst neun Uhr, und Brubs Stimme zerstörte seine Hoffnung.

»Wo bleibt ihr denn?«

»Laurel war spät dran. Wie sieht's aus, können wir noch kommen?« Hoffentlich nicht, aber absagen, das ging nicht. Er hatte den Streit mit Laurel für sich entschieden, er konnte jetzt keinen Rückzieher machen.

»Aber ja. Heute Abend gibt es Buffet, bis um zehn. Schafft ihr es bis dahin?«

»Wir sind so gut wie da.«

»Ich pass auf, dass was übrig bleibt. Beeilt euch.«

Er legte auf. Jetzt gab es kein Zurück mehr. Er steckte sich eine Zigarette an, ging ins Wohnzimmer und trank den halben Martini, der noch im Shaker war. Er schmeckte ihm nicht.

Wozu stand er hier herum und wartete? Die alte Schachtel würde sicher keinen Aufstand machen, bloß weil er sein Mädchen abholte. Und trotzdem ging er nicht zu ihr. Er nahm zwei Anläufe, aber er wollte keinen weiteren Streit vom Zaun brechen.

Er drückte gerade seine zweite Zigarette aus, als sie zurückkam. Das Kleid kannte er noch nicht, ein Strickkleid, bernsteinfarben, Ton in Ton mit ihrem Teint, eine zweite Haut. Tief ausgeschnitten, ärmellos. Das Jäckchen, das sie sich um die Schultern gelegt hatte, war kornblumenblau. »Du siehst hinreißend aus.«

Er ging auf sie zu, aber sie trat zur Seite. »Nicht jetzt, Dix. Wir haben keine Zeit. Los.«

Sie waren schon auf dem Patio, als ihm einfiel, dass der Wagen in der Garage stand. »Ich gehe ihn holen, und du wartest hier? Oder sollen wir deinen Wagen nehmen?«

»Meiner ist auch untergestellt.«

Sie begleitete ihn, obwohl er dagegen war. Aber sie war stur, und er hatte auf einmal wieder Angst bekommen, sie könnte verschwinden, sobald er sie aus den Augen ließ. Sie sagte kein Wort, erst als sie bei der Garage ankamen und er lautlos das Tor öffnete. »Unser hauseigener Geheimdienst hört bestimmt nicht, wann du nach Hause kommst.«

Er lachte. »Ist ja auch nicht gerade ein Steinwurf.«

Sie ging nicht in den dunklen fensterlosen Raum mit ihm, sondern wartete, bis er herausgefahren war, und stieg erst dann ein. Er fuhr zum Wilshire Boulevard. »Mich wundert, dass Mel der weite Weg zur Garage nicht gestört hat.«

»Er hat den Wagen nie untergestellt. – Wann kommt er zurück?«

»Mel?«

»Ja.«

»Das weiß ich nicht.« Er fuhr Richtung Westen. Ein feiner Dunstschleier lag über der Nacht. Die Scheinwerfer des entgegenkommenden Verkehrs leuchteten unscharf in der Dunkelheit. Einige Fahrer, die aus Richtung Ozean kamen, hatten die Nebelscheinwerfer angemacht.

»Hörst du denn gar nichts von ihm?«

»Gütiger Himmel, nein!« Die Vorstellung reizte ihn zum Lachen. »Mel und Briefe schreiben? Mir?«

»Es könnte doch sein, dass er sich fragt, ob mit dem Apartment und dem Wagen alles in Ordnung ist.«

Sie war wieder schnippisch. »Dafür, dass er mir so viel Miete abknöpft, darf er sich ruhig mal Sorgen machen.«

»Du hast mir seine Adresse nie gegeben.«

»Weil ich keine habe.« Was sollte dieses Gerede von Mel schon wieder? Warum ging es heute Abend schon wieder um ihn?

»Aber du hast gesagt, du würdest mir seine Adresse geben.«
»Sobald ich sie habe, ja. Er hat gesagt, er schickt sie mir, aber bis jetzt – Fehlanzeige.«
»Sammelst du deswegen seine Post?«
Sie hatte spioniert. Er spannte den Kiefer an. »Was sonst«, giftete er zurück. Sie hatte spioniert und wusste, was für Briefe Mel bekommen hatte. »Vielleicht schickt er mir seine Adresse nicht, weil er von seinen Mahnungen nichts wissen will. Ich verstehe noch immer nicht, wozu du sie brauchst.«
»Wozu ich sie brauche?« Ihr Ton wurde mit einem Mal scharf. »Das kann ich dir sagen! Weil er mir 700 Dollar schuldet!«
Dix war baff. »Mel schuldet dir 700 Dollar?«
»Ja. Und die hätte ich gerne zurück.«
»War Mel pleite?« Er konnte es nicht fassen.
»Ende des Quartals, bevor sein Scheck kam, war er immer pleite. Aber normalerweise hat er seine Schulden sofort beglichen, wenn er wieder flüssig war.«

Sie waren jetzt in Santa Monica, der Nebel war hier ein wenig dichter. Aber nicht sehr. Die Palmenwedel am Straßenrand waren schwarze Umrisse vor dem dunstig grauen Himmel. Der Nebel roch nach Meer.

»Er war ein Dreckskerl, aber er hat immer seine Schulden beglichen.«

Wollte sie etwas damit sagen? Er warf einen Blick auf ihr Gesicht im orangen Schein der Laternen des Ocean Boulevard. Nichts hatte sie damit sagen wollen.

»Liegt wahrscheinlich an der Post in Rio.« Er wechselte auf die rechte Spur und bog auf die California Incline. Der Wagen rollte die dunkle, verlassene Straße hinunter. Kein Mensch weit und breit. »Hoffentlich hat uns Brub ein paar Bissen aufgehoben, ich bin sehr hungrig«, sagte er munter. Er legte die Hand auf ihr Bein. »Schön, dass du mitkommst, Darling.«

Sie war noch immer eiskalt. »Ich hatte Lust auf die Fahrt, das ist alles. Aber vielleicht kann ich deinen besten Freund ein bisschen unterhalten, während du dich an seiner aparten Gattin erfreust.«

Er zog die Hand zurück und sagte in aller Aufrichtigkeit: »Ich will nur dich.«

Sie schwieg. Sogar ihre Augen schwiegen.

V

EINS Die Eingangstür zum Klub öffnete sich, als hätte man sie schon von Weitem herannahen sehen. Aber das war nicht möglich, der nebelverhangene Vorplatz lag im Dunkeln, und seit sie aus dem Wagen gestiegen waren, hatten sie kein Wort zueinander gesagt. Die Tür öffnete sich lautlos, und es schien, als sorgte irgendein Trick dafür, dass nicht das leiseste Geräusch aus dem Inneren des Klubhauses drang, bevor einen kurzen Moment später die junge Frau erschien.

Und es musste ebenfalls einem Trick geschuldet sein, dass sie allein war und ihr Gesicht im Nebel zu dem einer anderen Frau wurde.

Es schnürte ihm die Kehle zu. »Brucie«, sagte er tonlos, aber deutlich. Und sofort hatte er begriffen, noch bevor der Name ganz ausgesprochen war, dass dies hier keine geisterhafte Erscheinung von Brucie war. Ihr Name war nichts als ein Reflex gewesen. Das hier war die junge Frau in Braun, Banning hieß sie, und sie war nicht allein, sondern in Begleitung. Zwei junge Männer folgten ihr nach. Sie bemerkten nicht, dass Laurel und Dix im nächtlichen Nebel standen. Das Trio ging auf einen Wagen zu, der am anderen Ende des Vorplatzes geparkt war, sie lachten. Noch bevor sie etwas sagte, wusste er, dass Laurel der Name nicht entgangen war.

»Wer ist Brucie?«

»Eine Bekannte.« Er ging zügig voran, fort von diesem Namen und den Erinnerungen, hinein in den hell erleuchteten Klub, ins strahlende, ungetrübte Licht der Lebenden. Er wusste nicht, ob

Laurel ihm folgte, es war ihm auch gleich. Aber als sie dann doch zu ihm aufschloss, war er dankbar. In der Helligkeit des Klubs ging es ihm sofort besser. Er schenkte Laurel ein Lächeln. »Komm, wir suchen Brub, ich sterbe vor Hunger.«

Brub machte sich an der hinteren Fensterfront bemerkbar. Dix nahm Laurels Arm. »Da sind sie.« Sie war kein bisschen aufgetaut, schmollte noch immer, ging körperlich auf Abstand. Sie würde sich schon einkriegen. Sie musste nur etwas zwischen die Zähne bekommen. Sie war sicher nicht mitgekommen, um ihm eine Szene zu machen. Dass sie ihre Meinung geändert hatte, musste einen anderen Grund haben. Als sie den Tisch erreichten und er sie ansah, befiel ihn eine Vorahnung. Aber die Sorge war unbegründet, Laurel benahm sich anständig. Sie hatte das gleiche gesellschaftstaugliche Lächeln aufgesetzt wie Sylvia.

Erst nachdem sie gegessen und einen Kaffee getrunken hatten, verfiel sie wieder auf ihre Provokationen. Als er sie zum Tanzen aufforderte. Wenngleich nur er ihr Verhalten als Provokation auffassen konnte. »Aber Dix, was ist denn mit deinen Manieren«, fragte sie lieblich, damenhaft. »Tanzt der Gast nicht zuerst mit der Gastgeberin?«

Es hätte schlimmer sein können, er ließ sich darauf ein. »Wenn Sylvia mir die Ehre erweist.«

»Er ist ein ausgezeichneter Tänzer«, gurrte Laurel.

Eine leere Behauptung, schließlich hatte sie noch nie mit ihm getanzt. Aber solange es so harmlos blieb, war er zufrieden.

Sylvias Langgliedrigkeit war wie maßgeschneidert für seine Arme, das hatte er von Anfang an gewusst. Es erregte ihn, sie zu berühren, er war nahezu berauscht. Wenn sie nicht mit Brub verheiratet gewesen wäre, wenn er allein gewesen wäre mit ihr – allein die Tatsache, dass sie sonst jegliche Intimität mit ihm vermied, war ein Zeichen dafür, dass sie sich seiner Körperlichkeit bewusst war. Sie tanzten gut, mühelos, allem zum Trotz, was sich jenseits ihres Bewusstseins und ihrer Wahrnehmungen abspielte.

Wie absurd all das war. Er hatte doch eine Frau an seiner Seite, eine Frau, die so viel mehr zu bieten hatte als Sylvia. Er brauchte Sylvia nicht, und doch verspürte er dieses Bedürfnis, dieses erregende Bedürfnis, seinen Verstand mit ihrem zu messen. Er spürte erst jetzt, wie sehr es ihn danach verlangte, zu jagen, wie sehr er die Jagd in den letzten Tagen entbehrt hatte, so sehr, dass er ganz unruhig geworden war. Allein dieser Gedanke, den er vorerst nicht in die Tat umsetzen konnte, hatte ihm Auftrieb verschafft. Er atmete, wie nur ein Mann zu atmen vermochte, der in die Unermesslichkeit des Himmels hinaufgetragen wurde, eins mit seiner Maschine, eins mit sich, mächtig.

»Laurel ist reizend, Dix.«

Unsanft brachten ihn ihre trivialen Worte auf den Boden der Tatsachen zurück, in den lauten Gastraum, wo ihn das Scharren der Füße, die Bruchstücke von Gesprächen, der blecherne Klang der Musik aus dem Grammofon, wo ihn all das störte. »Das ist sie«, sagte er, ohne recht zu wissen, was genau er hier eigentlich bejahte. Aber ihre Worte hallten ihm noch in den Ohren, und er sagte, diesmal enthusiastischer: »Nicht wahr? Sie ist wirklich etwas Besonderes.« Er dirigierte Sylvia an eine andere Stelle, wollte sehen, wie Laurel tanzte, er hatte sie noch nie tanzen sehen. Sie war bestimmt eine Augenweide.

Aber sie saß nach wie vor mit Brub am Tisch, sie steckten die Köpfe zusammen, unterhielten sich konzentriert. Wie war das möglich? Brub hatte Laurel aufgefordert, hatte sich vom Stuhl erhoben, als Dix und Sylvia auf die Tanzfläche gingen, und doch waren sie sitzen geblieben? Hatten sich unterhalten? Sie unterhielten sich noch immer, als hätten sie schon lange auf eine Gelegenheit wie diese gewartet. »Sie kennen Laurel!« Es hatte nicht misstrauisch klingen sollen, aber das tat es.

Sylvia antwortete völlig unbeeindruckt. »Wir sind ihr schon einmal begegnet, ja. Damals war sie noch mit Henry St. Andrews verheiratet. Als Sie mir Laurel vorgestellt haben, war mir das zunächst nicht bewusst. Erst als sie Gorgon erwähnte, ging mir ein Licht auf. Bei Gorgon haben Laurel und St. Andrews sich nämlich kennengelernt.«

»Wer ist Gorgon?«

»Ein Anwalt.« Sie wirkte nicht mehr ganz so gelassen, sprach ein wenig stockend. »Und ein Freund von Henry St. Andrews. Und von Raoul Nicolai, Brubs ältestem Bruder. Wir kennen diese Leute nicht sehr gut, wir bewegen uns nicht in ihren Kreisen. Das können wir uns nicht leisten.«

Jetzt erinnerte er sich wieder. Gorgon hatte sich über den Fall geäußert. Er wusste jetzt auch wieder, dass ihm der Name schon einmal begegnet war. Thomas Gorgonzola, das musste er sein. Strafverteidiger. Ein Name, der Wunder wirkte vor den Gerichten der Stadt. Ein schlagzeilentauglicher Name. Er lächelte. Niemand wäre imstande gewesen, dieses Lächeln zu fassen, auch Sylvia nicht. Laurels Freund also, der namhafte Strafverteidiger.

»Und wie ist dieser St. Andrews so?«, fragte er neugierig.

»Ich mochte ihn nicht«, sagte sie. Sie sprach wieder ganz normal, gelöst. »Einer dieser verzogenen jungen Männer, die zu viel Geld haben. Noch dazu ein Muttersöhnchen mit übergroßem Ego. Ein Mensch, der zu viel Aufmerksamkeit bekommen hat und noch nie in seinem Leben Disziplin beweisen musste.«

»Trinker?« Er hatte bei ihrer Beschreibung an Mel denken müssen. Laurel hasste St. Andrews. Klare Sache, dass sie nichts mit Mel angefangen hatte.

»Aber natürlich! Mit Alkohol lässt sich der Ernst des Lebens leugnen. Nach allem, was ich weiß, musste Laurel einiges einstecken.«

»Das stimmt. Sie hat mir zwar kaum etwas erzählt, aber den Eindruck habe ich auch.«

»Sie war den hochheiligen St. Andrews nicht gut genug. Gesunder Menschenverstand ist ein Angriff auf ihr Selbstverständnis. Bevor ich Brub richtig kannte, hatte ich Angst, dass auch er einer von dieser Sorte sein könnte. Die Nicolais und die St. Andrews nehmen sich nicht viel.«

»Sind Sie etwa nicht ›von dieser Sorte‹, Sylvia?« Er war überrascht.

Sie lachte. »Wo denken Sie hin! Mein Großvater hat Kinder auf die Welt geholt, ob die Leute Geld hatten oder nicht. Die St. Andrews und die Nicolais dagegen haben sich ausnahmslos alles unter den Nagel gerissen, was sich zu Geld machen ließ. Brub ist zum Glück auf eine familiengeschichtliche Entwicklungsstufe regrediert, als die Nicolais noch gearbeitet haben, um Geld zu verdienen.«

Die Musik verstummte. Er hätte sich gern weiter mit ihr unterhalten und mehr über Gorgon in Erfahrung gebracht. Aber sie ging zurück zum Tisch, und er folgte ihr.

Brubs schwarzer und Laurels leuchtender Schopf rückten voneinander ab, als die beiden sich näherten. Dix führte Sylvia zu ihrem Stuhl. »Vielen Dank«, sagte er mit gespielter Förmlichkeit. »Es war mir ein großes Vergnügen.« Er nahm neben ihr Platz. »Und weil der Form damit Genüge getan ist, möchte ich unbedingt wiederholen, dass es mir wirklich ein Vergnügen war.« Vor ihm stand ein Drink. Er nahm einen Schluck. »Na, Brub? Was ist los? Ist Laurel dir auf deine neuen Schuhe getreten?«

»Ich bin müde, ich wollte nicht tanzen.« Sie stand noch immer auf Kriegsfuß mit ihm, so viel war klar, auch wenn sie nur eine sachliche Feststellung getroffen hatte. Sie betrachtete ihn so aufmerksam wie zuvor. Aber er achtete nicht weiter darauf. »Wie schade. Ich würde so gern mit dir tanzen. Ein kleines Tänzchen nur?«, fragte er charmant.

»Ich bin zu müde.« Sie bedauerte es kein bisschen. Um keinen Preis wollte sie mit ihm tanzen. Oder nachgeben.

Es war ihm egal. Er würde schon mit ihr fertig werden, später. Er wurde mit jedem fertig. Er war Dix Steele. Er war stark.

»Wer ist Brucie?«

Er war schockiert, dass sie ihn fragte, dass sie vor Brub und Sylvia einen Streit provozierte. Er hatte den Moment an der Tür schon wieder vergessen. Auch sie hätte ihn besser vergessen, bis sie wieder unter vier Augen waren und er sich ihr erklären konnte. Er warf ihr einen Blick zu und begriff, dass sie nicht ihn fragte. Sie hatte ihn an der Nase herumgeführt, hatte ihre Frage mit neugieriger Stimme an alle gerichtet.

Brub hätte antworten können, Sylvia hätte antworten können, aber beide schwiegen. Brub sah auf das Glas in seiner Hand, drehte es zwischen den Fingern. Sylvia war genauso schockiert wie Dix und sah ihn mit großen Augen an. Es war also an ihm.

»Sie war jemand, den ich vor langer Zeit kannte. Jemand, den Brub und ich kannten, in England«, sagte er leise. Er war aufgebracht, blieb aber ganz ruhig. Das alles hatte er ihr vor der Tür längst gesagt, sie hätte den Namen nicht wieder ins Spiel bringen sollen, hätte ihn loslassen sollen. Dann sagte er ihr, was sie noch nicht wusste: »Brucie ist tot.«

Ihre Augen waren von Entsetzen erfüllt. Genauso hatte er es sich vorgestellt. Sonst hätte er es nicht gesagt. Nicht so schonungslos, so direkt. Er wusste nicht, ob er in ihrem Blick außer Entsetzen auch Angst sah, er wusste es einfach nicht, es war schwer zu sagen, was hinter diesen Augen lag, diesen harten, funkelnden Edelsteinen.

»Tot?«, sagte sie, als würde sie ihm nicht glauben. »Aber sie war doch gar nicht ...«

Er lächelte. »Das war nicht Brucie.« Sylvia und Brub sahen ihn fragend an. Er erklärte, was passiert war. »Als wir gekommen sind, haben wir diese junge Frau gesehen. Sie ist schon beim letzten Mal hier gewesen. Sie wissen, wie sie heißt, Sylvia. Sie hat dich an Brucie erinnert, weißt du noch, Brub?«

»Betsy Banning«, sagte Sylvia.

»Richtig.« Jetzt, da er sich wieder daran erinnerte, an den geheimnisvollen Moment im nächtlichen Nebel, geriet ihm seine

Stimme ein wenig ins Wanken. »Sie sah Brucie heute Abend sehr ähnlich, es war …« Er lächelte betrübt. »Es war beängstigend.«

Jetzt war er zufrieden, dass Laurel den Namen wieder ins Spiel gebracht hatte. Brub und Sylvia untermauerten die Tatsache, dass es in seinem Leben keine Frau namens Brucie gab. Unter vier Augen hätte sie ihm womöglich nicht geglaubt. Er war auch zufrieden, dass sie den Namen nicht hatte vergessen können, dass er sie eifersüchtig gemacht hatte. Er bedeutete ihr also doch noch etwas. Sie hatte geglaubt, die Begegnung mit einer Frau aus seiner Vergangenheit hätte ihn aus der Bahn geworfen.

Er forderte sie noch einmal zum Tanzen auf, diesmal wies sie ihn nicht zurück. Er zog sie dicht an sich und flüsterte ihr ins Ohr: »Dachtest du etwa, du bist nicht die Einzige für mich, Darling?«

»Ich weiß nicht, was ich dachte. Wie kann man jemals wissen, was man *wirklich* denkt?« Sie war unsicher und erschöpft, man konnte es ihrer Stimme anhören.

»Komm, wir fahren nach Hause.«

»Einverstanden.«

Er wartete nicht, bis die Musik zu Ende war. Er tanzte mit Laurel an den Tisch und bemerkte, wie nun Sylvia und Brub auseinanderrückten, so wie Laurel und Brub zuvor. Er wunderte sich nicht über die Wiederholung. Aber ihm ging durch den Sinn, dass Brub in Offenbarungslaune sein musste – und erschöpft, andernfalls hätte er die Tanzfläche unsicher gemacht.

ZWEI

Er hatte sich nicht darüber gewundert, dass Brub erschöpft gewesen war. Erst als er mit der vor Müdigkeit ganz schweigsam gewordenen Laurel schon fast zu Hause angekommen war, wunderte er sich. Während der Fahrt hatte er über sie nachgedacht, immer wieder hatte er zu ihr gesehen, sie lehnte an der Beifahrertür, die Augen geschlossen, der Mund leicht geöffnet, als würde sie schlafen. Er hatte über ihre Schönheit nachgedacht, über ihr Feuer, das an diesem Abend vorübergehend verloschen war. Es war ein Denken ohne Gedanken gewesen, er war sich nur ihrer Gegenwart bewusst gewesen und der vielen nebelverhangenen Straßen, die noch vor ihnen lagen, bevor er den Wagen abstellen und ganz allein mit ihr sein würde.

Brub war plötzlich in ihm aufgeblitzt, eine vereinzelte, unerklärliche Reflexion auf dem Meer seines in nächtlicher Dunkelheit liegenden Bewusstseins. Wieso war er so erschöpft gewesen? Der Fall war abgeschlossen, jedenfalls insofern, als nicht mehr aktiv ermittelt wurde. Ein weiterer Eintrag in den Akten des Misslingens: junge Frau ermordet, Täter unbekannt. Es gab viele solcher Einträge, einer mehr hätte wohl kaum dazu geführt, dass ein junger Kerl, der einen auf Cop machte, mit seinen Kräften am Ende war. Es gab viele denkbare Gründe für Brubs Müdigkeit.

Vielleicht hatte er am Abend zuvor über die Stränge geschlagen, vielleicht hatte er die ganze Nacht gelesen, vielleicht hatten er und Sylvia ihren Streit, falls sie denn einen solchen geführt hatten, bis in die Morgendämmerung verlängert. Vielleicht hatten sie auch bis in die Morgenstunden über ihn gesprochen, ihn bedauert. Wegen Brucie. Zumal ihm Brucies Tod erst am Abend zuvor offenbart worden war. Dabei war Dix derjenige, der sich hätte bedauern müssen. Aber er wusste, wie man Problemen aus dem Weg ging, wie man Gefühle der Trauer und Angst mied. Er wusste, dass es besser war, sich nicht darin einzurichten. Er war klug.

»Ich würde gerne mal wissen, warum heute alle so erschöpft sind, ich bin's nicht«, sagte er.

Sie war wach und antwortete mit geschlossenen Augen. »Wieso solltest du erschöpft sein? Du hast den ganzen Tag geschlafen.«

Es war nicht mehr weit, und er schwieg, wollte warten, erst zu Hause darüber sprechen. Sie lohnten nicht, die wiederholten Scharmützel und Waffenstillstände, man musste an die Wurzel des Problems. Sobald er wusste, was der Grund für ihre Feindseligkeit war, würde er ihn aus ihr herausreißen. Heute noch, vor dem Schlafengehen.

»Wir sind da«, sagte er.

Er hielt ihr die Wagentür auf. Vielleicht hatte sie doch geschlafen, ihre Augen waren noch halb geschlossen. Sie ging vor ihm durch den Torbogen und trat ins bläulich trübe Licht des nebligen Patios. Sie schien nur halb wach zu sein, denn sie ging nicht auf Mels Apartment zu, sondern wollte die Stufen hinauf. Er nahm sie am Arm und fragte sanft: »Wohin gehst du denn, Darling?« Er drehte sie zu sich. »Du schlafwandelst.«

Sie sagte nichts, er schloss die Tür auf, und sie betrat das Apartment erst, als er sie ein weiteres Mal berührte und sagte: »Wir sind zu Hause, Darling, wach auf.«

Er hatte im Wohnzimmer das Licht angelassen. Er schloss die Tür, der bläuliche Widerschein erlosch, und er wandte sich dem warmen Lichtschein zu. Es war gut, zu Hause zu sein. Mit ihr. »Leg ab, ich mache dir einen Drink.«

»Lass gut sein«, sagte sie. Ein leises Zittern ging durch ihre Schultern.

»Etwas Warmes vielleicht?«, fragte er. »Milch? Kaffee?«

»Kaffee«, sagte sie. »Kaffee wäre gut. Heißer, schwarzer Kaffee.«

»Kommt sofort.« Er ging in die Küche und befüllte die Kaffeemaschine. Er würde den Kaffee im Schlafzimmer zubereiten, bei ihr. Er stellte alles auf ein Tablett und ging zurück. Sie hatte sich noch nicht ausgezogen. Sie saß auf der Bettkante und starrte auf den Läufer. Er steckte die Kaffeemaschine ein. »Dauert nicht lange. Zieh dich aus, solange die Maschine läuft. Ich bringe dir den Kaffee ans Bett. Bequemer geht's nicht.«

Sie saß reglos da, nicht einmal ihren Mantel hatte sie abgelegt. Sie sah ihn einfach nur an, schweigend, sogar ihre Augen schwiegen. Nicht einmal Angriffslust war darin zu erkennen.

Er ging zu ihr, setzte sich neben sie aufs Bett. »Na los«, sagte er sanft, »du musst mir dein Herz ausschütten, was bedrückt dich?«

Sie schüttelte den Kopf, ihre Haare lösten sich, verhüllten ihr Gesicht wie sonnenheller Nebel.

»Du darfst es mir nicht vorenthalten, Laurel, das ist nicht fair. Du gibst mir keine Chance. Wie soll ich mich erklären, wenn du mir nicht sagst, was dich bedrückt?«

Sie seufzte. »Wozu soll das denn –«, aber er unterbrach sie, legte seine Hände auf ihre Schultern, drehte sie zu sich.

»Niemand bedeutet mir so viel wie du, Laurel. Ganz egal, was es ist, ich will, dass wir es aus der Welt schaffen.« Er hatte keine großen Worte machen, er hatte leichtherzig bleiben wollen, aber sobald er sie berührt und ihr in die Augen gesehen hatte, konnte er nicht anders. »Laurel, ich würde es nicht ertragen, dich zu verlieren, ich würde es nicht verkraften.«

Sie sah ihn prüfend an und nahm vorsichtig seine Hände von ihren Schultern. Sie konnte sehen, dass er die Wahrheit sagte. Sie klang sehr müde. »Gut, Dix. Reden wir darüber. Fangen wir ganz vorne an: Wo bist du gestern Abend gewesen?«

Das war leicht. »Aber das weißt du doch längst – bei den Nicolais.«

»Und danach?«

Sie hatte ihm nachspioniert. Er stand auf und ging im Zimmer hin und her. Sie war Laurel, seine Laurel, aber sie war eine Frau, und sie spionierte ihm nach. Er lachte auf. »Du hast mir nicht geglaubt. Du hast Brub gefragt. Darüber habt ihr also geredet.«

»Unter anderem«, gab sie zu.

»Und was hat er gesagt?«

»Du musst dich gar nicht so aufregen. Ich habe ihn nicht direkt gefragt. Ich habe nur in Erfahrung gebracht, dass du früh gekommen und früh wieder gefahren bist.«

»Du hast mir also nicht geglaubt!«

»Ich konnte mir einfach nicht vorstellen, dass du um vier Uhr morgens von den Nicolais kommst, noch dazu in dieser Verfassung«, sagte sie mit Nachdruck.

Der Kaffee begann zu brodeln. Es war ein leises Geräusch, Bläschen, platzende Bläschen, ein leises, nervtötendes Geräusch. Er versuchte wegzuhören. Er würde nicht zulassen, dass ihm der Schädel platzte. Er musste nichts mehr hören, er hatte Laurel, um den Lärm zu ignorieren, ihre Stimme, ihre Gegenwart. Er konnte ihr alles erklären, es würde ihm nichts ausmachen, ihr alles zu erklären. Nichts würde ihm etwas ausmachen, solange sie nur an seiner Seite bliebe.

»Also? Was hat er dir erzählt?«, fragte er. »Hat er dir auch erzählt, was ich erst gestern Abend von ihm erfahren habe?« Wenn er es ihr gesagt hätte, hätte sie all diese Fragen nicht gestellt. Sie hätte das Thema gemieden, so wie Brub und Sylvia auch. Gut, dass Brub geschwiegen hatte. Es war besser, ihr selbst davon zu erzählen. Es knüpfte ein weiteres Band zwischen ihnen. »Nein, ich bin nicht sofort nach Hause gefahren. Ich konnte nicht. Brub hat mir erst gestern gesagt, dass Brucie tot ist.«

Ihre Augen weiteten sich vor Schreck und Ungläubigkeit.

»Ich wollte niemanden sehen. Ich war schockiert. Ich bin durch die Gegend gefahren, einfach nur durch die Gegend. Ich weiß nicht mehr, wohin. Zum Strand, glaube ich. Ich kann mich an die Brandung erinnern.« Das flüsternde Wasser, die flüsternde Stimme einer Frau. Seine eigene Stimme wurde brüchig. »Deswegen bin ich auch ... in diesem Zustand ... nach Hause gekommen.«

»Nein«, hauchte sie. Ungläubig, mitfühlend. »Brucie muss dir viel bedeutet haben.«

»Ja.«

»So viel wie niemand sonst.«

Er kniete sich vor sie, nahm ihre Hände. »Das ist wahr – gewesen. Bis ich dich traf, Laurel. Ich habe noch nie jemanden getrof-

fen wie dich. Noch nie.« Seine Hände schlossen sich fest um ihre.
»Heiratest du mich, Laurel? Ja? Wir sind füreinander bestimmt, und das weißt du. Du wusstest es schon in dem Moment, als wir uns das erste Mal in die Augen gesehen haben. Du wusstest es, so wie ich. Ich wusste es. Willst du mich heiraten, Laurel?«
Sie entzog ihm ihre Hände. Sie sah matt aus, aber nicht mehr vor Müdigkeit, sondern weil sie traurig war. Sie schüttelte den Kopf. »Das ist keine gute Idee, Dix. Wenn ich dich heiraten würde, wäre ich mittellos.«
»Aber ich …« Es war ihm nicht vergönnt, seinen Wunschtraum wahr werden zu lassen.
Sie sah ihn an, und sie sah alles. »Du hast doch auch kein Geld, Dix. Und lüg gar nicht erst. Ich kenne dich doch. Ich kannte dich vom ersten Moment an, so wie du mich. Weil wir uns so ähnlich sind. Wir wissen, was wir wollen, und wir nehmen es uns, ganz egal, was wir dafür tun müssen.«
Er ging auf und ab, hörte ihr zu und ärgerte sich darüber, wie viel sie über ihn wusste, ärgerte sich darüber, dass es nichts gab, womit er ihr Wissen hätte Lügen strafen können. Weil es sinnlos war, nicht bei der Wahrheit zu bleiben. Sie wusste zu viel.
»Ich dachte, ich bekomme alles, was ich will, wenn ich St. Andrews heirate. Einen Haufen Geld und eine gesellschaftliche Stellung. Ich wollte sie alle überragen, die Kleinstadtkrösusse, die früher auf mich herabgeblickt haben. Aber ich hatte ja keine Ahnung, wie unerträglich es werden würde. Die St. Andrews sind genauso wie die Buckmeisters in Nebraska, nur reicher, herablassender. Also bin ich weg. Ich weiß aber noch immer, was ich will, und ich setze alles daran, es zu bekommen – auf ihre Kosten, und glaub bloß nicht, dass ihnen das nichts ausmacht, es macht ihnen etwas aus. Irgendwann werde ich ganz weit oben sein, so weit oben, dass ich sie nicht mehr sehen und dann auf sie herabblicken kann.« Sie war erregt und voller Hass. Und sie war auf dem besten Wege. Sie war mit nichts anderem beschäftigt, während er

den ganzen Tag schlief, und sie wusste, dass sie ihrem Ziel immer näher kam. Sie würde ihn mitziehen, wenn es so weit war. Aber er durfte nicht länger warten, er musste sie jetzt haben. Sonst würde es noch einen anderen geben, wenn es so weit war. Er ging auf und ab, überlegte, was tun. Wenn ihm Onkel Fergus' Geld gehört hätte, hätte er sie sofort haben können. Dann wären sie zu zweit gewesen und hätten alle überragt. Es musste doch eine Möglichkeit geben, an Onkel Fergus' Geld zu kommen, das eines Tages sowieso ihm gehören würde. Er hörte sie wieder sprechen.

»– sowieso nicht ganz klar, wie du Mel überhaupt losgeworden bist, sodass du hier einziehen konntest. Was schert es mich auch. Aber deine Uhr tickt. Eines Tages wird er zurückkommen, wo auch immer er gerade –«

»Er ist in Rio.«

»Oder wieder auf Entzug, wer weiß.«

»Mel ist in Rio.« Er beharrte darauf.

»Vielleicht ist er tatsächlich dort. Er hat schon vor drei Jahren, als wir uns kennenlernten, von seinem nächsten großen Job gefaselt. Seinem nächsten großen Job in Rio. Nächste Woche, hat er gesagt, nächstes Jahr. Vielleicht hast du ihn ja dazu gebracht, endlich Nägel mit Köpfen zu machen, wer weiß. Jedenfalls konntest du hier einziehen, fährst seinen Wagen und trägst die Sachen, die er verschmäht. Aber wie du das hinbekommen hast, weiß ich nicht. Noch nicht einmal eine ausgelesene Zeitung hat Mel seinen Freunden überlassen. Irgendwann kommt er jedenfalls zurück, und dann wird er alles wiederhaben wollen, und dann, was machst du dann? Schlüpfst du dann woanders unter? Mit einer Frau an deiner Seite kann man so nicht leben. Würdest du dir dann vielleicht einen Job suchen? Nein. Weil du nicht arbeiten willst. Außerdem würdest du sowieso nicht genug verdienen. Meine Kriegsbemalung kostet, Dix. Ich bin teuer.«

Er war fassungslos. »Mein Onkel –«

»Wer?«

»Mein Onkel, in Princeton. Du liegst falsch, mein Onkel hat Geld.«

»Aber du hast keins«, sagte sie hart. »Und erzähl mir bloß nicht, er beteiligt dich. Ich kenne mich aus mit Leuten, die Geld haben. Die sperren ihr Mädchen nicht zu Hause ein, sondern werfen gemeinsam mit ihr das Geld zum Fenster raus.«

Sie schwieg wieder. Das Geräusch der Kaffeemaschine war ohrenbetäubend laut. Sie ging zum Tisch und machte sie aus. Er war dankbar dafür. Sie schenkte zwei Tassen ein und reichte ihm eine.

»Dix, seien wir doch ehrlich. Es war schön, aber –«

Seine Stimme war vor Panik viel zu laut: »Machst du Schluss?«

Sie sprach schnell und ein wenig abgehackt. »Nein, so war das nicht gemeint. Aber für die Ewigkeit ist es auch nichts. Das weißt du so gut wie ich, Dix. Wenn du nur halb so viel hättest wie mein Ex, würde ich dich natürlich heiraten. Gerne sogar.« Sie leerte die Tasse und schenkte sich nach.

»Trink nicht zu viel Kaffee, du kannst sonst nicht schlafen«, sagte er.

»Davon gehe ich sowieso aus.« Sie klang wieder traurig.

Sie setzte sich an den Toilettentisch. Er gab Zucker und Sahne in seinen Kaffee, rührte um, der Löffel wühlte den Kaffee auf, ein stürmischer Ozean. Er legte den Löffel auf den Nachttisch und trank einen Schluck. »Du verschweigst mir etwas, Laurel. Irgendetwas hältst du zurück. Du willst Schluss machen.«

»Nein, nein, das will ich nicht«, protestierte sie. Hör auf damit, wollte er sagen, hör endlich auf mit diesem *nein, nein, nein*.

»Aber eins musst du wissen, Dix«, sagte sie zögerlich. »Wenn ich den Job bekomme, der mich interessiert, muss ich die Stadt verlassen.«

Er ließ sich Zeit, wollte nicht, dass es aus ihm herausplatzte. »Was für ein Job?«

»Ein Broadway-Musical. Casting hier an der Westküste. Und

meine Chancen stehen nicht schlecht.« Ihr Blick füllte sich wieder mit Leben. »Erst gehe ich an den Broadway und danach zum Film. Ich will Hauptrollen spielen. Keine Statistin im Hintergrund.«

»Broadway.« Er könnte auch wieder an die Ostküste zurückgehen, sein Verhältnis zu Onkel Fergus in Ordnung bringen! Alles würde wieder gut werden. Er war Kalifornien sowieso satt. »An den Broadway also«, wiederholte er und lächelte. »Das ist wunderbar, Süße, wirklich wunderbar.«

Ein kindlicher Ausdruck des Erstaunens trat in ihr Gesicht. Er trank den Kaffee aus, stellte die Tasse ab. »Das ist ganz großartig, Laurel. Wieso hast du mir nichts davon erzählt? Ich muss in ein paar Monaten auch wieder zurück an die Ostküste! Und was meinen Onkel angeht, hast du recht. Was mir der alte Geizkragen gegeben hat, war zum Leben zu wenig und zum Sterben zu viel, deswegen habe ich jeden Penny umgedreht. Und wenn mich Mel hier nicht wohnen lassen würde, dann hätte ich mir irgendwo ein möbliertes Zimmer suchen müssen und dich niemals kennengelernt. Guter alter Mel.«

Die Verheißung einer strahlenden Zukunft peitschte ihn auf. Selbst wenn es ihm nicht gelingen würde, die Sache mit Onkel Fergus in Ordnung zu bringen – Laurel würde so viel Geld haben, dass sie nicht mehr auf St. Andrews und auch nicht auf Dix' Geld angewiesen wäre. Er würde bei ihr wohnen und von den fetten Krumen ihres Vermögens profitieren. So würde alles seine Richtigkeit habe, seine heilige Richtigkeit. Und weil es so war, durfte er die Wahrheit ruhig ein wenig ausschmücken, ohne dass sie deswegen zur Lüge wurde. »Wir beide müssen ungefähr zur selben Zeit an die Ostküste. Und dass ich nicht arbeiten will, stimmt nicht! Ich bin es gewöhnt zu arbeiten. Ich musste schon früh arbeiten.« Er lachte. »Du kennst meinen Onkel nicht! Ich habe nur deshalb ein Jahr freigemacht, damit ich mein Buch schreiben kann. Jetzt gehe ich wieder zurück, und ich werde jede Arbeit annehmen, die er mir gibt. Damit können wir uns noch viel mehr leisten als deine Kriegsbemalung. Er ist mit seiner Fabrik an die Börse gegangen. Ich soll mich um die Werbung kümmern. In New York natürlich, Darling.« Er lächelte breit.»Und wenn dein Engagement vorbei ist, machen wir Werbung in Kalifornien. Ich kann auf jeden Fall bei dir sein, Laurel!« Sie konnte gerade noch rechtzeitig ihre Tasse abstellen. Er umarmte sie fest.»Laurel!« Halb lachte, halb weinte er.»Laurel, ich wusste, dass wir füreinander bestimmt sind. Für immer. Und ewig.«

Sie erwiderte nichts. Sie war sprachlos. Sie zitterte in seinen Armen.

DREI

Er war ruhelos. Obwohl sie neben ihm lag, zerrten ihn bange Träume an die Oberfläche des Schlafs. Immer und immer wieder. Auch sie schlief unruhig. Jedes Mal, wenn er halb wach wurde, hörte er, wie auch sie sich hin und her warf, hörte er ihren wachen Atem, hörte er, dass sie nicht schlief. Seine Träume waren Schemen im Nebel, und als er schließlich erwachte, aus den letzten Stunden tiefen, aber nervösen Schlafs, konnte er sich an nichts mehr erinnern.

Er war nicht ausgeschlafen, und wie immer in diesen Tagen war sie längst fort, als er erwachte. Kein Sonnenschein, der sie ihm in Erinnerung rief. Der Morgen war ein schmutziger grauer Lumpen. Das Zimmer kam ihm beengt vor in seiner Unordnung. Die leeren Tassen waren noch da, eine auf dem Toilettentisch, eine andere auf dem Nachttisch.

Er musste raus hier. Das Rauschen des Wassers unter der Dusche war ihm zuwider. Das Surren des Rasierapparats störte ihn. Hastig und wahllos zog er sich an. Er hatte nichts vor, er wollte einfach nur fort aus diesem Zimmer, fort aus diesem Apartment, fort von den schattenhaften Träumen, an die er sich nicht erinnern konnte.

Er ließ den Wagen stehen. Er wollte durchatmen, seinen ausgelaugten Körper bewegen. Was war bloß los mit ihm? Alles war wieder in Ordnung, und das würde es auch bleiben, Laurel hatte dafür gesorgt. Falls sie auf Tournee ging, würden sie einige Wochen getrennt sein, aber das machte ihm nichts aus. Eine vorübergehende Trennung befeuerte nur die Gefühle. Getrennt zu sein war stimulierend.

Auf dem Wilshire Boulevard ging es ihm bereits besser. Er spazierte weiter zum Beverly Drive, zum Deli seiner Wahl, weil er auf einen Schlag hungrig geworden war. Er kam dem Kundenansturm zur Lunchzeit zuvor, bestellte ein Salami-Käse-Sandwich, trank mehrere Tassen Kaffee. Als er mit seinem letzten Zehn-Dollar-Schein bezahlte, fiel ihm der zerrissene Scheck wieder ein. Er musste unbedingt etwas unternehmen. Er trug den Umschlag bei sich. Als er sich angezogen hatte, hatte er die Taschen des Sakkos vom Vortag geleert und den Umschlag zusammen mit allem anderen wieder eingesteckt, ohne es zu bemerken.

Er würde Hilfe benötigen, um den Scheck einzulösen. Er war erst zweimal in der Bank von Beverly Hills gewesen. Niemand dort kannte ihn gut genug, um einen zerrissenen Scheck zu akzeptieren. Das Problem verlangte nach Brubs Unterstützung. Ein Mitglied der Familie Nicolai, ein Cop noch dazu, beste Voraussetzungen.

Er aß auf, verließ den Deli und suchte sich ein Telefon. Zuerst rief er in Santa Monica an, aber es hob niemand ab. Danach versuchte er es auf dem Revier in Beverly Hills. Streng genommen war Beverly Hills nicht sein Zuständigkeitsbereich, aber vielleicht konnte man ihm dort sagen, wo Brub zu erreichen war.

Detective Nicolai sei nicht zu sprechen, hieß es am anderen Ende der Leitung. Das hatte er auch nicht erwartet. »Davon bin ich ausgegangen. Aber vielleicht könnten Sie mir sagen, wo und über welche Nummer ich ihn erreichen kann?« Dix und der Cop schienen einander für begriffsstutzig zu halten, aber schließlich klärte sich alles auf – Brub arbeitete noch immer im Revier von Beverly Hills und machte gerade Lunchpause. Der Cop wusste nur nicht, wo.

Dix war gereizt. Weil es ihn so viel Zeit gekostet hatte, herauszufinden, dass Brub in der Gegend war. Er wollte nicht aufs Revier und auf ihn warten. Er war nicht in der Stimmung für diese Art von Zeitvertreib. Aber er hatte nichts weiter zu tun, und wenn er die umliegenden Lokale abklapperte, würde er Brub vielleicht in die Arme laufen. Je zufälliger, desto besser.

Er hatte Glück. Brub war im Ice House, dem Lokal mit dem Eisblock im Schaufenster. Es war das zweite Lokal, das er angesteuert hatte. »Sieh mal einer an!«, sagte Dix und bemerkte erst dann den hageren Lochner. Warum waren die beiden wieder in Beverly Hills?

Brub war überrascht. »Was machst du denn hier?«

»Mich plagt der Hunger.« Er wandte sich an Lochner. »Guten Tag, Captain.«

Brub rutschte zur Seite. Eine Einladung. Dix nahm Platz. Ihm war egal, dass er schon wieder essen musste. Er bestellte ein Hühnchen-Sandwich, ein Bier. Es war ein gutes Omen, Brub hier zu begegnen, so wie er es sich vorgestellt hatte, ihn nicht eigens aufsuchen zu müssen. Er bekam sofort gute Laune. »Wieder Ärger in Beverly Hills?«

»Ja.« Brub nickte und schob sich eine volle Gabel Spaghetti in den Mund. »Derselbe Fall«, nuschelte er.

»Ihr seid also doch noch dran?« Dix war überrascht.

»Wir geben nicht auf«, sagte Lochner tonlos.

Dix war wirklich überrascht. »Und die Ermittlungen sind noch immer so wichtig, dass sich sogar der Leiter der Mordkommission daran beteiligt?«

»Wir können nicht zulassen, dass es wieder geschieht«, sagte Lochner.

»Sie gehen also davon aus, dass der Täter von hier kommt?«

Lochner zuckte mit den Schultern. »Das ist der letzte Anhaltspunkt, den wir haben.«

»Klingt nicht gerade vielversprechend«, sagte Dix freundlich.

»Wer Neues sucht, der findet auch Neues«, sagte Brub. Er sprach wieder deutlicher.

Dix zeigte keinerlei Regung. Er blieb ganz ruhig, wie ein unbeteiligter Zuschauer. »In welche Richtung wird ermittelt?«

»Wir haben noch einmal mit der Bedienung aus dem Schnellrestaurant gesprochen, in dem er mit seinem Opfer war.«

Er war gefasst. Er verstand sich bestens darauf, wenn es sein musste. »Und? Erfolg gehabt?«

Wohl kaum – Brubs Miene sprach Bände. »Vielleicht«, sagte Lochner. »Nicolai hat eine Idee.« Er überließ Brub das Reden.

»Wer weiß, ob es was nützt. Aber Lokale wie diese haben meist Stammgäste. Bei uns im Canyon gibt es eine Bar, das Doc Law's. Wenn man oft genug dort ist, erkennt man die Leute irgendwann. Ich gehe also davon aus, dass er in der Nacht, als er mit Mildred Atkinson in dem Drive-in war, von irgendwelchen Stammgästen gesehen wurde.« Brub atmete vernehmlich aus. »Der Kerl muss Nerven haben! Geht in dieses taghelle Lokal und setzt darauf, dass sich niemand daran erinnern wird, wie er aussieht.«

»Wie du und ich«, wagte Dix zu sagen. »Ganz normal sieht er aus.«

Brub nickte. »Genau. Ein ganz normaler Kerl, der Nerven hat wie ein Kampfpilot.« Er schob sich noch eine Gabel Spaghetti in den Mund und sprach weiter. »Ich weiß nicht, wie weit wir damit kommen, aber ich dachte, wir könnten die Bedienung bitten, die Stammgäste zu fragen, ob sie in der Mordnacht da gewesen sind, ob sie das Paar vielleicht bemerkt haben.«

»Nicht schlecht«, sagte Dix und tat so, als würde er sich die Idee durch den Kopf gehen lassen. »Ihr hofft wohl, dass er mehr als einmal in dem Lokal gewesen ist?«

»Ja, das wäre ein Durchbruch.« Er schien gereizt zu sein. »Und was für einer! Aber die Chancen stehen schlecht. Es sei denn, er hat tatsächlich Nerven wie Stahlseile.«

»Du meinst, er könnte es wagen, sich noch mal dort blicken zu lassen?«

»Genau.«

»Und die Bedienung würde ihn erkennen?«

»Bestimmt. Hoffentlich. Sie ist jedenfalls ganz versessen darauf. Die Kleine heißt Gene. Bin mir sicher, sie würde ihn wiedererkennen. Sagt sie jedenfalls. Sie kann ihn nur nicht beschreiben.«

»Den Leuten fehlt das Ausdrucksvermögen in diesen Dingen«, brummte Lochner, »darin besteht in solchen Fällen das Problem.«

»Und was ist mit dem Schneider?«, fragte Dix.

»Welcher Schneider?« Brub runzelte die Stirn.

»Der, von dem du erzählt hast. Der, der den Kerl und sein Opfer aus dem Kino hat kommen sehen. In Hollywood.« Fast hätte er das Kino beim Namen genannt. Paramount. Er trank einen Schluck Bier. »Willst du ihn auch einbinden?«

Brub verneinte. »Der Abstand war zu groß, er würde ihn nicht wiedererkennen. Selbst wenn der Kerl zu ihm in den Laden käme, um seine Maße nehmen zu lassen, würde er ihn nicht wiedererkennen.«

»Sag niemals nie«, sagte Dix und lächelte. »Ein Schneider dürfte immerhin Schulterbreite und Körpergröße wiedererkennen, meinst du nicht?«

Lochner brummte zustimmend, auch Brub hatte nichts einzuwenden. Dix hatte sie auf eine Idee gebracht. Umso besser. Brub machte sich wieder Luft. »Der hat vielleicht Nerven! Taghell ist es dadrin!«

»Vielleicht hatte er nicht vor, ihr etwas anzutun. Vielleicht war er nicht wirklich dreist, sondern noch ohne Vorsatz.«

»Daran haben wir auch schon gedacht«, sagte Brub, »aber das entspricht nicht dem Muster. Er hat sie alle mitgenommen, um sie zu töten.«

»Laut deiner Rekonstruktion der Ereignisse.«
Brub lächelte verlegen. »Ich denke nicht, dass ich damit falschliege. Wir wissen, dass er wiederholt getötet hat. Er ist ein Mörder, er tötet, weil er töten muss.« Er zählte weiter auf. »Er ist ein Spieler. Er ist leichtsinnig. Er geht Risiken ein, geht mit seinen Opfern Kaffee trinken oder ins Kino. Aber er weiß, wenn er etwas riskiert. So wie wir damals, im Krieg. Wir sind Risiken eingegangen, aber wir waren uns sicher, dass wir mit ein bisschen Glück aus der Nummer rauskommen.«

»Er hat gedient«, ergänzte Lochner.

Dix machte große Augen. Lochner erklärte sich nicht. »Das ist mal was Neues«, sagte Dix.

»Jede Wette«, sagte Lochner. »Er ist im passenden Alter, gesund, ein durchschnittlicher Vertreter seiner Generation. Die Durchschnittlichen haben alle gedient.«

»Aber er legt Wert auf sein Erscheinungsbild, seine Kleidung«, sagte Brub. »So viel konnten uns unsere wenig hilfreichen Zeugen dann doch vermitteln. Er hat Geld und einen Wagen. Er macht einen freundlichen Eindruck, auch das wissen wir, seine Opfer hätten sich sonst nicht auf ihn eingelassen. Das erste Opfer ausgenommen.«

»Und was hat so jemand in Skid Row zu suchen?«

»Das gehört zu den Dingen, die wir noch nicht verstehen«, räumte Brub ein.

»Vielleicht wollte er sich das Elend aus der Nähe ansehen«, sagte Lochner.

»Vielleicht hat es ihn zu morden gedrängt, ohne dass er morden wollte«, überlegte Brub. »Vielleicht dachte er, der Mord an einer Frau, um die sich niemand schert, fällt nicht so sehr ins Gewicht.«

»Und nach dem ersten Mord war ihm egal, wen er umbringt?«, fragte Dix nüchtern.

»Es war nicht der erste«, sagte Lochner entschieden.

Dix sah zu Lochner und ließ durchblicken, dass er erstaunt war.

»Zu professionell«, erklärte Lochner. Er nahm seine Rechnung. »Ich geh mich wieder an die Arbeit machen und seh mir die Bruce-Akte noch einmal an. Kommst du mit, Brub?«

Die Bruce-Akte. Bruce war kein seltener Name. Wahrscheinlich gab es Hunderttausende Menschen im Land, die Bruce hießen. Hunderte davon allein in L. A. Dix ließ sich nichts anmerken. Er widmete sich wieder seinem Sandwich. Vielleicht hatten sie ihn auf die Probe gestellt, vielleicht hatten sie ihm all das erzählt, um eine Reaktion zu provozieren. Aber sie hatten keinen Grund, ihn zu verdächtigen. Nichts machte ihn verdächtig. Rein gar nichts.

»Ich komme, sobald ich fertig bin«, sagte Brub. Die Bedienung servierte gerade den Apfelkuchen, den er bestellt hatte, und einen Kaffee.

Dix wartete, bis Lochner zur Tür hinaus war. »Kluger Kerl.«

»Der klügste.« Brub probierte den Kuchen.

Dix wechselte das Thema. »Habt euch ja blendend verstanden gestern, Laurel und du, hab ich recht?«

Kein albernes Grinsen. Stattdessen großer Ernst. »Ich kann sie sehr gut leiden.«

»Ich wusste nicht, dass ihr Laurel kennt.«

»Kennen wäre zu viel gesagt, wir sind uns mal begegnet. Gestern Abend haben wir das erste Mal geplaudert.«

»Wenn das mal nicht untertrieben ist. Sah wie eine tiefgreifende Unterredung aus.« Er versuchte Brub aus der Reserve zu locken, in aller Offenheit, Laurel gehörte schließlich ihm. Aber Brub hielt sich bedeckt.

»Ich kann eben auch ernst sein«, sagte Brub.

»Aber das nützt dir nichts mehr. Sieht ganz so aus, als wären Laurel und ich nicht mehr lange in der Stadt.«

Brub wischte sich den Mund ab und sah Dix an.

»Hat sie dir nicht erzählt, dass sie bei einem Musical dabei ist? Und für mich ist es sowieso Zeit, wieder nach New York zu gehen.«

»Du willst wieder an die Ostküste?« Brub war überrascht. »Dabei dachte ich, wir hätten dich endlich für Kalifornien begeistert«, zog er ihn auf. Er aß weiter. »Und warum? Kommt Mel Terriss zurück?«

Laurel musste mit ihm über Mel Terriss gesprochen haben. Sonst hätte er den Namen nicht so schnell parat gehabt. Sie musste wieder auf Mel herumgeritten sein. Sich vor Brub gefragt haben, ob Mel überhaupt in Rio war. Er schluckte die Wut. »Nichts von ihm gehört. Keine Ahnung, wo er sich rumtreibt. Ich muss zurück nach New York, um Geld zu verdienen.« Der Scheck fiel ihm wieder ein. »Sag mal, Brub, könntest du mir wohl aushelfen? Ich will kein Geld von dir. Ich habe aber einen Scheck zerrissen, aus Versehen. Das Ding ist zwischen ein paar Werbeschreiben geraten, und ich bin zu klamm, um auf einen neuen Scheck von Onkel Fergus zu warten. Eine telegrafische Anweisung kommt für den alten Knaben nicht infrage, selbst wenn ich Streichhölzer verkaufen müsste. Könntest du am Schalter vielleicht für mich bürgen?«

»Sicher. Ich kenne die Regeln zwar nicht, aber einen Versuch ist es wert.« Brub nahm beide Rechnungen an sich. »So klamm bin ich nun auch wieder nicht. Ich bin an der Reihe.«

Sie verließen das Lokal. Der graue Tag stülpte sich über die beiden wie eine Glocke. Es war bedrückend. Man konnte noch so guter Dinge sein, dieses Spülwassergrau war nichts als bedrückend.

Die Bank lag direkt gegenüber. Er hatte sich unnötig Sorgen gemacht, alles verlief ohne Probleme, nicht zuletzt wegen Brub. Der freundliche Filialleiter sagte: »Aber wieso sollten wir Sie denn bestrafen? Wir machen doch alle mal einen Fehler, nicht wahr? Solange die Einzelteile einen vollständen Scheck ergeben ...« Er

schien Dix für einen ehrlichen jungen Mann zu halten. Was hätte ein Freund der Nicolais auch anderes sein können.
Mit den 250 Dollar in der Brieftasche ging es ihm gleich besser. Sogar der Himmel schien mit einem Mal weniger grau. »Danke, Brub«, sagte er. »Tausend Dank.« Er wollte sofort losgehen und Laurel ein Geschenk kaufen. Er hatte ihr noch nie etwas geschenkt. Mit den paar Scheinen konnte er zwar nicht auf die Pauke hauen, aber irgendetwas würde er ihr kaufen, und wenn nur eine einzige Orchidee. Eines Tages würde er sie auf Orchideen betten.
Es war Brub, der seinen Plan verzögerte, aus dem es herausplatzte: »Sag mal, wegen dieser Akten ...«
Dix ahnte es bereits. Alles wurde wieder grau um ihn, aber er ließ sich nichts anmerken, blieb höflich, zuvorkommend.
»Würdest du sie dir mal ansehen, Brucies Akten, meine ich?« Er sprach atemlos. War verlegen. Glaubte er etwa, Dix würde zusammenklappen? Oder schämte er sich? Weil er einen Freund verdächtigte, einen Freund, noch dazu grundlos? Ein ernster, entsetzter Blick war genau das Richtige in diesem Moment.
»Ich habe Lochner von Brucie erzählt, ich konnte nicht anders. Ich war wie vor den Kopf gestoßen, nachdem ich davon erfahren hatte. Er hat bei den Kollegen in London einen Ermittlungsbericht angefordert.« Brub sprach jetzt weniger gehetzt. Weil er nicht in Tränen ausgebrochen war? Oder weil er ihn warnen wollte? »Er hat gesagt, dass uns der Bericht vielleicht nützt. Dass Brucie das Opfer eines Serienmörders gewesen sein könnte. Klingt vielleicht weit hergeholt, aber theoretisch könnte der Mörder ein Amerikaner gewesen sein. Damals hat es in England vor amerikanischen Soldaten nur so gewimmelt. Vielleicht war auch einer aus Kalifornien darunter.«
Dix stellte nur eine einzige Frage. »Und, war es ein Serienmörder?«
Brub schien unschlüssig zu sein. »Man weiß es nicht. Es gab

damals eine Mordserie, aber erst nach Brucie. Ein paar Monate nach dem Mord an ihr ging es los. Dasselbe Muster, die Opfer wurden erwürgt.«

»Und der Täter wurde nie gefasst?«

»Nein, nie.« Brub hielt kurz inne. »Die Morde hörten nach sechs Monaten wieder auf, so plötzlich, wie sie angefangen hatten. Vielleicht wurde er zurückgeschickt.«

»Ging es hier weiter?« Gute Frage.

»Nein«, sagte Brub.

Keine Serie, kein Muster, nur einzelne Mordfälle. Mit den Einzelfällen an der Ostküste waren sie angeblich nicht weitergekommen. Oder vielleicht doch? Hielt Brub dicht, damit es nicht zu offensichtlich wurde? Aber wieso hätte er ihn verdächtigen sollen?

Zeit zu gehen. Allmählich wurde er wütend. Wie konnte er ihn verdächtigen! Andererseits, nein, er verdächtigte ihn nicht. Das war nur seine Niedergeschlagenheit. »Ich könnte es nicht ertragen, Brub, die Akten, meine ich. Verstehst du das?«

»Ja, Dix.« Brub sah ihn verständnisvoll an. »Bis bald.«

Er sah Brubs untersetzter Gestalt nach, wie er davonging mit diesem Seemannsgang und in der Menge verschwand. Dix schüttelte den Kopf. Armer Kerl. Suchte nach dem unsichtbaren Mann und drehte sich im Kreis. Er musste sehr verzweifelt sein, wenn er seinen besten Freund verdächtigte. Es ging ihm wieder besser. Er bummelte über den Beverly Drive, betrachtete die Auslagen in den Schaufenstern, als wäre er eine der Frauen, die plappernd den Gehweg blockierten. Er wollte etwas riskieren und betrat den Herrenausstatter. Die Entscheidung fühlte sich sofort richtig an. Die letzten Wochen waren auch deshalb so unerfreulich gewesen, weil er die ganze Zeit auf Nummer sicher gegangen war. Das kam davon, wenn man verliebt war, verliebt und knapp bei Kasse, und am Ende? Blies man Trübsal.

Alles lief ganz problemlos. Für einen Anzug reichte es nicht, zufrieden war er trotzdem. Er kaufte mehrere Sakkos, dunkelblaues Flanell, weißer Tweed, hellbrauner Gabardine, dazu Hemden und Krawatten, ein hübscher Einkauf, versandtauglich verschnürt, nach Rio sollte es gehen. Er war im Besitz einer Vollmacht, dafür hatte er gesorgt, als er bei Mel eingezogen war. Er kümmerte sich um Mel Terriss' Angelegenheiten, während der in Rio war. Ja, der Kredit war vielleicht etwas überstrapaziert, aber wer wird denn gleich, immerhin war es der Monatsanfang, und der Scheck musste jederzeit eintreffen. Mel wollte nun einmal unbedingt ein paar der vortrefflichen Stücke seines bevorzugten Herrenausstatters in Händen halten, denn die Anzüge in Rio, sie standen ihm einfach nicht. Ein bisschen Honig ums Maul, ein klein wenig Geplänkel von Mann zu Mann, und er würde das Paket natürlich auch selbst zur Post bringen, war ja ohnehin auf dem Weg dorthin, sein Wagen stand quasi vor der Tür.

Er schleppte das Paket die Straße entlang und sehnte sich nach seinem Wagen. Zu Hause musste er sofort den Adressaufkleber abreißen, bevor Laurel wieder herumspionieren konnte. Nicht dass sie Mel noch schrieb, an seine Adresse in der wohlklingenden Avenida de Pérez. Briefe konnten verloren gehen. Aber am Ende war sie womöglich beunruhigt und gab ein Telegramm auf. Das durfte nicht passieren. Außerdem ging sie davon aus, dass er nicht im Besitz von Mels Adresse war.

Das Paket war sperrig. Er hätte es liefern lassen sollen. Aber er wollte heute Abend das dunkelblaue Flanelljackett tragen, sie sollte sehen, dass sein Scheck größer war, als sie dachte. Vor dem Beverly Theatre blieb er stehen, stellte das Paket kurz ab. Es war erst vier Uhr. Laurel kam frühestens gegen sechs, eher sieben. Eine Sondervorstellung stand auf dem Programm, irgendein wichtiger Streifen, der Andrang war groß. Er war seit Wochen nicht im Kino gewesen. Also ging er hinein.

Es war nach sechs Uhr, als er aus dem Kino kam. Die Straßenlaternen brannten in der dunstigen Dämmerung. Wie dumm, dass er zu Fuß gegangen war und nicht den Wagen genommen hatte. Es gab auch keine direkte Busverbindung in seine Gegend. Er musste zu Fuß gehen, mit diesem sperrigen Paket, und nirgendwo war ein Taxi zu sehen.

Es war nicht weit, aber ihm taten die Arme weh, als er zu Hause ankam. Es brannte kein Licht bei ihm. Unwillkürlich sah er zu Laurel hinauf, auch bei ihr war alles dunkel. Er betrat das Apartment und machte das Licht an. Ob sie wohl versucht hatte, ihn anzurufen, um ihm zu sagen, dass sie sich verspäten würde? Aber nein, sie würde sich nicht schon wieder verspäten. Nach ihrem Streit am letzten Abend würde sie rechtzeitig nach Hause kommen. Und mit ihm ausgehen. Er ging unter die Dusche, ließ die Badezimmertür offen, lauschte auf die Eingangstür, das Telefon.

Er warf sich in Schale, graue Flanellhose, dunkelblaues Jackett. Sah stinkreich aus. Fühlte sich auch so. Dabei war es schon nach sieben, und sie hatte noch immer nicht angerufen. Sie würde ganz sicher kommen, sonst hätte sie sich längst bei ihm gemeldet.

Er machte sich einen großen, wohltuenden Highball. Fläzte sich in den Sessel und griff nach der Abendzeitung. Er wollte sich nicht schon wieder ärgern, nur weil er auf sie warten musste, es ging ihm gut.

Aber Laurel kam nicht.

VIER

Als er aufwachte, tat ihm alles weh. Er war im Sessel eingeschlafen, seine Beine waren verdreht, sein Nacken war steif. Er machte das Licht aus, der Fensterausschnitt wurde grau. Ihm war egal, wie spät es war, Zeit spielte keine Rolle. Es gab keinen Grund, noch einmal in den Innenhof zu gehen, zu ihr hinaufzusehen. Er hätte ohnehin nicht wissen können, ob sie zu Hause war oder nicht. Um vier Uhr morgens war sie jedenfalls nicht da gewesen. Und falls sie sich doch in ihr Apartment geschlichen hatte, wie das herumstreunende Miststück, das sie war, hätte ohnehin kein Licht gebrannt.

Sie konnte warten. Er war noch zu benommen, um sie wach zu klopfen und eine Erklärung zu verlangen. Aber er war nicht nur benommen, er war vor allem klug. Niemand in Virginibus Arms würde sich daran erinnern, dass er jemals vor Laurel Grays Apartment gestanden hatte.

Er warf sich in voller Montur aufs Bett. Falls er auch ohne Hilfsmittel einschlief, umso besser. Er wollte nicht ganz wegtreten, er musste hören, falls das Telefon ging.

Er schlief tief und fest, aber viel zu kurz. Der Fensterausschnitt war noch immer vom fahlen Grau des Tages erfüllt. Er fühlte sich klebrig und krank. Das neue Flanellsakko war nassgeschwitzt. Er zog es aus und warf es auf den Boden. Die exquisite graue Hose war zerknittert wie ein alter Putzlappen. Er streifte sich die bleischweren Brogues von den Füßen. Gute Schuhe, er hatte sie in England gekauft. Als er Geld und eine Stellung hatte. Als für ihn, Colonel Steele, das Beste gerade gut genug war. Er presste die Faust auf den Mund. Keine Tränen. Für Tränen fehlte ihm die Kraft.

Er zog die Hose aus und ließ sie zu Boden fallen. Eine Dusche würde ihn vielleicht auf Vordermann bringen, damit er noch ein paar Stunden durchhielt, bis sie nach Hause kam.

Er blieb lange unter der Dusche. Das Wasser war wohltuend, selbst das Plätschern tat ihm gut. Schon immer, sein ganzes Leben, hatte er eine Vorliebe dafür gehabt, wie Wasser klang. Nichts von dem, was geschehen war, hatte etwas daran geändert. Nicht die Wellen, die über den Sand geleckt hatten, nicht das gepresste *nein ... nein ... nein ...* hatte etwas daran geändert, wie viel er ihm bedeutete, der ungeheure Ozean.

Er griff nach dem Rasierer. Seine Hände zitterten. Er ahnte, dass ihm das schabende Geräusch der Klinge den letzten Nerv rauben würde. Die Dusche, die so gutgetan hatte, wieder zunichtemachen würde. Er verschob die Rasur auf später. Aber darauf verzichten konnte er nicht. Wenn er aussehen wollte wie ein ganz normaler Mann, musste er rasiert sein.

Es war beinah sechs Uhr, als er fertig war. Er trug unauffällige Farben, hellbraune Hose, weißes Hemd. Es war zu spät, um die schmutzigen Sachen zur Reinigung zu bringen. Er knüllte sie zusammen und stopfte alles in den Schrank. Es ging ihm nah, das dunkelblaue Flanellsakko, dieses elegante, modische Kleidungsstück, dort auf dem Boden liegen zu sehen. Er presste die Faust wieder auf den Mund. Er würde es schon noch tragen, in den feinsten Etablissements der Stadt würde er es tragen, wo Sakkos dieser Art obligatorisch waren. Er hatte es satt, sich zu verkriechen, er würde sich schon noch amüsieren, prächtig amüsieren würde er sich, in den allerfeinsten Etablissements.

Er zündete sich eine Zigarette an und nahm einen tiefen Zug. Ihm wurde schwindelig. Kein Wunder, zuletzt gegessen hatte er am Tag zuvor, zwei Sandwiches zum Lunch. Er hatte einfach keinen Hunger, und er hatte diesen schalen Geschmack im Mund, schal wie der Rauch der Zigarette zwischen seinen Lippen. Ihm stand nicht der Sinn danach, in die Küche zu gehen und irgendetwas von dem alten Zeug zu essen, das noch im Kühlschrank war. Wann kam sie bloß endlich?

Es gab keinen Grund, davon auszugehen, dass sie nicht kommen würde. Gestern Abend musste ihr irgendetwas dazwischengekommen sein. Vielleicht ein Engagement, in einer anderen Stadt. Sie musste den ganzen Nachmittag über versucht haben, ihn zu erreichen, und dann war sie abgereist, ohne mit ihm gesprochen zu haben. Sie hatte schlicht keine Möglichkeit gehabt, ihm eine Nachricht zu hinterlassen. Wie auch.

Sie würde jeden Moment nach Hause kommen. Sie würde sich ihm erklären, wie schon einmal zuvor. Aber stimmte das? Er hatte sich ihr erklärt, keine Frage. Aber sie? Sie hatte bloß gesagt, dass ihn all das nichts anging, und das Musical erwähnt, ihr mögliches Engagement. Aber sie hatte ihm nicht gesagt, wo sie den ganzen Abend über gewesen war.

Sie hatte es ihm sagen und er hatte sie ins Verhör nehmen wollen, aber sie waren wieder davon abgekommen. Es konnte noch immer eine einfache, vernünftige Erklärung für all das geben, so wie an dem Abend, als sie ihrem Rechtsanwalt in die Arme gelaufen war.

Sie würde jetzt jeden Moment da sein. Und viel zu erzählen haben über den Auftritt. Sie würden heute Abend nicht streiten, sie würden einfach nur alles besprechen, Pläne machen für New York. Himmel, wie gut es sein würde, endlich nach New York zurückzugehen! Wo kein Mensch wusste, wer er war. Wo keine Nicolais auf der Lauer lagen. Brub war ein guter Kerl – der alte Brub. Die Ehe hatte ihn verändert. Die Cops hatten ihn verändert.

Das Telefon hatte den ganzen Tag über kein einziges Mal geklingelt. Auch jetzt, da er im Schlafzimmer stand und es anstarrte, würde es nicht klingeln. Keine Frau war es wert, sich so aufzureiben! Sie waren alle gleich. Betrügerinnen, Lügnerinnen, Huren. Selbst die Frommen warteten nur auf die Gelegenheit, zu betrügen, zu lügen, herumzuhuren. Sie hatten es ihm bewiesen, wieder und immer wieder. Anständige Frauen gab es nicht. Nur eine einzige Frau war anständig gewesen, und diese Frau war tot. Brucie war tot.

Laurel konnte ihn nicht enttäuschen. Er hatte sie von Anfang an durchschaut. Hatte sofort gewusst, dass er ihr nicht trauen konnte, dass sie ein hinterhältiges Luder war, so grausam wie ihr Blick, wie ihre langen Krallen. Grausam wie ihr katzenhafter Körper und ihr widerspenstiges Mundwerk. Hatte gewusst, dass sie ihm nicht wehtun konnte – und dass auch er ihr nicht wehtun konnte. Weil ihnen nichts und niemand etwas bedeutete. Weil sie nur auf den eigenen Vorteil bedacht waren.

Es wunderte ihn nicht und er war auch nicht enttäuscht darüber, dass sie nicht kam. Er hatte es erwartet. Er würde auch nicht mit ihr streiten, falls sie zurückkam. Er würde sie ausführen, ihr die Stadt zu Füßen legen. Wer auch immer sie war, sie gehörte ihm. Sie war, was er wollte.

Er wollte nicht länger warten und das Telefon anschmachten. In der leisen Erwartung, es würde gleich klingeln und ihn zur Umkehr zwingen, drehte er sich um und ging in die Küche. Das Brot war trocken, der Käse hart, aber er machte sich trotzdem ein Sandwich. Sein Mund weigerte sich, den schalen Brei zu schlucken. Er hatte Hunger, er wollte etwas Warmes, etwas Anständiges, mit Stil. Er warf fast das ganze Sandwich weg, er bekam es einfach nicht herunter.

Es war schon nach sieben Uhr, weit nach sieben Uhr, und sie war noch immer nicht da, hatte noch immer nicht angerufen. Er wollte nicht mehr länger warten. Er musste etwas essen. Er öffnete die Eingangstür und ging in den bläulichen Patio. Kein Licht in ihrem verwaisten Apartment. Sie war nicht zu Hause, sie war auch zwischendurch nicht da gewesen.

Weil er das Telefon zu hören glaubte, rannte er zurück, aber er hatte es sich nur eingebildet, es war totenstill im Apartment. Sie würde nicht mehr kommen. Sie war am Abend zuvor nicht gekommen, und sie würde auch heute nicht kommen. Ein Idiot wäre er gewesen, ein gefühlsduseliger Spinner, wenn er zu Hause geblieben wäre und weiter auf sie gewartet hätte.

Dieses Mal verließ er das Apartment endgültig, jetzt erst recht. Und ohne eine Notiz zurückzulassen. Der Wagen stand in der Garage, zwei Tage hatte er ihn nicht bewegt, es war an der Zeit. Das Tor glitt lautlos auf. Er holte den Wagen heraus und ließ den Motor laufen, während er das Tor wieder schloss. Für den Fall, dass er erst spät in der Nacht zurückkommen sollte. Für den Fall, dass sich die anderen Garagenbesitzer, denen er noch nie begegnet war, dafür interessieren sollten, warum da jemand so spät noch unterwegs war.

Er fuhr zum Wilshire Boulevard, ohne genau zu wissen, wo er essen wollte. Im Savoy auf dem Rodeo Drive vielleicht, im Romanoff's oder im Tropics. Ihm stand der Sinn nach gutem Essen, aber er wollte sein Geld nicht verjubeln, nicht, solange Laurel nicht dabei war. Ins Derby oder ins Sheetz konnte er jederzeit, aber nicht heute. Die Leere, die in ihm herrschte, würde er dort nicht auffüllen können.

Er ließ das Judson's hinter sich. Ein kleines Stück weiter voraus blinkten ihm strahlende Lichter entgegen. Simon's – der Drive-in. Ein Augenblick nur, und ein gleißender Gedanke zerschmetterte seine Unentschiedenheit. Ohne zu zögern, fuhr er auf den Parkplatz.

Es war ein Wagnis – und was für eins! Nur er, nur er allein wusste, dass die Cops das Lokal im Auge hatten, dass die Bedienung nach einem durchschnittlichen jungen Mann Ausschau hielt, den sie schon einmal gesehen hatte. Genau das war es, was er jetzt tun musste, einfach wieder an diesen Ort zurückkehren, das Risiko eingehen. In dem Wissen, dass im grellen Licht des runden Tresens nach einem Mann Ausschau gehalten wurde, so und so groß, der und der Typ. Aber sie suchten keinen Mann, der ein schwarzes Coupé fuhr, und verschattet im Zwielicht der Fahrerkabine saß. Er war derselbe Mann – aber woher sollten sie das wissen.

Das Simon's war immer gut besucht. Schon früh am Abend standen die Wagen dicht an dicht. Noch gab es die ein oder andere Lücke. Er parkte zügig ein, schaltete die Scheinwerfer aus und wartete auf die Bedienung. Im Wagen rechts neben ihm saß ein Paar mittleren Alters, sie blondiert, er mit schütterem Haar. Links zwei junge Männer. Keine Cops, weder hier noch da, gewiss nicht. Die Möglichkeit, dass es sich um Cops handelte, hätte ihn amüsiert. Nie war er sich seiner so sicher wie in Momenten selbstgewählter Gefahr. Es war beängstigender, sich aus Angst zu verkriechen. Damit war es vorbei.

Die Bedienung begrüßte ihn freundlich – »Guten Abend!« – und gab ihm die Karte. Sie war jung und hübsch, kaum älter als sechzehn. Stupsnäschen, blaue Augen, hellbraune lange Haare unter der hässlichen braunen Schirmmütze.

Er lächelte, sagte zwanglos Hallo, als käme er öfter, als wäre er Stammgast. Bevor sie zum nächsten Wagen ging, sagte er: »Riesenhunger heute.« Er wollte, dass sie ihn bewusst wahrnahm. Sie sollte sich an ihn erinnern, als ganz normalen Gast.

Rückstände. Dieser Lochner mit seinen Rückständen. Er hätte jede Menge Drive-in-Rückstände aus dem Simon's im Wagen haben können. Schließlich wohnte er in der Gegend, vielleicht kam er regelmäßig hierher. Selbst der wohlhabende Mel Terriss aß hier. Selbst Laurel Gray.

Welcher Name wohl auf dem Kärtchen stand, das sie außen auf der Windschutzscheibe zurückgelassen hatte? Nur ein Trottel hätte nachgesehen. Er hoffte, dass es Gene war, die Bedienung, die ein Foto von Mildred in der Zeitung gesehen und sich an sie erinnert hatte. Aber er war jetzt ein anderer.

Sie kam mit ihrem Notizblock zurück, und er bestellte Steak und Pommes frites, einen Tomaten-Avocado-Salat und Kaffee. Um ihn herum wurde aus- und eingeparkt. Der erste Schwung Gäste war wieder weg, jetzt kamen die Kinogänger. Es war ein einziges Kommen und Gehen, die Männer hinterm Tresen waren sogar zu beschäftigt, um aufzusehen, und auch die Bedienungen waren zu beschäftigt, ihre Gäste im Blick zu behalten. Er hatte nichts zu befürchten.

Das Essen war in Ordnung. Er blendete kurz auf und bestellte zum Nachtisch einen Schokoladenshake. Er hatte es kein bisschen eilig. Sollten sie ihn ruhig alle sehen. Wenn doch bloß ein paar Cops hier gewesen wären, um einen Blick auf ihn zu werfen. Aber er blieb natürlich im Wagen sitzen und betrat nicht das hell erleuchtete Lokal. Er ging Wagnisse ein, er spielte kein russisches Roulette, dafür war er zu clever.

Niemand beachtete ihn. Es folgte ihm auch niemand, als er losfuhr. Sobald er die Lichter des Drive-in hinter sich ließ, war er wieder niedergeschlagen. Es juckte ihn in den Fingern, den Wagen zurück zum Apartment zu steuern. Vielleicht war sie inzwischen zu Hause und wartete auf ihn. Aber er fuhr weiter. Jetzt war sie dran. Er hatte genug gewartet.

Er hatte zwar nicht vorgehabt, ans Meer zu fahren. Aber der Wagen war jetzt auf Kurs. Der Wilshire Boulevard führte immer weiter zu auf den nassen dunklen Horizont. Als auf Höhe Fourteenth Street der Nebel aufzog, hätte er umkehren sollen. Aber er ließ es bleiben. Immer weiter fuhr er durch die undurchdringlichen Nebelschwaden, bis er den gelben Lichtteich erreichte, der die Kreuzung mit der Ocean Avenue erhellte.

Er kam auf eine Idee. Er bog nach links auf den Ocean Drive und hielt am Palisades Park. Licht glomm im Nebel, die ganze Welt war ein Schemen in der Nacht. Er stieg aus und lief durch die angenehm kühlen Schwaden hindurch in den Park. Bänke und Bäume traten aus dem Ungefähren, sobald er näher kam. Er ging zum Aussichtspunkt. Aus der Tiefe drang das Getöse der Brandung herauf, der Nebel roch nach Meer. Zu sehen war nichts, nur die gelben Aureolen der Laternen an der Straße, eine Ahnung von Häusern am Strand. Es herrschte nebelverhangene, gedämpfte Stille, zerrissen nur vom Stampfen des Wassers und vom fernen Ruf des Nebelhorns.

Er ließ sich auf leisen Sohlen durch den Park treiben, hielt Ausschau nach einem Lebewesen, einer Frau. Aber er war allein, die Lebenden schmiegten sich hinter verschlossenen Türen aneinander, wärmten ihre Angst vor der Nacht im beruhigenden Licht brennender Lampen. Er kam an die Stelle, die über den Abhang hinausragte, dort, wo die California Incline ihren Anfang nahm. Eine ganze Weile blieb er stehen, wartete reglos und erinnerte sich an die Nacht fast einen Monat zuvor, als er auch hier gestanden hatte. Die Nacht, in der er sich vorgestellt hatte, seine

Hand wäre ein Flugzeug, das durch den Nebel stürzt. Die Nacht, in der er die junge Frau in Braun gesehen hatte. Er wartete, ohne zu wissen, warum, ohne zu wissen, worauf. Er lehnte sich über die Brüstung, die Hände in den Taschen, den Rücken der Straße zugewandt. Kein Bus, der die Stille und die Nebelschwaden zerrissen hätte. Nicht einmal Autos, nicht zu dieser Zeit, nicht hier. Nach einer Weile war er es satt, so zu tun, als würde er auf den Ozean blicken, und ging die California Incline hinunter. Auf halber Strecke nahm er das ausgetretene Gestrüpp in Augenschein, durch das die Kinder tagsüber den Weg zum Strand abkürzten. Aber hier war kein gutes Versteck. Die Scheinwerfer der Autos auf der California Incline hätten ihn gestreift. Und vom Küstenhighway aus war die Stelle sogar noch besser einsehbar. Es gab andere Verstecke. Verborgene, stille Orte. Der Eukalyptushain kam ihm in den Sinn. Die Straße, die sich tief in den Canyon schlängelte.

Er ging weiter, bis zu dem Lichtkreis, der die Kreuzung markierte, überquerte den leeren Küstenhighway und näherte sich den drei dicht beieinanderstehenden Häusern. Er ging sehr langsam an ihnen vorüber, als widerstrebte es ihm zu akzeptieren, dass die Tore, die nächtliche Eindringlinge abhalten sollten, geschlossen waren. Dann erreichte er die Freifläche, über die tagsüber scharenweise Menschen dem Ozean entgegenstrebten. Er wusste, wohin es ging. Er stapfte über den Strand und blieb vor dem dritten Haus stehen. Mit seinen zahlreichen Firsten ragte es hoch in den dichten Nebel auf. Aber er wusste, dass es nicht dieses Haus gewesen war. Dass die junge Frau in Braun durch eines der beiden Tore getreten war, die direkt nebeneinander lagen und zum ersten und zweiten Haus gehörten.

Er ging durch den feuchten, knirschenden Sand und näherte sich dem zweigeschossigen Haus in der Mitte. Aus breiten Fensterfronten flutete Licht in die neblige Nacht. Es ging vergnüglich zu im ersten Geschoss, junge Menschen standen singend um einen Flügel versammelt, waren erhaben über die Mächte, die in dieser Nacht ihr Unwesen trieben. Und auch sie war da, beschützt von Glück, Gesang und Wärme. Nur ein versandeter Hof und ein dunkler Zaun trennten ihn von ihr, ein erhelltes Fenster und die Menschen in ihrer Gegenwart.

Reglos blieb er an Ort und Stelle, bis er vor Wut und Selbstmitleid zu zittern begann. Dann ergriff er die Flucht. Aber er kam nur langsam voran, wie in einem Traum, so tief war der Sand, und die Hände des Nebels nahmen ihm die Sicht. Er floh vor der Wärme des Hauses. Sein Hass auf Laurel erstickte sein Denken. Wenn sie nach Hause gekommen wäre, wäre er jetzt nicht ausgeschlossen, wäre er kein Ausgestoßener in einer fremden, kalten Welt. Er wäre geborgen gewesen in strahlender Wärme. Er bahnte sich seinen Weg über den Strand, fort von den Lichtern, dorthin, wo sich die verwaisten Strandklubs schemenhaft in der Dunkelheit abzeichneten. Seine Füße verhedderten sich, er stolperte, fiel auf die Knie und stand nicht wieder auf, sondern sackte in sich zusammen und vergrub den Kopf in den Armen.

Er rührte sich lange nicht vom Fleck. Verloren in einer Welt aus waberndem Nebel und donnernden Wellen, in der es nur noch seinen Schmerz und den fernen Ruf des Nebelhorns gab. Verloren an diesem einsamen Ort. Alles in seinem Hirn verkrampfte sich, glühte feuerrot.

Er rührte sich lange nicht von der Stelle, in der traurigen, leeren Hülle der Nacht, in der es keine Zeit mehr zu geben schien. Er rührte sich so lange nicht, bis er irgendwann zusammenzuckte, weil er etwas über den Sand rennen hörte. Beinah verängstigt war er, als er das kleine dunkle Etwas entdeckte, das auf ihn zugefegt kam. Ein Hund, begriff er schnell, ein freundlicher Terrier. »Hallo, Kumpel«, sagte er, und die Hundenase beschnupperte seine Hand. Ihm war zum Weinen. »Hallo, Kumpel.«

Er hörte Schritte im Sand und sehnte sich nicht mehr nach dem Trost der Tränen. Ein Gefühl der Erregung befiel ihn. Kein

Hund ohne Herrchen – oder Frauchen. Er strich dem Tier über den lockigen Kopf. »Guter Junge.«

Der Hund beschnupperte ihn noch immer, als die junge Frau aus dem Nebel trat. Dix sah zu ihr auf. »Hallo.« Sie hatte keine Angst. »Hallo«, erwiderte sie unbekümmert.

Er lächelte. Sie wusste nicht, dass sich hinter seinem Lächeln Hass verbarg – auf Laurel, Brub und Sylvia, auf Mel Terris, den alten Fergus Steele, auf alle lebenden Menschen, auf alle, nur nicht auf Brucie. Aber Brucie war tot.

VI

EINS Sie war nicht nach Hause gekommen. Sie war wieder die ganze Nacht fortgeblieben. Das Apartment war leer und kalt. Noch bevor der graue Nebel der Nacht zum grauen Nebel des Morgens wurde, machte er das Licht aus. Saß im dunklen Schlafzimmer, wartete auf die Dämmerung. Er wagte nicht, zu schlafen. Nicht, solange er seinen Fehler nicht wiedergutgemacht hatte. Seinen ersten Fehler überhaupt. Das mit dem Sand. Sand war heikel, Sand war heimtückisch, so viel man davon auch loswurde, die Körner blieben haften wie festgeklebt und tauchten auch dort auf, wo nie zuvor Sand gewesen war. Rückstände gaben eine Geschichte preis, Sand dagegen schrie sein Geheimnis in die Welt.

Noch vor Kurzem hätte sein Fehler keine Rolle gespielt. Noch vor Kurzem hätte er L. A. einfach verlassen können, wäre er niemandem eine Antwort schuldig gewesen. Aber jetzt war er verunsichert. Er wusste nicht, was er sich nur einbildete und was real war. Es war falsch gewesen, Brub Nicolai im Telefonbuch nachzuschlagen, wieder Freundschaft zu schließen. Wenn er allein geblieben wäre, hätte er sich wegen des Sands keine Sorgen machen müssen. Wie gut, dass er bald nach New York zurückgehen würde. Er hatte Beverly Hills so satt. Er wurde allmählich nervös. Alles nur eine Frage der Nerven. Aber trotzdem, er wollte kein Risiko eingehen, der Sand durfte es ihm nicht vermasseln.

Er rauchte nur wenig, während er wartete. Weil er sogar dazu zu erschöpft war. Er war so erschöpft, er hätte von jetzt auf gleich wegdämmern, lang und tief schlafen können, und trotzdem blieb er mühelos wach. Sein Geist war munter. Er wusste ganz genau, was zu tun war und wie er es tun würde. Aber erst musste der Morgen anbrechen. Und niemand durfte ihn stören, solange nicht getan war, was getan werden musste. Nicht einmal Laurel wollte er sehen, solange er nicht außer Gefahr war. Gefahr? Er war nicht in Gefahr! Er hatte keine Angst. Er war auch nicht nervös. Noch nie hatte er zugelassen, dass Angst von ihm Besitz ergriff. Die Wut, die in ihm aufstieg, weil ihm dieses Wort – *Gefahr* – in den Sinn gekommen war, putschte ihn auf, und er sah, dass es dämmerte. Er streckte sich im ersten grauen Licht des Morgens. Fühlte sich, als wäre er die Nacht über in einen Fuchsbau gezwängt gewesen.

Er wusch sich noch einmal energisch Gesicht und Hände und putzte sich die Zähne. Sein Anzug sah so aus, als hätte er die ganze Nacht über im Sand gelegen. Und wenn schon. Er zog die Hose aus, schlüpfte in eine Badehose und zog die Hose darüber. Die Badehose war nicht neu, er hatte sie gekauft, als er nach Kalifornien gekommen war. Als er davon ausgegangen war, dass er einen Teil des Sommers am Strand verbringen würde. Allerdings hatte er noch keinen Wagen besessen und konnte es nicht ertragen, sich in übelriechende Busse oder schrillende Straßenbahnen zu zwängen. Also war er in den städtischen Schwimmbädern in der Nähe seiner Apartments schwimmen gegangen. Erst als ihm Mels Wagen zur Verfügung stand, hatte er sich richtig an der Stadt erfreuen können.

Er ärgerte sich darüber, so viel Zeit verschwendet zu haben, in Schwimmbädern, billigen Lokalen und lausigen Eck-Kinos. Wenn er sich in den letzten Monaten geschickter angestellt hätte, hätte er es längst geschafft, hätte er jetzt auf großem Fuße gelebt, hätte er in den richtigen Kreisen und Klubs verkehrt, mit Menschen, die viel Geld und Freizeit hatten. Ein guter Gesellschafter war in solchen Kreisen immer willkommen. Fast wünschte er sich Mel zurück.

Es wurde immer heller, und es sah so aus, als würde eintreten, worauf er kaum zu hoffen gewagt hatte. Es sah aus, als würde sich der Nebel lichten.

Um acht Uhr trank er Kaffee, zwei Tassen, schwarz. Er war jetzt angespannt. Normalerweise kam um diese Uhrzeit niemand, aber allein die Tatsache, dass er schon wach war, hätte Aufmerksamkeit erregen können. Bevor er aufbrechen konnte, musste er noch etwas erledigen. Er sträubte sich, die Morgenzeitung hereinzuholen. Er hatte keine Angst, er sträubte sich nur. Aber wenn er seinen Plan in die Tat umsetzen wollte, führte kein Weg daran vorbei.

Er hatte Pech. Der nachlässige Zeitungsbote hatte die Zeitung nicht auf der Türschwelle gelassen. Vom Fenster aus sah er, dass sie mitten auf dem Patio lag. Ein Mann, den er noch nie zuvor gesehen hatte, eilte durch den Fensterausschnitt. Irgendein Trottel auf dem Weg zur Arbeit, etwas verspätet.

Der Zeitpunkt war ungünstig, jetzt, da sich die Nachbarn auf den Weg zur Arbeit machten. Zweimal wollte er hinaus, und jedes Mal musste er abwarten, weil eine Tür ging, jemand über den Hof eilte. Schließlich öffnete er vorsichtig die Tür und spähte durch den Spalt. Er hätte im Morgenmantel nach draußen gehen können, um glaubhaft zu machen, dass er die Nacht durchgearbeitet hatte, aber er wollte keine Zeit verschwenden. Er war unruhig, er musste endlich das Apartment verlassen, um zu tun, was getan werden musste, bevor es zu spät war. Und noch immer hatte er Angst, Laurel könnte jeden Moment zurückkommen. Er konnte keine Szene gebrauchen. Nicht jetzt, er hatte keine Zeit dafür.

Er ergriff die Chance und ging in den Innenhof. Er ließ sich Zeit. Es sollte alltäglich wirken, ganz normal. Er hatte Glück, es war niemand zu sehen. Aber er wusste nicht, wie viele der Nachbarn an ihren Wohnzimmerfenstern standen, ihn beobachteten, sich fragten, warum der junge Kerl aus Mel Terriss' Apartment heute so früh wach war. Auch darauf hatte er natürlich eine Antwort: Er hatte die ganze Nacht über gearbeitet, das Buch zu Ende geschrieben! Das kam ihm erst jetzt in den Sinn. Sehr gut. Er hatte die Nacht durch gearbeitet und das Buch zu Ende geschrieben. Er war zwar müde gewesen, aber viel zu aufgekratzt, um schlafen zu können. Er hatte beschlossen, an den Strand zu fahren. Das Wetter hätte besser sein können, aber es sah so aus, als würde es aufklaren, und nichts war erholsamer, als am Strand zu liegen und der Brandung zu lauschen. Also hatte er das Manuskript in einen Briefumschlag gesteckt, unterwegs aufgegeben und war zum Strand gefahren.

Meine Güte, für wen dachte er sich eigentlich diese kleinteilige Lüge aus? Niemand würde ihn verhören. Was für ein Unsinn, zu glauben, er würde sich rechtfertigen müssen wie ein verhaltensauffälliger Halbwüchsiger auf Bewährung. Oder wie irgendein Waschlappen, der unter der Fuchtel seiner Ehefrau stand.

Er musste einfach nur ein Beruhigungsmittel nehmen und den traumlosen Schlaf schlafen, den er so dringend nötig hatte. Wen kümmerte schon, was er die letzte Nacht und den Tag über getan hatte. Und wer zum Teufel sollte schon wissen wollen, warum?

Niemand natürlich, und er war auch nicht so dämlich, Brub ein Alibi anzudienen. Er wollte keinen Ärger heraufbeschwören. Es gab nur einen einzigen Grund für das alles. Er musste einen Tag am Strand einlegen, weil überall Sand war, im Wagen, in den Schuhen, in den verborgenen Nähten seines Anzugs. Weil er nicht leichtfertig war, sondern klug. Weil er die nötigen Vorkehrungen traf.

Er stand schon eine ganze Weile mit der Zeitung in der Hand im Wohnzimmer. Eines blieb noch zu tun. Also schlug er die Zeitung auf und warf einen Blick auf die Titelseite.

Ein Gefühl der Erleichterung wogte über ihn hinweg, sanft und erregend zugleich. Er konnte also nicht wissen, was am Strand passiert war. Er machte sich auf den Weg.

Er warf die Zeitung aufs Sofa, ein Teil glitt zu Boden. Umso besser. Sah so aus, als hätte er sie gelesen. Er wollte in die Küche gehen und zögerte. Er brauchte ein unmissverständliches Requisit. Er holte ein großes Kuvert, das er mit einigen Zeitschriften befüllte, zuklebte und sich unter den Arm klemmte. Mehr war nicht nötig. Dem Apartment ließ sich jedenfalls nichts entnehmen – falls jemand kam, solange er noch unterwegs war. Aber wer bitte schön sollte das Apartment betreten? Nicht einmal Laurel ließ sich noch blicken.

Niemand sah, wie er den Wagen aus der Garage holte. Er fuhr zum Strand. Später als gedacht, aber so war es ihm lieber. Auf diese Weise würde er nicht so lange am Strand ausharren müssen.

Unterwegs musste er zur Post. Beverly Hills war zu riskant, er hätte Brub in die Arme laufen können. Er konnte den Brief auch in Westwood oder Santa Monica aufgeben. Er entschied sich für Santa Monica. Er wusste, wo genau die Post dort war. Und was, wenn bereits Gerüchte kursierten? Wenn er hörte, wie darüber gesprochen wurde? Und wenn schon, es machte keinen Unterschied mehr.

Er umfuhr das Zentrum von Beverly Hills. Die Straße nach Santa Monica war bei Tageslicht kaum wiederzuerkennen. Es herrschte trübes Wetter, die milchige Sonne war hinter Wolken verhangen. Kein Grund zur Eile. Er hatte alle Zeit der Welt. Alle Zeit.

Er wollte auf die linke Spur wechseln. Zwar war um diese Uhrzeit nur wenig Verkehr, aber er musste trotzdem vorsichtig sein. Er konnte sich keinen Unfall leisten, oder einen Beinahunfall, er durfte keinesfalls die Aufmerksamkeit der Cops auf sich lenken. Er ärgerte sich darüber, so etwas auch nur zu denken, er war so aufgebracht, dass er das Lenkrad beim Spurwechsel verriss und der Wagen kurz ins Schleudern geriet. Es war reines Glück, dass nichts passierte. Reines Glück. Es war ihm also wieder hold. Er musste endlich aufhören, sich in die Hose zu machen.

Er hielt vor der Post. Menschen betraten und verließen das Gebäude. Wie Komparsen in einem Film. Niemand wusste, wer er war. Niemand würde von ihm Notiz nehmen. Er blieb im Wagen sitzen, weil er den Umschlag noch adressieren musste. Er zögerte. Er wollte sichergehen, dass er nie wieder auftauchte. Wollte ihn keinesfalls an sich selbst schicken – nicht an Mels Adresse, nicht postlagernd, nicht nach Princeton. Falls seine Korrespondenz kontrolliert wurde, so unwahrscheinlich es auch sein mochte, hätte das schlecht ausgesehen, selbst mit verstellter Handschrift, die Cops hatten ohnehin zu viele Experten, und erst recht mit einem Poststempel aus Santa Monica. Auch Onkel Fergus oder Mel Terriss kamen als Adressaten nicht infrage. Dann hatte er eine Idee. Er würde den Brief an einen Kampfpiloten adressieren, der in Italien gefallen war. Der Name war ihm plötzlich in den Sinn gekommen, ein einfacher Name, Tommy Johns. Chicago, Illinois. Postlagernd. Ohne Absender. Der Brief würde in der Ermittlungsstelle für unzustellbare Sendungen landen, wo er auch hingehörte.

Er stellte sich an, um den Brief wiegen zu lassen. Es herrschte reger Betrieb, vor ihm warteten zwei weitere Leute am Schalter. Niemand hier wusste, wer er war. Niemand nahm Notiz von ihm. Er bezahlte die Briefmarken und ging mit dem Umschlag zu einem der Stehtische, um so zu tun, als würde er ihn mit einem Absender versehen. Er stand allein am Tisch. Klebte die Marke auf den Umschlag und warf ihn ein.

Alles hatte sich inkognito abgespielt, aber als er zum Wagen zurückkehrte, waren seine Hände trotzdem schweißnass. Noch nie war er so nervös gewesen. Er wusste nicht, warum. Nüchtern betrachtet wusste er es durchaus. Er hatte unter großem Druck gestanden, dazu die Schlaflosigkeit, wer wäre da nicht nervös gewesen. Er hatte sonst immer gut schlafen können, lang und tief. Außerdem war noch nie ein solches Manöver nötig gewesen. Er verfluchte die Umstände, die ihn dazu zwangen.

Er achtete darauf, nicht über die California Incline zum Strand zu fahren. Er wollte keinesfalls das Risiko eingehen, in eine Polizeikontrolle zu geraten. Er nahm stattdessen die Straße, die sich durch den Canyon schlängelte, und fuhr bis zum Strand. Offenbar war er nicht der Einzige, der den Tag dort verbringen wollte. Auf dem umzäunten Parkplatz des Santa Monica State Beach standen einige Wagen. Er parkte und ging die Betontreppe zum Strand hinunter.

Voll war es nicht. Ein paar junge Männer und Frauen saßen an die Betonmauer gelehnt, Pullover über den Badesachen. Sie spielten Karten, aus einem Kofferradio kam Musik. Ein Stück weiter saßen ein untersetzter Mann und seine hagere Frau. Hier und da wurde Sport getrieben, vereinzelt und in Grüppchen. Dix suchte sich einen Platz an der Betonmauer, auf der anderen Seite der Rettungsschwimmerstation. Er zog das Sakko aus, faltete es zusammen, legte es in den Sand. Auch die Hose zog er aus, legte sie zusammengefaltet aufs Sakko. Das Hemd behielt er an, der auflandige Wind war kühl, der Himmel bedeckt. Er stellte die Schuhe beiseite, legte die Socken darauf, streckte sich aus und bettete den Kopf auf das Sakko. Der Ozean war ein fernes Geräusch, die Sonne brach allmählich durch, sogar ein paar blassblaue Fetzen Himmel waren zu sehen. Er schloss die Augen und schlief ein.

Als er wieder erwachte, war er verwundert. Er musste sofort weggedämmert sein, er konnte sich nur noch daran erinnern, dass er sich hingelegt hatte. Zum Glück hatte er nicht sehr lang geschlafen, es war erst kurz nach drei Uhr. Ein Gefühl des Unwohlseins hatte ihn geweckt, es war kühl geworden, der Himmel war wieder grau in grau. Er schüttelte seine zerknitterten Sachen aus, die jetzt sandig genug waren, so wie seine Socken und Schuhe auch. Dann zog er sich an. Jetzt konnte er alles unbesorgt in die Reinigung bringen. Und ihm konnte ganz egal sein, ob ihm jemand nachspionierte. Er würde nach Hause fahren, warm duschen, saubere Sachen anziehen und in einem bequemen Bett schlafen. Aber vorher musste er sicherstellen, dass man sich an ihn erinnerte. Schon am Abend zuvor hatte er darüber nachgedacht. Er fuhr mit dem Wagen zu der nahe gelegenen Tankstelle und sagte zu dem dunkelhaarigen Tankwart: »Volltanken, bitte!« – und dann, als würde es ihm gerade erst in den Sinn kommen, fügte er hinzu: »Falls es Ihnen nichts ausmacht, gehe ich so lange telefonieren.« Vielleicht würde sich der Tankwart nicht an ihn persönlich erinnern, an den Anruf dagegen schon. Er wählte seine eigene Nummer, und da niemand abnahm, klimperte das Geld zurück ins Münzfach, nachdem er wieder aufgelegt hatte.

Als der Wagen vollgetankt war, fuhr er weiter. Als er an einem Drive-in vorbeikam, hätte er sich am liebsten einen Hamburger und einen Kaffee gegönnt, vor allem einen Kaffee, denn er war durchgefroren, nachdem er auf dem kalten Sand geschlafen hatte. Aber er durfte nicht riskieren, Sylvia oder Brub in die Arme zu laufen, sie wohnten nicht weit von hier. Er fuhr über die kurvenreiche Straße durch den Canyon zurück zum San Vicente Boulevard. Hier gab es keine Essensmöglichkeiten mehr, nicht einmal einen Drive-in gab es auf dem Rest der Strecke bis nach Beverly Hills. Er wollte es auch keinesfalls darauf ankommen lassen und bei Tageslicht im Simon's essen. Je länger er sich Gedanken machte, desto hungriger wurde er, aber solange er sich nicht umzog, konnte er ohnehin nirgendwo einkehren. Sein Anzug war so zerknittert, er wäre in jedem Lokal in Beverly Hills aufgefallen. Außerdem würden sich die Leute inzwischen das Maul zerreißen. Über den letzten Mord. Alles, was aus dem Rahmen fiel, könnte ihren Argwohn wecken, jedes Sandkorn würde den Trotteln verdächtig vorkommen.

Er fuhr nach Hause. Erst wollte er den Wagen nicht in die Garage stellen. Schließlich würde er sich nur umziehen und das Apartment dann wieder verlassen. Zu viel Aufwand, für nichts.

Aber die Garage hatte einen Vorteil. Wenn er den Wagen unterstellte und den Hintereingang nahm, kam er unbemerkt, sah ihn niemand über den Innenhof gehen. Also doch die Garage. Er verfluchte die Notwendigkeit dieser Sicherheitsmaßnahme, aber tat, was getan werden musste. Er hielt, zog die Handbremse, stieg aus, öffnete das Tor, stieg ein, löste die Bremse, fuhr in die Garage, stieg wieder aus und schloss das Tor. Dann ging er energisch los. Als er sich dem Hintereingang näherte, wurde er langsamer. Er kam also doch nicht unbemerkt. Neben seiner Tür schnitt jemand die Hecke. Ein abgerissener kleiner Mexikaner, der einen ausgewaschenen Overall, einen verbeulten Hut, der ihm die Ohren einknickte, und einen buschigen Schnauzer trug. Die Heckenschere wirkte fast größer als er. Schnipp, schnapp, schnipp, schnapp, im Takt von Dix' Schritten war die Schere zu hören. Der Mann blickte auf, als Dix vor seiner Tür stand, und sagte gut gelaunt: »Allo!«

Dix grüßte nicht zurück, er nickte nur stumm und öffnete die Tür. Der unerwartete Gärtner hatte ihn aus der Bahn geworfen, jetzt war er auf alles gefasst. Offenbar grundlos. Die Alte war da gewesen und hatte geputzt, das war alles. Kaffeemaschine und Kaffeetasse waren sauber, die Zeitung im Wohnzimmer lag zusammengefaltet auf dem Tisch, die Aschenbecher im Schlafzimmer waren ausgeleert worden, das Bett, in dem er letzte Nacht nicht hatte schlafen können, war wieder gemacht. Alles in bester Ordnung.

Ob die Abendzeitung schon da war? Er sah gar nicht erst nach. Es war noch zu früh, das wusste er. Die Abendzeitung kam immer erst nach fünf Uhr. Er zog sich aus, legte die schmutzigen Sachen zu der anderen Schmutzwäsche auf den Schrankboden und duschte lang und heiß. Er rasierte sich, ohne sich am Lärm zu stören, den der Apparat machte. Es ging ihm schon besser, sehr viel besser. Er zog sich an, schmiss sich sogar in Schale, dunkler Tweedanzug, weißer Pullover unter dem Sakko. Ob sie heute wohl kam? Ganz bestimmt. Schließlich war sie zwei Nächte in Folge nicht zu Hause gewesen. Jedenfalls hoffte er darauf. Er war auch nicht mehr wütend auf sie. Es gab sicher einen guten Grund für ihre Abwesenheit. Er würde ihn akzeptieren und ihr keine Vorwürfe machen. Er war alles hinzunehmen bereit. Solange sie nur zurückkam, opulent mit ihm zu Abend aß und anschließend wieder mit ihm nach Hause ging.

Er beschloss, noch eine Stunde zu warten. Zwar war der Hunger nicht verschwunden, aber er quälte ihn nicht mehr, es war zu viel Zeit vergangen. Er schenkte sich einen Whiskey ein, trank ihn in einem Zug leer. Er war nicht darauf angewiesen, es ging ihm blendend. Der Whiskey vollendete nur seine ohnehin gute Laune.

Er schaltete das Radio ein. Am Vormittag war es ihm nicht in den Sinn gekommen, Nachrichten zu hören. Er ging die Sender durch. Überall nur Musik und Kinderprogramme, der Zeitpunkt war ungünstig. Die Geräusche zerrten an seinen Nerven, die Stille des Apartments war ihm lieber.

Vielleicht war die Zeitung heute früher gekommen. Er wollte unbedingt wissen, was inzwischen passiert war. Er durfte nicht auf dem falschen Fuß erwischt werden. Er machte die Tür auf und ging in den Innenhof. Keine Zeitung, nirgends. Dafür schien man in Virginibus Arms jetzt Wert auf gepflegtes Grün zu legen. Auch hier war eine armselige Witzfigur zugange und machte sich mit seinem Spaten an den Blumenbeeten zu schaffen, jünger als der Mann am Hintereingang, größer, dürrer, aber mit einem genauso eingefallenen Gesicht. Er sah Dix grußlos an und widmete sich dann wieder seiner Arbeit.

Dix ging zurück ins Wohnzimmer. Falls sie bis um sechs nicht da war, würde er allein zu Abend essen. Er würde nicht noch einmal den ganzen Abend auf sie warten. Bestimmt hatte sie wieder ein Auswärtsengagement angenommen und Angst gehabt, er könnte an die Decke gehen, falls sie ihm vorher Bescheid sagte.

Er war sicher, dass sie noch kommen würde, und so war er auch kein bisschen überrascht, als es an der Tür klingelte. Warum sie klingelte, anstatt einfach hereinzukommen, diese Frage kam ihm erst in den Sinn, als er gerade aufmachen wollte. Einen Sekundenbruchteil lang amüsierte ihn die Vorstellung, dass sie von ihrem hohen Ross heruntergestiegen war und nun zu Kreuze kroch. Er öffnete die Tür – und Brub Nicolai stand vor ihm.

ZWEI

»Hallo, Dix.« Ohne zu lächeln, stand er da, eine untersetzte Gestalt, die Schlimmes ahnen ließ.

Der kalte Atem der Gefahr wehte bis in den letzten Winkel seines Innersten. »Hallo«, sagte er mechanisch.

Ein Moment des Schweigens folgte, in dem sich beide reglos gegenüberstanden und einander in die Augen sahen. In dem beide wussten, mit wem sie es zu tun hatten, dem Jäger, dem Gejagten.

Sie fingen gleichzeitig zu sprechen an und brachen das Schweigen. »Willst du mich etwa nicht reinbitten?«, fragte Brub, und Dix rief: »Mensch, worauf wartest du noch, jetzt komm schon rein!«

Danach konnten sie wieder so tun, als wüssten sie nichts voneinander. So tun, als wären sie zwei alte Freunde, die sich auf einen Drink trafen. Brub kam ins Apartment, der Matrose auf hoher See. Er ließ sich aufs Sofa fallen, warf seinen Hut auf einen der Sessel. »Ich könnte einen Drink vertragen.«

»Gute Idee. Was darf's sein?«

»Scotch. Scotch Soda, wenn es dir keine Umstände macht.«

»Sollte kein Problem sein.« Er holte zwei verschiedene Sorten Whiskey aus der Bar und öffnete eine Flasche Soda. »Ich gehe Eis holen.«

Brub rief ihm in die Küche hinterher. »Sieh mal einer an, was für eine Auswahl! Bist wohl auch nicht mehr der puritanische Säufer von früher, was?«

Dix holte die Eiswürfel aus dem Kühlschrank und befüllte die Gläser. »Und du hast inzwischen wohl auch gelernt, dass man Hochprozentiges nicht immer pur saufen muss, was?«

Es war ein oberflächlicher Wortwechsel, der zum Erliegen kam, noch bevor er die Drinks fertig gemixt hatte. Kurz darauf hob er sein Glas und nahm einen neuen Anlauf. »Auf unsere Jugend!«, sagte er. »Ziemlich lange her, findest du nicht, unsere wilden, sorglosen Tage?«

»Als hätte sich das alles in einer anderen Welt abgespielt.«

Sie schwiegen wieder. In der Stille vernahm Dix ein leises Geräusch. Die Abendzeitung war auf der Türschwelle gelandet. Er konnte sie jetzt nicht holen. Nicht, solange er nicht wusste, warum Brub zu ihm gekommen war. Aus der Ferne hörte er, so kam es ihm jedenfalls vor, das Schnippschnapp der Heckenschere.

Die Stille war unerträglich, es war an der Zeit für ein Gespräch unter Männern. »Was treibt dich um, Brub? Du siehst niedergeschlagen aus.«

»Da sagst du was. Ich bin niedergeschlagen.«

»Also?« Er wusste nicht, was Brub beschäftigte. Er hatte weder die Zeitung gelesen noch die Nachrichten gehört. Er täuschte an. »Probleme mit Sylvia?«

Brub warf die Stirn in Falten. »Was für Probleme?«

»Das letzte Mal, als ich bei euch war, hatte ich den Eindruck, dass es Probleme gibt. Da war so eine gewisse Anspannung zwischen euch –«, sagte er entschuldigend.

Dix hatte den Satz noch nicht zu Ende gebracht, da lachte Brub auch schon. Ein herzhaftes, amüsiertes Lachen. »Du liegst falsch. Sylvia ist – na ja, Sylvia eben.« Mehr war nicht nötig. Man sah es ihm an, hörte es ihm an, er meinte es von Herzen.

»Umso besser«, sagte Dix. Er trank einen Schluck. »Was ist es dann? Was ist los?«

»Du weißt nicht, was passiert ist?«
Dix spielte den Empörten. »Na, was soll schon passiert sein? Ich habe keine Ahnung von nichts. War den ganzen Tag am Strand.«
Bei dem Wort »Strand« verspannte sich Brub. Dix hatte es ganz bewusst ausgesprochen. »Ich bin vor einer Stunde nach Hause gekommen, habe mich frischgemacht, mir einen Drink gegönnt und warte seitdem auf Laurel.« Er sah auf seine Armbanduhr. »Hoffentlich kommt sie nicht wieder so spät. Mein Magen knurrt.«
»Du hast den ganzen Tag am Strand verbracht«, sagte Brub verblüfft, beinah bewundernd.
Genau darauf hatte Dix es abgesehen. Er entspannte sich, machte es sich in seinem Sessel bequem, fühlte sich wohl, ließ sich seinen Drink schmecken. »So ist es, ich habe die Nacht durch gearbeitet, mein Buch ist fertig«, sagte er mit einem gewissen Stolz. »Ich war zwar völlig am Ende, aber zu aufgekratzt, um zu schlafen, also habe ich beschlossen, zum Strand zu fahren. Hatte den Eindruck, es würde aufklaren. Was ist eigentlich mit dem Wetter los in Kalifornien? Ich bin diesen grauen Himmel so satt. Es blieb natürlich bewölkt.« Er trank wieder einen Schluck, sprach weder zu schnell noch mit zu viel Nachdruck. Monologisierte wie jemand, der sich seinen Cocktail schmecken lässt. Kein Alibi-Gerede, er berichtete einfach nur von seinem Tag. »Aber es hat mir gutgetan da draußen, so gut sogar, dass ich ein Nickerchen gemacht habe. Wofür der Ozean nicht alles gut sein kann, selbst an einem Tag wie heute. Es geht mir blendend.« Es war erregend, sich hinter seiner freundlichen Maske zu verstecken, dabei zuzusehen, wie der Jäger noch den letzten Verdacht fahren ließ.
»Dein Buch ist fertig? Großartig! Meinst du, Sylvia und ich können mal einen Blick darauf werfen?« Brub machte Konversation und ordnete derweil seine Gedanken neu.

213

Dix schüttelte bedauernd den Kopf. »Das Manuskript ist schon auf dem Weg an die Ostküste. Heute Morgen aufgegeben. Ich schicke euch eine Ausgabe, sobald das Buch erschienen ist. Signiert. Ich habe dir doch eine Ausgabe versprochen, oder? Im Gegenzug dafür, dass du mir geholfen hast.«

»Geholfen?« Brub versuchte sich zu erinnern. »Aber ja doch! Wegen der Reifenspuren. Außerdem habt ihr mich in den Canyon mitgenommen, das habe ich zu schätzen gewusst.«

Brub erinnerte sich allmählich. Erinnerte sich an immer mehr. Schwermut lastete auf ihm.

»Also, was bedrückt dich, sag schon«, wollte Dix wissen. »Los, ich mach dir noch einen Drink.« Er nahm Brubs Glas. Sein eigenes war noch nicht einmal zur Hälfte geleert. Er sah sich vor. So aufgekratzt, wie er war, und noch dazu mit leerem Magen, konnte er den Alkohol nur schlecht vertragen. Er sprach weiter, während er einen ziemlich starken Drink mixte. »Jetzt sag schon, was lastet auf deinen starken Schultern?« Er brachte ihm den Drink. »Hier.«

»Danke.« Brub sah zu ihm auf. »Hast du noch keine Zeitung gelesen?«

Er ging zu seinem Sessel zurück. »Heute Morgen habe ich ganz kurz in die *Times* …« Er sprach den Satz nicht zu Ende, Brubs Blick sagte alles. »Brub, du willst doch nicht etwa sagen …«

Brub nickte ernst. Nicht der Funken eines Verdachts war noch übrig. Falls er denn je Verdacht geschöpft hatte. »Doch. Schon wieder.«

Dix atmete aus. Und sagte leise, entsetzt und ungläubig: »Gütiger Himmel!«

Brub hörte nicht auf zu nicken.

»Wann? Wo? Doch nicht etwa schon wieder auf die gleiche …« Dix stotterte.

»Doch«, sagte Brub düster. »Auf die gleiche Art.«

»Der Würger«, murmelte Dix. Er wartete darauf, dass Brub weitersprach. Dies war nicht der Moment, Fragen zu stellen, dies war der Moment, entsetzt zu schweigen. Brub würde sicher gleich weitererzählen, die Sache beschäftigte ihn bis in die Haarspitzen, er wäre nicht imstande gewesen zu schweigen. Er musste sich erleichtern, musste reden.

»Es ist letzte Nacht passiert«, hob er an. Es fiel ihm nicht leicht, einen Anfang zu finden. Vor Dix saß kein Cop mehr, sondern ein erschütterter Mann, der die Tränen zurückzuhalten versuchte. »Nachts oder in den frühen Morgenstunden.« Seine Stimme versagte. »Betsy Banning ...«

Dix ließ das Entsetzen in seinem Gesicht immer größer werden. »Betsy ... die Kleine ... die aussah ... wie Brucie.« Gut, dass seine Stimme brüchig wurde.

Wut, das harte Metall der Wut, schepperte in Brub. »Wenn ich könnte, ich würde ihn erledigen, mit eigenen Händen.«

War er gekommen, ihn zu töten? Auf Grundlage gegenstandsloser, bodenloser Verdächtigungen?

Dix wartete ab. Brub hatte sich wieder gefangen, das schwere Metall war zur Ruhe gekommen, erdete ihn jetzt. »Wiletta Bohnen und Paul Chaney haben sie gefunden.«

Die beiden waren Filmstars und verheiratet. Dass sie in den Fall involviert waren, musste für die schlichten Gemüter, die die Zeitung lasen, um sich zu gruseln, ein gefundenes Fressen sein.

»Die beiden gehen jeden Morgen um acht mit ihren Pudeln spazieren. Am Strand. Von ihrer Villa, die früher den Fairbanks gehört hat, gehen sie bis zum Pier und wieder zurück.« Brub trank einen Schluck. »Auf dem Hinweg haben sie nichts bemerkt. Die Hunde waren angeleint, und einen Teil der Strecke haben sie nicht am Strand, sondern zwischen den Häusern zurückgelegt. Auf dem Rückweg haben sie die Hunde dann von der Leine genommen ... Die Hunde haben sie gefunden, unweit der Fairbanks-Villa, ein kleines Stück oberhalb der Flutlinie.«

Das Reden fiel ihm nicht leicht. Mehr als einmal musste er innehalten und schlucken.

Dix sprach mit belegter Stimme. »Ist das etwa ... ist das alles, was ihr wisst?«

»Wir wissen, dass sie kurz nach elf das Haus verlassen hat«, sagte Brub bitter. »Sie hatte zuvor Besuch gehabt. Studienfreunde. Ihr Verlobter war auch da gewesen. Sie ist nachts immer mit ihrem Hund rausgegangen, zu jeder Uhrzeit, meist nicht ganz so spät. Sie hatte keine Angst. Sie war wie Sylvia, das Meer gab ihr Sicherheit. In den letzten Monaten hat sich ihr Vater«, er schluckte wieder, »manchmal Sorgen gemacht, aber sie selbst hatte keine Angst.« Tränen der Wut stiegen ihm in die Augen. »Und sie hatte ihren Hund bei sich.«

»Ist der Hund –«

»Wir haben ihn gefunden. Im Sand verscharrt. Tot, erwürgt«, sagte Brub. Abgehackt, erstickt.

»Armer Kerl«, sagte Dix von Herzen.

»Ach und«, platzte es heftig aus ihm hervor, »ihr ist nichts weiter passiert.« Er lachte, kurz und hart. »Nichts weiter als der Tod.« Zynismus. Um gegen die Tränen anzukämpfen. »Für ihren Vater und ihren Verlobten ist es ein gewisser Trost – dass ihr darüber hinaus nichts angetan wurde.«

»Derselbe Mann?«, fragte Dix unsicher.

»Wer denn wohl sonst?«, fragte Brub provokativ. »Das letzte Mal ist knapp einen Monat her. Jeden Monat. Jeden verfluchten Monat passiert es aufs Neue.« Er wischte sich mit dem Handrücken über die Augen, ohne sich zu schämen. Dann nahm er sein Glas und trank einen großen Schluck.

Dix sah ihn voller Mitgefühl an. »Gütiger Himmel!«, sagte er wieder. Es war ungeheuer, es war das ungeheuerste Schauspiel überhaupt. Der weinende Brub, der seine hilflose Wut gegen einen Unbekannten richtete, einen Mörder, der tötete und lautlos in der Nacht verschwand. Er würde für immer ahnungslos bleiben.

»Keine Anhaltspunkte?«, fragte Dix, überzeugt davon, dass alles beim Alten war.

»Anhaltspunkte? Im Sand?«, fragte Brub verächtlich. »Nein. Keine Knöpfe, keine Fingerabdrücke, keine Zigarettenstummel, keine Streichholzheftchen, und eine Visitenkarte hat er uns leider auch nicht dagelassen.«

Dix rieb sich die Wange, aus Verlegenheit über die Naivität seiner Frage.

»Kann ich telefonieren?«, fragte Brub unvermittelt.

»Nur zu. Im Schlafzimmer. Soll ich dir noch –«

»Nein, ich muss gleich weiter ins Hauptquartier.« Brub stand auf und ging ins Schlafzimmer. Er ließ die Tür offen. Ging also nicht hinüber, um zu schnüffeln, würde ohnehin nichts finden. Dix war ganz still und lauschte.

»Sylvia?«

Entspannte sich, aber lauschte.

»Ich bin bei Dix Steele. – Nein, Sylvia! Nein, ich kann noch nicht nach Hause kommen, ich muss ins Hauptquartier. – Ich bin auf einen Drink bei Dix vorbeigegangen, um kurz durchzuatmen. – Nichts. – Nein. – Rein gar nichts. – Warte, ich hol dich ab, ja? Warte, bis ich da bin. Bis gleich, Darling, bis gleich.«

Dix tat gar nicht erst so, als hätte er nichts gehört. Brub wusste, dass in einem so kleinen Apartment alles zu hören war, und es war ihm egal, schließlich hatte er die Tür nicht zugemacht. »Hat Sylvia Angst?«, fragte Dix.

»Ich habe Angst«, sagte er und nahm seinen Hut. »Solange wir ihn nicht haben, will ich nicht, dass sie abends allein ist.«

»Verständlich«, sagte Dix. »Noch einen Schluck für den Weg?«

»Besser nicht.« Er schien noch bleiben, nicht wieder der Ohnmacht entgegentreten zu wollen, einer Ohnmacht voller Aktivität: Gipsabdrücke, Fingerabdrücke, Proben in Reagenzgläsern. Doch all dies konnte nichts daran ändern, dass die Cops im Nichts herumstocherten.

»Komm wieder, Brub«, sagte Dix eindringlich. »Komm jederzeit wieder, und falls es irgendetwas gibt, was ich für dich tun kann –«

»Danke«, Brub gab ihm die Hand, »danke, dass du mich aufgefangen hast, Kumpel, das meine ich ernst.«

Dix lächelte. Sein inneres Lächeln war unsichtbar, das Lächeln auf seinen Lippen ein wenig verlegen. So wie Männer verlegen sind, wenn Freunde ihre Gefühle zeigen. »Der Scotch ist längst nicht alle. Komm wieder.«

»Wird gemacht.« Brub stand an der Tür und zögerte. »Du verlässt demnächst die Stadt?«

Dix war von der Frage überrumpelt. Als hätte ihm Brub eine polizeiliche Anordnung überbracht. Dann fiel es ihm wieder ein, und er lachte. »Du meinst, weil das Buch fertig ist? Ein paar Wochen bleibe ich noch, mindestens. Vielleicht auch länger. Das hängt von Laurels Plänen ab.«

Er stand an der Tür und sah Brub hinterher, der über den Patio davonging und sich mit einem Mal bückte. Kurz regte sich in ihm wieder ein leiser Zweifel, und es lief ihm kalt den Rücken hinunter. Brub drehte sich noch einmal zu ihm um und sagte: »Deine Zeitung.«

Er wollte sie nicht haben. Wollte sie nicht lesen. Und sobald er sie in der Einsamkeit des Wohnzimmers aufschlug, wurde ihm speiübel. Noch nie hatte er sich so gefühlt. Auch nicht vorhin, als Brub über Betsy Banning sprach. Aber er war auch nicht bei der Sache gewesen, sondern damit beschäftigt, seine Rolle zu spielen.

Er wollte nichts wissen über sie und ihren Hund. Er wollte es nicht sehen, ihr makelloses, lebendiges Gesicht, ihr Lächeln. Obwohl auch er von morbider Neugier gekitzelt wurde, wie all die schlichten Gemüter da draußen, er wollte nichts darüber lesen. Seine Hände zitterten, er legte die Zeitung beiseite.

Schon lange nicht hatte er so sehr einen Drink gebraucht wie jetzt. Aber er durfte nicht noch mehr trinken. Ein weiteres Glas, und die Grenze wäre vielleicht überschritten gewesen, die Grenze zum Suff. Er durfte sich nicht volllaufen lassen. Er durfte nichts tun, was seine hellwachen Sinne hätte eintrüben können.

Er hätte zu Abend essen sollen, etwas Großes, Herzhaftes, Schmackhaftes. Steak mit Pommes und Spargel, dazu ein großer frischer grüner Salat, danach Kaffee und eine Zigarette und ein besonderes Dessert, ein Erdbeertörtchen, feines Gebäck – und noch mehr Kaffee.

Der Hunger quälte ihn. Wenn doch Laurel bloß da gewesen wäre. Aber sie würde nicht mehr kommen, das wusste er ganz genau, hatte es die ganze Zeit gewusst und sich etwas vorgemacht. Er hatte sich auf den Arm nehmen lassen, hatte sich blenden lassen von einem Hoffnungsschimmer. Wo auch immer sie war, mit wem auch immer sie durchgebrannt war, sie hatte es ihn nicht einmal wissen lassen, so wenig hielt sie von ihm. Er war ihr von Anfang an egal gewesen. Sie hatte sich die Zeit mit ihm vertrieben, solange ihr Romeo noch in Ketten lag, welchen Ketten auch immer, und sobald er freigekommen war, hatte sie es kaum erwarten können. Nicht einmal verabschiedet hatte sie sich. Eine Liedzeile kam ihm in den Sinn, wie zum Hohn: *Ohne Abschied, über alle Berge* – er hätte aus der Haut fahren können. Das alles war nicht witzig. Es verletzte ihn. Nein, es würde ihn nur verletzen, wenn er nicht so wütend wäre.

Er wollte jetzt nicht mehr auf sie warten. Er wollte endlich essen. Er verließ das Apartment durch den Hintereingang und ging zur Garage. Diese ewig gleichen Handgriffe, was für eine Zumutung. Er hätte den Wagen nicht unterstellen sollen. Später würde er ihn draußen lassen. Falls die Cops ihn auf verdächtige Rückstände untersuchen wollten, würde er es ihnen einfach machen. Sie würden den Wagen am Straßenrand finden.

Bei den Garagen nahm ein junger Mann das Innenleben eines Chevies in Augenschein. Er ignorierte Dix. Grüßte nicht einmal. Dix fuhr den Wagen auf die Straße und gab Gas. Das Garagentor ließ er offen. Als er zum Derby kam, war er unschlüssig. Heute Abend wollte er besser essen. So gut wie im Savoy. Er konnte es sich leisten. Er hatte beinah 250 Dollar im Portemonnaie und war hungrig.

Das Savoy war ein Lokal nach seinem Geschmack. Mit Gästen nach seinem Geschmack. Zu diesen Leuten, die den Concierge beim Vornamen nannten, wollte er gehören. Eines Tages würde er ein Leben führen wie sie. Ein Leben, in dem alles vom Besten war. Ohne Geldsorgen. Ohne neugierige Cops.

Er bestellte sich ein üppiges Gericht und aß in aller Ruhe, genoss jeden einzelnen exquisiten Bissen. Er hielt sich so lange auf wie möglich, er wollte die Stätte seiner Zuflucht nicht vor der Zeit verlassen müssen. Schließlich blieb ihm jedoch nichts anderes übrig, als wieder in die kalte Nacht hinauszugehen. Der Nebel hatte sich gelichtet, aber der Himmel war nach wie vor bedeckt und ohne Sterne. Und jetzt? Auf keinen Fall zurück in die unsägliche Einsamkeit des Apartments. Irgendein Film lief immer. Er fuhr langsam den Wilshire Boulevard entlang. Er kam an dem Kino vorbei, in dem er kürzlich gewesen war und in dem noch immer derselbe Film lief. Also fuhr er weiter und parkte unweit vom Warner's. Der Film war ihm egal, er wollte sich einfach nur die Zeit vertreiben.

Er ging in eine Doppelvorstellung. Zuerst kam eine Komödie, danach ein sentimentales Melodram. Keiner der Filme fesselte ihn. Während des zweiten Films musste er sich bemühen, nicht einzuschlafen. Aber wenigstens hatte er die Zeit totgeschlagen. Es war nach Mitternacht, als er aus dem Kino kam. Er konnte nirgendwo mehr hingehen. Die Straßen von Beverly Hills waren still wie in einer Kleinstadt nach Einbruch der Dunkelheit. Er konnte jetzt nur noch zurück ins Apartment.

Es graute ihm davor, zu schlafen, zu schlafen und zu träumen. Wieso kam sie nicht einfach zu ihm zurück? Wieso umarmte und tröstete sie ihn nicht wieder so wie vor ein paar Nächten? Aber er machte sich nichts mehr vor, er bildete sich nicht mehr ein, dass sie ihn erwartete, in all ihrer Schönheit und Wärme. Er betrat das kleine Geschäft neben dem Kino, obwohl es kurz davorstand zu schließen. Griff sich ein paar Zeitschriften, es gab nur Kinomagazine, Krimiheftchen. Hauptsache, er konnte sich ablenken, bis ihn der Schlaf übermannte. Er stellte den Wagen nicht in die Garage. Es war ihm egal, ob ihn jemand nach Hause kommen sah. Und falls er das Apartment später noch einmal verlassen sollte, würde auch das niemanden etwas angehen.

Er trat durch den Torbogen, ging ein paar Schritte weiter und blieb dann stehen. Der Patio lag nicht einsam und verlassen da wie ein in bläuliches Licht getauchter Traum. Da war jemand. In der Dunkelheit glomm ein roter Punkt. Laurel vielleicht, fragte er sich für einen Augenblick, vernahm dann aber die Schritte eines Mannes, eines Mannes, den er nicht kannte.

Dix tat so, als wäre ihm etwas aus der Hand gefallen, und bückte sich. Tastete nach dem kleinen imaginären Gegenstand, der geräuschlos zu Boden gegangen war, ein Streichholzheftchen vielleicht. Er ging weiter, ohne noch einmal nach dem roten Punkt zu sehen, öffnete die Tür zum Apartment, trat ein, schloss die Tür und sperrte die Bedrohung aus, die in der Nacht da draußen auf ihn zu lauern schien. Sein Atem ging schwer.

Wie lachhaft, sich von der bloßen Anwesenheit eines Mannes so beeindrucken zu lassen! Und alles nur, weil ihm zum ersten Mal nach Einbruch der Dunkelheit auf dem Patio ein Mann aufgefallen war. Vielleicht hatte der Kerl nur eine letzte Zigarette rauchen wollen, vor dem Schlafengehen. Wieso auch nicht? Er selbst betrat das Apartment um diese Uhrzeit schließlich immer über den Hintereingang. Ein Musiker vielleicht, der spät nach Hause gekommen war und seine Lungen vor dem Schlafengehen auslüften wollte. Vielleicht war es aber auch kein Nachtarbeiter gewesen, sondern jemand, der sich ausgeschlossen hatte und darauf wartete, dass seine Frau nach Hause kam. Oder jemand, der zu Besuch war, ein Onkel oder Cousin, und früher zu Hause als seine Gastgeber. Zahllose Erklärungen fielen ihm ein. Jede davon so plausibel wie die andere. Jede ihrer eigenen Logik folgend. Unplausibel war nur die erste, die ihm in den Sinn gekommen war – dass sich der Mann aus irgendeinem unerfindlichen Grund dort postiert hatte, um herauszufinden, wann Dix Steele nach Hause kam. Als würde sich irgendjemand darum scheren.

Er hatte sich wieder beruhigt. Warf die Zeitschriften aufs Sofa und ging zur Bar. Er wollte einen Schlummertrunk. Ihn fröstelte ein wenig, eine Ahnung von Herbst lag in der Nachtluft, so mild der Herbst auch sein mochte, hier in Kalifornien.

Oder der Kerl war ein Privatdetektiv. Er lächelte. Vielleicht war er von jemandem dort postiert worden, der wissen wollte, was seine Ex-Frau trieb. Vielleicht war Dix nicht der Einzige, der sich fragte, wo Laurel war. Irgendetwas an der Beziehung zwischen Laurel und ihrem Ex kam ihm seltsam vor. Sie achtete verdammt genau darauf, dass keine Männer ihre Wohnung betraten.

Er leerte sein Glas in einem Zug, nahm die Zeitschriften und machte das Licht aus. Der Kerl da draußen konnte ihm egal sein, der interessierte sich nicht für – – da! Da waren sie wieder, die dumpfen Schritte, sie kamen näher. Er geriet in Panik. Ruhig und unerbittlich näherten sich die Schritte der Eingangstür. Dix huschte auf Zehenspitzen zum Fenster, versteckte sich hinterm Vorhang. Er konnte hinaussehen, aber nicht gesehen werden, selbst wenn dem Mann eingefallen wäre, durchs Fenster ins Wohnzimmer zu spähen.

Dix stockte der Atem, er bekam keine Luft. Er lauschte und konnte ihn sehen, den Schemen, den roten näher kommenden Punkt, die Gestalt des Mannes, untersetzt, unförmig, auf dem Kopf ein unförmiger Hut. Aber er blieb nicht stehen. Er ging an Dix' Tür vorbei, über den Patio zum Torbogen und dann wieder zurück, von wo er gekommen war.

Dix fühlte sich kraftlos. Die Gedanken in seinem Kopf dröhnten, markerschütternd. Er war allen egal! Allen! Allen! Er verließ den Platz am Fenster und ging durch die dunkelbläuliche Stille ins Schlafzimmer. Er legte sich im Dunkeln aufs Bett. Nur der rote Punkt seiner Zigarette glomm in der Schwärze. Er war allen egal, auch Laurel. Sie war verschwunden, ohne sich zu verabschieden. Sie hatte in jener Nacht gewusst, ganz genau gewusst, dass sie sich nicht mehr wiedersehen würden. Er hatte es geahnt, er hatte sie darauf angesprochen. Aber sie hatte es abgestritten. Sie hatte ihm ins Gesicht gelogen, sie hatte ihn angelogen, in seinen Armen angelogen.

Wie er sie hasste. Eine Betrügerin war sie, eine Lügnerin, eine Hure, und er hasste sie, und die Tränen rollten ihm die Wangen hinunter und über die Lippen. Er war allen egal, nie war er jemandem wichtig gewesen. Außer Brucie. Brucie, die fortgegangen war, die ihn alleingelassen hatte, auf ewig allein, für den Rest seines Lebens.

Er drückte die Zigarette aus. Noch war die Sache mit Laurel nicht zu Ende. Er brachte die Dinge anders zu Ende. Das würde sie schon noch sehen. Sie würde zurückkommen, das musste sie. Sie würde schließlich nicht einfach verschwinden und alles zurücklassen, was sich in ihrem Apartment befand. Auch wenn ihr an nichts und niemandem etwas lag, ihre Kleider, die waren ihr wichtig. Er würde sie erwarten, wenn sie kam. Er würde der Sache ein Ende machen, auf seine Art. Auf die einzige Art und Weise, die endgültig war.

DREI Jäh wurde er aus dem Schlaf gerissen. In der unbändigen Hoffnung, dass sie es sein könnte, griff er nach dem Hörer und rief: »Hallo?« Aber zu hören war nur der Wählton. Das Geräusch, das ihn geweckt hatte und jetzt ganz zu sich kommen ließ, schrillte weiter. Die Türklingel hatte ihn geweckt, nicht das Telefon.

Und das um neun Uhr morgens, dabei lagen ihm die Träume noch auf der Zunge, brannten in den Augen. Irgendwann in der Nacht musste er sich ausgezogen haben, in unruhigen Schlaf gefallen sein.

Er kämpfte sich aus dem Bett. Ließ sich Zeit. Wusste, dass um diese Uhrzeit niemand von Belang an seiner Tür klingelte. Er wollte nicht aufmachen, aber ihm blieb nichts anderes übrig. Vielleicht hatte sie ihm ein Telegramm geschickt. Vielleicht war es Brub.

»Immer mit der Ruhe!«, murrte er, knotete den seidenen Paisley-Morgenmantel zu und schlüpfte in die Maroquin-Pantoffeln. Er trottete ins Wohnzimmer, ein ganz normaler Mann, der aus seinem verdienten Schlaf gerissen worden war, und bemühte sich gar nicht erst um ein Lächeln, als er die Tür aufriss.

Vor ihm standen zwei Männer, die er nicht kannte. Der eine korpulent, im braunen Anzug, massiges, ausdrucksloses Gesicht, braune Augen.

Der Jüngere gefälliger, ganz in Grau gekleidet, graue Augen. Der Korpulente trug einen ausgebeulten grauen Hut mit verblasstem Hutband, der Jüngere einen braunen Fedora, der gut in Schuss war. Auffällig war nicht so sehr die Tatsache, dass die Hüte zum Anzug des jeweils anderen besser gepasst hätten. Auffällig war, dass die Männer überhaupt Hüte trugen. In Beverly Hills trug man keine Hüte. Diese Männer waren nicht aus Beverly Hills, diese Männer hatten einen Auftrag.

Der Jüngere sagte: »Wir suchen Mel Terriss.«

Dix schwieg. Er konnte es nicht fassen, es war ein Schlag, ein dumpfer Schlag. Er hätte sich alles Mögliche vorstellen können, aber das hier nicht. »Ist nicht da«, brachte er einen Moment später über die Lippen.

»Er wohnt doch aber hier, richtig?«

»Ja«, sagte Dix, »aber er ist nicht da.«
Der Jüngere wirkte ein wenig enttäuscht, vielleicht auch verblüfft. Er schien nachzudenken und fragte schließlich: »Macht es Ihnen etwas aus, wenn wir reinkommen? Ich bin Harley Springer.« Er zeigte auf seinen Partner. »Und das ist Joe Yates.«
Dix wollte sie nicht hereinlassen. Keinesfalls wollte er über Mel Terriss sprechen, und ganz sicher nicht jetzt, noch bevor er ganz wach war und klar denken konnte. Aber er hätte nichts tun können, außer die Tür zuzuschlagen, und Harley Springer hatte den Fuß bereits in der Tür.
»Sicher, kommen Sie herein, mein Name ist Dix Steele«, sagte er.
»Sieht so aus, als hätten wir Sie geweckt«, sagte Yates mit dem Anflug eines Lächelns auf den Lippen.
»Das haben Sie«, sagte Dix. Aber er durfte vor den beiden keine Wut zeigen. Nicht, solange er nicht wusste, weswegen sie gekommen waren. Ob Laurel etwas damit zu tun hatte? Laurel, die so unbedingt Mels Adresse haben wollte? Er glaubte nicht, dass Mel ihr 700 Dollar schuldete. Das war ein vorgeschobener Grund gewesen, damit Dix die Adresse rausrückte. Weil Geld für alles ein guter Grund war.
Er führte die beiden ins Wohnzimmer. In dem Ordnung herrschte, weil er sich am Vorabend dort nicht aufgehalten hatte.
»Setzen Sie sich.« Er hatte keine Zigaretten bei sich, auch auf dem Tisch lagen keine. Aber er wollte unbedingt rauchen. Ein Drink hätte ihm auch gutgetan, aber er konnte um diese Uhrzeit unmöglich trinken. Alkohol um diese Uhrzeit hätte ihm nicht gut zu Gesicht gestanden – wem auch immer diese beiden Männer Bericht erstatten würden. Aber ohne Zigarette ging es nicht.
»Bitte entschuldigen Sie mich einen Moment, ich muss meine Zigaretten holen.« Er ging ins Schlafzimmer, langte nach den Zigaretten und dem Feuerzeug und war so schnell zurück, dass die Männer nicht einmal Gelegenheit gehabt hätten, einen Blick

auf den Schreibtisch zu werfen. Sie saßen noch auf dem Sofa, beide mit übergeschlagenen Beinen. Sie hatten sich nicht vom Fleck gerührt, nur ihre Zigaretten angezündet. Er setzte sich ihnen gegenüber. Er war jetzt völlig ruhig, so ruhig, wie ein Mann eben sein konnte, der aus dem Bett geklingelt worden war und nun im Morgenmantel zwei Fremde in Empfang nehmen musste. Ohne zu wissen, warum. Er lächelte. »Was kann ich für Sie tun?«

Harley Springer nahm seinen Hut ab. Als würde er etwas längst Überfälliges nachholen. Als wäre er ein Cop oder ein Ermittler von der Staatsanwaltschaft, jemand, der es nicht gewohnt war, seinen Hut abzunehmen, wenn er jemandes Privatsphäre verletzte. Er sagte noch einmal: »Wir suchen Mel Terriss.«

»Und Mel Terriss ist nicht hier«, sagte Dix und lächelte.

»Und wo ist er?«, schoss Yates zurück.

Springer sah zu Yates, als wollte er sagen: Halt die Klappe und lass mich das machen. Als wollte er sagen: Du bist ein Trottel, und der Kerl ist ein Gentleman, also überlass mir, dem Gentleman, die Befragung.

Dix war jetzt ganz ruhig. Er musste nicht übermäßig auf Zack sein. Die beiden waren nicht gut eingespielt, anders als Lochner und Brub. Er antwortete, als wäre Yates kein Trottel: »Er ist in Rio. Für einen wichtigen Job. Wir haben einen Untermietvertrag geschlossen, bevor er abgereist ist.«

Die beiden warfen sich einen Blick zu. Dix wartete ab. Sie würden sich schon noch erklären. Würden schon noch reden. Er glaubte nicht mehr daran, dass es sich um Cops handelte. Eintreiber eines Inkassounternehmens vielleicht, die wegen unbeglichener Rechnungen hinter Mel her waren.

»Sind Sie da sicher?«, fragte Springer und runzelte die Stirn.

Dix lachte. »Nun, ich habe ihn nicht persönlich nach Rio geflogen. Aber er hat mir gesagt, dass er dort hinwill, und ich habe ihn beim Wort genommen. Ich wüsste auch nicht, wieso er mich hätte anlügen sollen.« Er lachte wieder. Jetzt war Springer dran. Zeit für eine Erklärung. Dix hörte auf zu lachen. »Sind Sie Freunde von Mel?«

»Nein«, sagte Yates.

Springer warf seinem Partner einen weiteren Blick zu, der ›Halt's Maul!‹ zu sagen schien. »Wir kommen von Anson, Bergman und Gorgonzola. Unsere Kanzlei verwaltet den Treuhandfonds von Mel Terriss.«

Es war Vorsicht geboten. Mit Treuhandfonds kannte er sich nicht aus.

Springer fuhr fort: »Wir haben seit Juli nichts mehr von ihm gehört.« Die Art und Weise, wie Springer dies sagte, ließ keinen Zweifel an der Ungewöhnlichkeit dieser Tatsache. »Nicht einmal seinen Scheck hat er abgeholt.«

»Soll das heißen, er hat sich nicht bei Ihnen gemeldet? Aus Rio?« Dix zeigte sich überrascht.

»Nein. Wir haben auch erst vor Kurzem erfahren, dass er sich dort aufhält. Mr. Anson hat davon erfahren. Vielleicht auch Mr. Bergman.«

Oder Mr. Gorgonzola. Dem es das herumstreunende Miststück gesteckt hatte, das den Mund nicht halten konnte und aus irgendeinem Grund unbedingt mit Mel Terriss hatte Kontakt aufnehmen wollen. So sehr sogar, dass sie ihren Anwalt darauf angesprochen hatte. Ihren Anwalt, der auch Mels Anwalt war. Es gab bestimmt nicht zwei namhafte Gorgonzolas in hiesigen Juristenkreisen.

»Es ist seltsam, dass er Mr. Anson nicht informiert hat, vor seiner Abreise. Oder danach. Allzumal Mr. Anson derjenige war, der ihn dazu gedrängt hat, nach Rio zu gehen«, sagte Springer.

»Anson war der Ansicht, Mel Terriss würde sein Leben wieder in den Griff bekommen, wenn er die Stadt verlässt«, sagte Yates.

Harley Springer seufzte leise, aber hörbar.

Yates fuhr unbeirrt fort: »Mel hat ständig von einem Job in

Rio gefaselt. Seit ich ihn kenne. Aber jedes Mal war er sturzbesoffen. Nie im Leben wollte Mel Terriss ernsthaft arbeiten.«
»Wissen Sie, wann er abgereist ist?«, ging Springer dazwischen. »Ich konnte am ersten August einziehen, bis dahin wollte er abgereist sein.«
»Wissen Sie vielleicht, ob er ein Schiff oder ein Flugzeug genommen hat?«
»Leider nein«, sagte Dix und lächelte zurückhaltend. Sie würden die Passagierlisten prüfen.»Wobei, er hat ein Frachtschiff erwähnt, eine längere Passage, zur Abhärtung.« Er zuckte mit den Schultern und lächelte unumwunden.»Offen gestanden habe ich ihm das nicht abgenommen. Für solche Strapazen ist er viel zu bequem.« Sollten sie doch ruhig versuchen, alle Frachter zu überprüfen, die aus kalifornischen Häfen ausgelaufen waren. Es würde sie nicht weiterbringen.

Er war bedient. Er wollte endlich einen Kaffee. Und seine Ruhe. Er gab ihnen einen Wink.»Meine Herren, ich bedaure, dass ich Ihnen nicht weiterhelfen konnte.« Er stand auf.»Ich kenne Mr. Terriss nicht besonders gut. Er hätte mir wohl kaum seine Pläne anvertraut. Ich bin sein Untermieter, das ist alles.«

Aber Yates steckte seine wurstigen Finger weiter in die Wunde. Seine schwermütigen Augen funkelten maliziös.»Wir zahlen die Jahresmiete im Voraus. Damit Mel nicht auf der Straße landet. Auf welchem Wege zahlen Sie die Miete?«

Springer wirkte betreten, aber das konnte nichts daran ändern, dass Dix außer sich war. Er lächelte spöttisch, so als stünde es Yates nicht zu, ihm, einem Gentleman, eine solche Frage zu stellen. Aber weil er nun einmal gefragt worden war, antwortete er auch.»Ich habe die Miete für das ganze Jahr – denn so lange beabsichtigte Mel fortzubleiben – im Voraus bezahlt, in Form eines Schecks, Mr. Yates.« Er war höflich, aber entschieden.»Wenn das alles ist?«

Er wartete darauf, dass die beiden aufstanden. Springer ent-

schuldigte sich.« »Verzeihen Sie die Umstände, Mr. Steele. Wir müssen dem nachgehen, wenn Mr. Anson –«
»Oder Mr. Bergman oder Mr. Gorgonzola«, sagte Dix und lächelte breit. »Ich verstehe schon.« Yates kam nicht in den Genuss seines Verständnisses. Er brachte die beiden zur Tür. Yates trat in den Hof. Springer drehte sich noch einmal um. »Danke für Ihre Hilfe.«
»Keine Ursache«, sagte Dix.
Springer hatte noch eine letzte Frage. Er hatte sie zurückgehalten und überraschte ihn jetzt damit. »Was ist eigentlich mit Mels Post?«
Ihm blieb kaum Zeit, nachzudenken. Aber er war schnell. Er hatte schon immer schnell denken können, wenn er unter Druck war. »Der ein oder andere Brief wird wohl gekommen sein«, sagte er, so als hätte er noch nie darüber nachgedacht. »Ich werde meine Sekretärin fragen.« Er lachte. »Sie ist bestens organisiert. Ich für meinen Teil wüsste gar nicht, wo ich nachsehen soll. Lassen Sie mir Ihre Adresse da, dann werde ich veranlassen, dass sie Ihnen die Post zukommen lässt.« Er nahm Springers Visitenkarte entgegen und verabschiedete sich. Yates stand bereits inmitten des Patios und sah dem Gärtner, der sich den Geranien widmete, bei der Arbeit zu.

Dix zog die Tür lautstark ins Schloss. Zerknüllte die Visitenkarte. Elende Schnüffler. Was scherten die sich um Mel Terriss? Dieser idiotische, aufgedunsene, versoffene Kerl. Die Welt war besser dran ohne ihn. Was scherte sich Laurel? Sie wollte ihn ins Messer laufen lassen.

Sollten sie doch beweisen, sollten sie doch versuchen, zu beweisen, dass er gar keine Sekretärin hatte. Er würde die Rechnungen und die Werbeschreiben durchgehen. Er würde ihnen die harmlosen Rechnungen schicken, für Käufe bis einschließlich Juli. Er hätte keine Kundenkredite in Anspruch nehmen sollen, aber es war so einfach gewesen. So bequem.

Ausgerechnet wegen Mel, diesem Armleuchter, würde er aus Kalifornien verschwinden müssen. Noch bevor er dazu bereit war. Noch bevor Laurel zurückgekehrt war. Den Teufel würde er tun! Erst musste er die Sache mit Laurel regeln. Außerdem wurde man nicht gehängt, bloß weil man die Kundenkredite eines Freundes in Anspruch genommen hatte. Erst recht nicht, wenn einem der Freund eine Vollmacht erteilt hatte. Und niemand konnte ihm das Gegenteil beweisen.

Er wollte einen Drink, so sehr wie noch nie, er war vor Wut wie versteinert. Aber er traute sich noch immer nicht. Nicht vormittags. Ein Glas zum Lunch war vertretbar, aber nicht früher, außer man war ein beinharter Trinker, wie Mel.

Er hätte nach einer anderen verschollenen Klientin fragen sollen. Er hätte fragen sollen: Was ist eigentlich mit Ihrer Klientin Laurel Gray? Die ist nämlich auch verschwunden, wussten Sie das etwa nicht? Ist sie Mel vielleicht hinterhergereist?

Er wurde rot vor Wut. Er warf die zusammengeknüllte Visitenkarte in den Papierkorb. Er würde nicht weiter hier sitzen und sich von irgendwelchen dahergelaufenen Spinnern ausfragen lassen. Er würde sich anziehen und das Haus verlassen. Sofort.

Aber das Telefon hielt ihn davon ab. Das stumm neben dem Bett stehende Telefon. Er setzte sich und wählte Laurels Nummer. Er hörte das Freizeichen, wieder und wieder, dann legte er auf. Sie hatte sich also nicht in ihr Apartment zurückgeschlichen. Da war etwas, das an ihm nagte. Eine Befürchtung, die ihm schon am Abend zuvor zugesetzt hatte. Jetzt war sie wieder da. Er musste sich ihr stellen. Vielleicht war sie ausgezogen.

Er wagte es nicht, die Verwalterin zu fragen. Die alte Schachtel wäre vielleicht auch noch auf die Idee gekommen, ihm wegen Mel auf den Zahn zu fühlen. Für heute hatte er genug von Mel. Er hätte zu Laurel hinaufgehen können, das schon. Aber wozu, sie war ja nicht da. Wenn sie zu Hause gewesen wäre, hätte sie abgenommen. Sie nahm alle Anrufe entgegen, für den Fall, dass ihr jemand ein Engagement anbieten wollte. Er nahm das Telefonbuch zur Hand, aber legte es wieder beiseite. Er wollte die Verwalterin nicht von hier aus anrufen. Und riskieren, dass der Anruf zurückverfolgt wurde. Besser, er rief von einer Telefonzelle aus an, mit verstellter Stimme. Sie hätte ihn zwar nicht wiedererkannt, weil sie nicht wusste, wie seine Stimme klang, aber vielleicht hörte jemand mit, der es wusste.

Diese Gedanken! Als hätten ihn die Kanzleispitzel nach Laurel ausgefragt. Als würden die Cops Laurel hinterherspionieren. Er konnte nach Laurel fragen, soviel er wollte. Nichts daran war riskant. Und trotzdem griff er nicht nach dem Hörer.

Er wollte gerade ins Badezimmer, um zu duschen, als es wieder an der Tür klingelte. Er ballte die Hände zu Fäusten. Nicht schon wieder die beiden Trottel. Es war bestimmt nichts Wichtiges. Aber er musste aufmachen.

Ein Mann stand vor der Tür. Ein Mann, der nicht so aussah, als wäre er von einer Kanzlei oder von den Cops geschickt worden. Ein ganz normaler Mann in Hemd und Hosen, kein Hut, kein Sakko. »Ich soll Ihren Telefonanschluss überprüfen«, sagte er.

Dix hatte die Tür nur halb geöffnet. »Sie sind hier falsch. Mit meinem Telefon ist alles in Ordnung.«

»Sicher?«, fragte er und sprach schnell weiter, bevor Dix die Tür wieder schließen konnte. »Wir haben Probleme mit den Leitungen, die in diesen Apartmentkomplex führen, und sollen nach dem Rechten sehen.«

»Kommen Sie rein«, sagte Dix matt. »Das Telefon steht im Schlafzimmer.« Er ging ein Stück voran und wies ihm dann den Weg. »Da entlang.«

Der Mann schulterte eine schwarze Tasche, wie ein Klempner. Er würde Lärm machen, telefonieren, in die Leitung brüllen, mit seinem Kollegen am anderen Ende palavern. »Wenn es Ihnen nichts ausmacht, lasse ich Sie allein und gehe mich anziehen. Ich bin spät dran.«

»Nur zu«, sagte er und war schon dabei, das Telefon auseinanderzunehmen.

Dix ging ins Bad und schloss ab. Sobald das Wasser lief, war von dem Lärm nichts mehr zu hören. Er duschte, rasierte sich, und als er das Bad wieder verließ, war der Monteur gerade dabei, eine Kabelrolle in seiner kleinen schwarzen Tasche zu verstauen.

»Und? Problem gefunden?«, fragte Dix.

»Nicht hier. Danke. Ich geh einfach raus?«

»Bitte.«

Er zündete sich eine Zigarette an. Vielleicht hatte mit seinem Telefon tatsächlich etwas nicht gestimmt. Vielleicht hatte Laurel Abend für Abend versucht, ihn zu erreichen. Wenn das der Fall gewesen war, war der Fehler sicher bald behoben. Dann hatte sie keine Entschuldigung mehr.

Er hörte die Eingangstür ins Schloss fallen und im selben Moment das Schnippschnapp des Gärtners vor dem Fenster. Er musste sofort raus hier, sonst platzte ihm noch der Schädel. Er hatte keinen einzigen Gedanken ans Wetter verschwendet, so viele Dinge waren ihm durch den Kopf gegangen. Es war noch immer bewölkt, aber hier und da war ein Flecken Blau am Himmel zu erkennen. Es klarte auf. Er zog denselben Tweedanzug an wie am Abend zuvor. Er wusste noch nicht, wohin es ihn verschlagen würde, aber er wollte für alle Eventualitäten gekleidet sein. Zuerst musste er zur Reinigung. Den sandigen Gabardineanzug und die verschwitzen Sachen fortschaffen, in denen er vor zwei Nächten – vor zweihundert Nächten – geschlafen hatte. Er klemmte sich das Kleiderbündel unter den Arm und ging durch die Hintertür. Und wieder grüßte ihn dieser Schwachkopf von Gärtner mit seinem buschigen Schnauzer: »Allo!«

Dix nickte ihm zu und ging zur Garage. Er öffnete das Tor. Der Wagen war nicht da. Er war fassungslos. Dann fiel ihm ein, dass er ihn am Abend zuvor nicht untergestellt hatte. Und das Garagentor hatte er eigentlich offen gelassen. Er begann zu zittern.

Vor Wut und Frust und Überdruss. Er wollte nicht schon wieder an diesem Gärtner vorbeigehen. Einmal noch dieses verstümmelte »Allo«, und er würde ihm die Visage zu Brei schlagen. Er ging den Umweg über die Hauptstraße zum Vordereingang von Virginibus Arms. Der Wagen stand noch immer dort, wo er ihn abgestellt hatte. Er stieg ein, warf die schmutzigen Sachen in den Fußraum und gab Gas. Er fuhr zu der Reinigung auf dem Olympic Boulevard. Viel zu schnell. Wurde aber nicht angehalten. Die Cops waren wohl alle am Strand oder im Drive-in. Er hätte dort essen gehen und herausfinden sollen, wie viele Ermittler auf ihn angesetzt waren. Wäre doch gelacht! Oder raus zum Strand, zu den Schaulustigen.

Er gab die Sachen in der Reinigung ab. Er hatte ganz vergessen, dass die Wäsche vom letzten Mal abholbereit war. Jetzt musste er die sauberen Anzüge über den Beifahrersitz gehängt durch die Gegend kutschieren. Er bat um die Schnellreinigung. Drei Tage. Falls er kurzfristig die Stadt verlassen musste, wollte er nicht auf das neue dunkelblaue Jackett verzichten müssen.

Er fuhr weiter den Olympic Boulevard entlang, ohne zu wissen, wohin. Es war ihm egal. Als ihm die Drogerie ins Auge fiel, kam ihm wieder in den Sinn, dass er telefonieren wollte, und er hielt an. Der Laden war nicht voll, ein paar Frauen bei den Lippenstiften, ein paar junge Männer an der Sodatheke. Er ging in eine der Telefonkabinen und schlug die Nummer der Verwalterin nach. Während er darauf wartete, verbunden zu werden, holte er ein Taschentuch hervor. Er hielt es nicht über die Muschel, sondern vor den Mund, damit sich niemand Fragen stelle, falls er gesehen wurde, und kehrte der Falttür den Rücken. Mehr war nicht nötig, um seine Stimme etwas zu dämpfen.

Das schrille Organ der Verwalterin passte zu dem schrillen Hennaton ihrer Haare, der ihm jetzt wieder einfiel.

»Ich habe gehört, bei Ihnen soll ein Apartment frei sein?«, sagte er.

Sie klang entnervt, als hätte er sie um einen Mietaufschub gebeten. Die Apartments seien alle vermietet, langfristig. Wer ihm diesen Unsinn erzählt habe.

»Eine Freundin meiner Frau sagte mir, das Apartment von Miss Gray stehe zur Vermietung.«

»Wer hat das behauptet?« Sie klang skeptisch.

»Eine Freundin meiner Frau«, wiederholte er. »Sie sagte, Miss Gray habe vor, umzuziehen.«

»Nun, so etwas höre ich zum ersten Mal. Sie hat im Voraus bezahlt – wer ist denn da?«, wollte sie plötzlich wissen.

»Lawrence. A. B. Lawrence.« Die Initialen hatte jemand an die Wand der Kabine gekritzelt. Woher der Nachname kam, wusste er nicht. »Danke für die Auskunft.« Bevor sie weiterfragen konnte, legte er auf. Mehr musste er nicht wissen. Und kein Mensch konnte ihn mit dem Anruf in Verbindung bringen.

Er trat aus der Kabine und bestellte sich an der Theke einen Kaffee und ein Käse-Sandwich. So wie der Laden aussah, hatte er keine großen Erwartungen. Hauptsache, er bekam etwas zu essen. Während er wartete, nahm er die Morgenzeitung aus dem Ständer. Er war zu Hause nicht dazu gekommen, sie hereinzuholen.

Der Mord war noch auf der Titelseite. Die Ermittler gingen ihrer Arbeit nach und prüften jeden Hinweis. Captain Jack Lochner vom L. A. Department arbeitete Hand in Hand mit den Kollegen aus Santa Monica. Ihm zufolge ging die Tat auf den Würger zurück.

Dix überflog das Gefasel nur. Das L. A. Police Department war damit beschäftigt, die üblichen Verdächtigen zusammenzutrommeln. Santa Monica kümmerte sich um die Penner vom Strand. Viele Verhöre, keine Erkenntnisse. Niemandem war in der Tatnacht ein am Küstenhighway geparkter Wagen aufgefallen. Niemandem war irgendetwas aufgefallen. Wie immer.

Dix beendete sein drittklassiges Frühstück und machte sich auf den Weg. Die Wolkendecke war aufgerissen. Die Sonne wärmte den Tag. Ein bedeutungsloser Tag, der herumgebracht werden musste, bevor die nächste bedeutungslose Nacht anbrach, der nächste bedeutungslose Tag. Am besten, er verließ sofort die Stadt, ohne darauf zu warten, dass das Jackett aus der Reinigung zurückkam, ohne darauf zu warten, dass eine Frau zu ihm zurückkam, die ihn fallen gelassen hatte.

Er fuhr zum Santa Monica Boulevard und weiter Richtung Santa Monica. In dem Reisebüro auf der Santa Fe Avenue wollte er sich nach Zugfahrkarten erkundigen. Er musste unbedingt genügend Geld für die Reise aufbewahren. Aber er fand keinen Parkplatz und fuhr gereizt weiter, Richtung Wilshire Boulevard. Er hatte eigentlich nicht vorgehabt, nach Westen zu fahren, folgte der Straße nun aber doch bis zur California Incline und bog dann auf den Küstenhighway. Alles sah aus wie immer. Keine Absperrbänder, nirgends. Vielleicht parkten mehr Autos als sonst am Straßenrand. Vielleicht auch nicht. Es wurde immer wärmer, bald würden die Strandgänger in Scharen unterwegs sein. Er fuhr nicht extra langsamer. Er folgte dem Küstenhighway und bog dann in den Canyon, er wollte zurück in die Stadt.

Dass er verfolgt wurde, fiel ihm erst auf, als er an einer Ampel halten musste, auf dem San Vicente Boulevard, unweit des Eukalyptuswäldchens. Ihm ging auf, dass er die schäbige Limousine, die jetzt neben ihm hielt, schon eine ganze Weile im Rückspiegel gesehen hatte. Er dachte nach. Sie war ihm aufgefallen, nachdem er die Drogerie verlassen hatte. Vielleicht hatte er sie auch davor schon wahrgenommen. Seine Hände waren eiskalt. Unmöglich, dachte er, niemals!

Und er hatte recht. Nichts an den beiden Männern war ungewöhnlich, sie warteten auch nicht auf ihn, sondern fuhren los, als die Ampel auf Grün sprang. Er hatte die Nerven verloren, wegen Springer und Yates, die schon so früh am Morgen aufgekreuzt waren, wegen der Gärtner und des Telefonmonteurs und weil er für einen kurzen Moment vergessen hatte, wo der Wagen stand. Man sah sie an jeder Ecke, schäbige schwarze Limousinen, in denen zwei Männer saßen. Der Wilshire Boulevard war um diese Uhrzeit voll davon.

Niemand folgte ihm. Trotzdem fuhr er zurück zum Apartment. Wenn er ein Ziel gehabt hätte, hätte ihm ein ganzer Konvoi auf den Fersen sein können, es wäre ihm egal gewesen. Aber er war müde. Zu müde, um durch die Gegend zu gondeln. Er wollte nach Hause, wollte schlafen.

Wenigstens war der Gärtner jetzt nicht mehr vor Dix' Fenster zugange. Er lehnte an einer Säule und rauchte. Wenn jemand wissen wollte, was er den Vormittag über getrieben hatte, bitte sehr. Er war in der Reinigung gewesen; den Anzug trug er bei sich. Danach war er in einer Drogerie gewesen; falls jemand wissen wollte, wen er von dort aus angerufen hatte, würde er sagen: Laurel – und zwar um in Erfahrung zu bringen, ob sie inzwischen nach Hause gekommen war. Dann weiter zum Reisebüro nach Santa Monica, aber er hatte keinen Parkplatz gefunden. Und warum zum Strand? Reine Neugier. Was sprach dagegen? Er war gewiss nicht der einzige Mensch in L. A., den die Neugier umtrieb.

Er hob die Zeitung auf und öffnete die Tür. Er hatte die Putzfrau ganz vergessen. Sie wedelte gerade den Staub vom Wohnzimmertisch. Auch sie war alles andere als erfreut, ihn zu sehen. Sie sagte kein Wort, nickte nur mürrisch. Er nickte mürrisch zurück und ging mit dem Anzug, den er aufhängen wollte, ins Schlafzimmer. In der Hoffnung, sie könnte dort angefangen haben. Aber noch immer herrschte hier große Unordnung. Er machte sofort wieder kehrt, um sie zurechtzuweisen und zu fragen, warum sie sich nicht zuerst um das Bett und das Badezimmer gekümmert hatte. Dabei wusste er ganz genau, warum. Weil er um diese Uhrzeit meist noch schlief.

Jetzt, da er glühenden Hass für sie empfand, heulte im Wohnzimmer, einer scheußlichen Sirene gleich, der Staubsauger auf. Er ging zu ihr und brüllte: »Raus!« Sie ließ die Höllenmaschine weiterlaufen und glotzte ihn dümmlich an. »Raus!«, brüllte er. »Nehmen Sie dieses Ding und verschwinden Sie hier!« Jetzt blitzte sie ihn an, ihr schlaffer Mund öffnete sich. Aber sie sagte nichts. Hastig zog sie den Stecker, sammelte ihre Staubtücher ein und stürmte aus dem Hintereingang. Er hörte, wie die Tür ins Schloss knallte.

Er musste sich kurz an der Wand abstützen. Er durfte sich nicht so gehen lassen. Jetzt war das Bett nicht gemacht, das Badezimmer unordentlich. Er versteifte sich, bis er nicht mehr zitterte. Dann ging er langsam in die Küche und verriegelte die Tür. Er wusste, dass die Vordertür verschlossen war, sah aber sicherheitshalber noch einmal nach. Er musste schlafen, ungestört schlafen. Er schleppte sich ins Schlafzimmer zurück und zog die Vorhänge zu, weil die Sonne schien. Er brauchte dringend Schlaf.

Er wollte das Laken straffen, aber seine Hände waren unnütz. Er schaffte es gerade noch, das Sakko auszuziehen und die Schuhe von den Füßen zu streifen, bevor er sich bäuchlings aufs Bett fallen ließ und flehentlich darum bat, einschlafen, vergessen zu dürfen.

Er versuchte seine Gedanken zum Verstummen zu bringen und bat alle Götter, die gewillt waren ihn zu erhören, um Stille. Und dann ging es los. Schnipp-schnapp, schnipp-schnapp. Vor dem Fenster. Schnipp-schnapp, schnipp-schnapp. Er biss die Zähne zusammen, stieß zischend Luft aus. Es würde nie wieder aufhören, es würde immer so weitergehen, immer lauter werden, immer durchdringender. Er begann zu zittern. Er konnte den Mann nicht einfach verjagen, er durfte nicht riskieren, dass sich noch ein Angestellter bei der Verwalterin über ihn beschwerte. Er presste sich die Fäuste auf die Ohren, die Kissen, versuchte wegzuhören. Aber unerbittlich ging es weiter im Takt, schnippschnapp, schnipp-schnapp.

Er weinte. Er konnte nicht anders. Er wollte lachen, aber aus seinen brennenden Augen quollen Tränen. Es schüttelte ihn am ganzen Körper. Er wrang die Laken in seinen Fäusten. Es war unerträglich, er musste weg von hier, er verlor sonst noch den Verstand.

Zittrig und mitgenommen ging er ins Wohnzimmer, ließ sich aufs Sofa fallen. Er glaubte noch immer die Schere zu hören, aber er täuschte sich. Es war nur ein Echo in seinem Kopf und würde verstummen. Würde verstummen, wenn er die Augen schloss und ruhig liegen blieb. Seine Hand berührte die Zeitung, die er aufs Sofa geworfen hatte, als er von der Reinigung zurückgekommen war. Er wollte sie nicht aufschlagen. Er wusste ohnehin, was darin stehen würde. Wusste es nur zu gut. Er schlug sie trotzdem auf, starrte die schwarzen Überschriften an. Er hatte den Artikel längst gelesen, las ihn aber noch einmal, las jedes Wort, jedes einzelne nichtssagende Wort. Allmählich kam er wieder zu Kräften, zerknüllte die Zeitung und warf sie quer durchs Zimmer. Er drehte sich auf den Bauch, kehrte dem Zimmer den Rücken, presste die Augen so fest zusammen wie die Zähne. Er musste unbedingt schlafen.

Ausgerechnet jetzt begann die Türklingel zu schrillen. Die ersten drei Male ignorierte er. Blieb einfach liegen, angespannt, in der Hoffnung, wer auch immer vor der Tür stand, möge verschwinden. Aber es schrillte immer weiter, in immer längeren Intervallen, eine Bohrmaschine, die in sein Hirn vordrang. Wer auch immer vor der Tür stand, dachte gar nicht daran, zu verschwinden. Wer auch immer vor der Tür stand, wusste, dass er zu Hause war. Ihm war kein Schlaf vergönnt. Jetzt war es ohnehin egal. Nicht einmal das Bedürfnis nach Schlaf war noch lebendig in ihm. Er stand auf und tappte, nur mit Socken an den Füßen, zur Tür. Öffnete ohne zu zögern. Ihm war egal, mit wem er es zu tun haben würde.

Zwei Männer. Zwei Männer, die unauffällige Anzüge und

Hüte und Schuhe trugen, dazu die passenden unauffälligen Gesichtszüge. Zwei Männer, die nichts sagten. Noch bevor sie sprachen, wusste er, mit wem er es zu tun hatte.

VIER

Er trat zur Seite und ließ sie ein. Er fragte nicht, was sie zu ihm brachte.

»Mr. Steele?«, fragte einer der beiden.

»Ja, bitte?«

»Captain Lochner schickt uns, Mr. Steele. Er lässt fragen, ob Sie uns wohl aufs Revier begleiten würden«, erklärte der andere.

»Natürlich«, sagte er. Keine Widerrede. Ganz gleich, wie höflich die Frage formuliert war, es war ein Befehl. »Entschuldigen Sie, ich muss mein Sakko holen.« Er fühlte sich nackt nur in Socken. Es wäre ihm peinlich gewesen, die Schuhe zu erwähnen.

»Keine Eile«, sagte einer der beiden Männer, derjenige, der auf den Schreibtisch zuging, als Dix das Wohnzimmer verließ. Der andere stellte sich ans Fenster.

Er zog das Tweedsakko und die braunen Slipper an und strich sich die Hosenbeine glatt. Wenn er geschlafen hätte, wären sie noch zerknitterter gewesen. Seine Haare waren unordentlich. Er nahm sich Zeit und kämmte sich. Keine Eile, hatten sie gesagt. Zigaretten – in der Tasche. Sein goldenes Feuerzeug – nicht seins, sondern Mels, schmal, echt golden. Kein Monogramm – unverfänglich. Er ließ es in seine Tasche gleiten.

Als er ins Wohnzimmer zurückkam, drehten sich die Cops zu ihm. Sie baten ihn, zuerst aus der Tür zu gehen, folgten ihm dann und gingen diskret neben ihm her. Sie nahmen ihn nicht in ihre Mitte, packten ihn auch nicht am Arm. Ihre unauffällige Limousine stand am Straßenrand geparkt, kein Polizeiwagen. »Vielleicht möchten Sie uns lieber in Ihrem eigenen Wagen folgen«, sagte einer der beiden.

Dix war überrascht. Perplex. Sie gaben ihm die Möglichkeit zu fliehen? Aber er konnte ohnehin nicht fliehen. Nicht im schnellsten Wagen der Welt. Er konnte die Sache hinauszögern, aber er konnte ihnen nicht entkommen.
»Nicht nötig.«
»Doch. Sie nehmen besser Ihren eigenen Wagen. Sie kennen den Weg?«
»Natürlich.« Er wusste nicht, was vor sich ging. Es behagte ihm nicht. Erst als er ihnen auf dem Beverly Drive hinterherfuhr, ging es ihm auf. Er wurde nicht verhaftet. Wie auch? Sie hatten nichts gegen ihn in der Hand. Aber er stand kurz davor, den Cops seinen Wagen zu übergeben, jetzt würden sie an ihre verfluchten Rückstände kommen. Er musste lachen. Sie würden nichts davon haben. Und falls sie Reifenabdrücke nehmen wollten, während er im Revier war – auch davon würden sie nichts haben.

Es tat gut zu lachen. So gut, dass er sich endlich nicht mehr wie betäubt fühlte, als er vor dem Revier parkte. Die beiden Cops hielten nicht auf dem reviereigenen Parkplatz, sondern ein kleines Stück weiter. Er ging ihnen entgegen und überquerte mit ihnen zusammen die Straße. Er fragte nicht, was Lochner von ihm wollte. Er hätte jetzt die Gelegenheit gehabt, aber er wollte sie nicht darauf stoßen, dass er nicht schon früher gefragt hatte. Also ging er schweigend mit ihnen über den blühenden Vorplatz, stieg die Treppe hinauf, ging durch den von zwei großen bronzenen Lampen flankierten Eingang und betrat das Gebäude.

Er wollte möglichst gelassen wirken und gab zu erkennen, dass er den Weg zum Büro kannte. Er war sicher, dass Lochner ihn in seinem Büro erwartete – und so war es auch. Zu seiner Überraschung erwartete ihn Lochner nicht allein. Brub war auch da. Aus irgendeinem Grund hatte er nicht mit Brub gerechnet. Seine Hände zuckten. Wieso hatten sie ihm statt Brub diese beiden Zombies geschickt? Dix strahlte Brub an und sagte zu Lochner: »Guten Tag, Captain. Sie wollen mich sprechen?«

»So ist es. Setzen Sie sich.«

Dix nahm Platz und beruhigte sich ein wenig. Das hier war nicht Brubs großer Auftritt. Lochner war der Boss. Brub wirkte an dem aktenbeladenen Schreibtisch wie ein Beamter. Dix bemerkte nicht, dass die Männer, die ihn abgeholt hatten, den Raum wieder verließen. Ihm fiel nur auf, dass sie nicht mehr da waren.

Lochner gab ihm einen Moment, um anzukommen. Der Chef der Mordkommission wirkte so gelangweilt und farblos wie eh und je. Er wartete, bis sich Dix eine Zigarette angezündet hatte. Dann sagte er: »Ich habe mich gefragt, ob Sie uns vielleicht behilflich sein könnten, Mr. Steele.«

Dix sah ihn fragend an. Er musste seine Verwirrung nicht einmal vortäuschen. »Sehr gern, aber wie?«

»Es geht um den Bruce-Fall.«

Kein Zucken mehr. Seine Hand war vollkommen ruhig, als er sie an die Lippen hob. »Nicolai hat mit Ihnen darüber gesprochen.«

»Ja.« Hatte er zu schnell geantwortet? Er fügte hinzu: »Sie meinen den Fall in England, richtig?«

»Richtig. Sie kannten die Frau?«

»Durchaus.« Er sah kurz zu Brub. »Wir kannten sie beide. Sie war hinreißend.« Lochner wartete auf mehr. Dix saß fest im Sattel. Obwohl er zwischen verschiedenen Möglichkeiten abwägen musste. Er entschied sich für einen Überraschungsangriff. »Haben Sie den Fall übernommen, Captain?«

»Das nicht, aber ich dachte –«

Dix nickte. »Brub erzählte davon. Möglicherweise handelt es sich um ein und denselben Mann.«

»Ich habe hier eine Namensliste.« Lochner zog ein Papier aus dem Stapel unter Brubs Händen hervor. »Diese Männer hatten Umgang mit dem Opfer. Es handelt sich ausnahmslos um Amerikaner, die zum Zeitpunkt der Tat in England gewesen sind. Ich habe mich gefragt, ob Sie vielleicht einen Blick darauf werfen könnten.« Er gab das Papier nicht aus der Hand, gestikulierte damit. »Gehen Sie die Liste durch und sagen Sie uns, was Ihnen zu diesen Männern einfällt. Ob Sie sich an irgendetwas erinnern können, was diese Männer gesagt oder getan haben. Ganz egal, was.« Abrupt schob er ihm den Zettel zu. »Bitte.«

Dix griff danach. Das hier war eine Falle. Irgendeine Art von Hinterhalt. Sie hatten ihn nicht aufs Revier bestellt, damit er sich eine Liste ansah. Er nahm sich Zeit, ging die Namen durch, behielt einen ernsten Gesichtsausdruck bei. Zeit, nachzudenken. Zeit, sich auf die nächsten Fragen vorzubereiten. Als er so weit war, sah er erst zu Lochner, dann zu Brub und lächelte. »Mein Name steht auf dieser Liste.«

»Richtig.« Lochner nickte.

»Aber man hatte dich schon abgezogen, als es passiert ist. Das habe ich Jack auch gesagt, Dix.«

»Ich wurde erst nach meiner Rückkehr aus Schottland abgezogen«, sagte Dix. Er gab vor, überrascht zu sein, dass Brub nichts davon wusste. »Ich hatte vier Wochen Urlaub angesammelt.« Brub konnte nichts davon wissen. Er hatte das Land früher verlassen als Dix.

»Und danach haben Sie die Heimreise angetreten?«, fragte Lochner.

»Nein.« Jetzt immer schön mit der Vorsicht. »Ich wurde nach Paris und Deutschland geschickt. Ich war noch ein ganzes Jahr in Europa.« Bloß kein Wort über die Monate in London. Dabei war er auf seinen ruhigen Posten so stolz gewesen. Adjutant des Generals. Bloß kein Wort davon. Lochner war zu neugierig. Was ging ihn seine Militärlaufbahn an.

»Sie hatten also Kontakt zu diesen Männern?«

Er konnte nicht so tun, als hätte er ihre Namen noch nie gehört. Brub kannte sie schließlich auch. Die meisten von ihnen waren in der alten Clique gewesen. Ein paar von ihnen hatte er gut leiden können. Anderen hätte er am liebsten die Fresse poliert. Will Brevet zum Beispiel. Wenn Brub nicht gewesen wäre, hätte er ihm Lochner auf den Hals hetzen können. Brub wusste, dass der Scheißkerl versucht hatte, ihm Brucie wegzuschnappen. Er schüttelte den Kopf. »Bedaure, nein. Ich bin nach meiner Rückkehr aus Schottland umgehend versetzt worden. Und nach meinem Weggang bin ich keinem dieser Männer über den Weg gelaufen.« Natürlich war er Brevet in London begegnet. An einem Abend, an dem er sich einsam gefühlt hatte, ist er mit ihm sogar in einem Pub gewesen. Aber die Lüge war nicht der Rede wert. Lochner hatte sicher nicht vor, all diese Männer ausfindig zu machen.

Was auch immer der Grund für diese Vorladung sein mochte, es ging bestimmt nicht darum, einem Haufen harmloser Männer – oder Will Brevet – auf die Spur zu kommen. Seltsam, dass er keinem von ihnen über den Weg gelaufen war, nachdem er London verlassen hatte, dabei war die Welt doch ein Dorf. Nicht einmal nachdem er in die Staaten zurückgekehrt war, war er jemandem begegnet. Aber so war es eben, Dorf hin oder her.

Er stand auf, gab Lochner die Liste zurück und sah ihm in die Augen. »Ich weiß über keinen dieser Männer etwas Schlechtes zu sagen. Das waren alles prima Kerle. Keiner von ihnen wäre dazu fähig gewesen – – zu tun, worum es Ihnen hier geht, meine ich.« Eine Verteidigungsrede, die von Herzen kam. Brub warf ihm einen beifälligen Blick zu. »Kann ich sonst noch etwas für Sie tun?«, fragte Dix vorsichtig.

»Nein.« Lochners dicker Zeigefinger fuhr die Namen entlang. »Das war's, Mr. Steele.« Für einen kurzen Moment waren seine Augen quicklebendig. »Einen Versuch war es wert«, sagte er.

Dann nahm er die Liste und verließ das Büro. Dix sah zu Brub. Brub fing an, auf seinem Stuhl zu wippen. »Ich habe ihm genau dasselbe gesagt, aber er wollte mir einfach nicht glauben.« Er verlagerte sein Gewicht wieder nach vorn. »Du darfst es ihm

nicht verübeln. Er würde auch nach dem letzten Strohhalm greifen, wenn ihm die da oben nicht die Hölle heiß machen würden. Er betrachtet es als sein persönliches Scheitern. Dass diese Dinge passieren, während er die Ermittlungen leitet.«
»Das kann ich mir vorstellen«, sagte Dix. Er steckte sich noch eine Zigarette an, schob Brub die Packung zu und hielt ihm das Feuerzeug hin. »Muss schwer auszuhalten sein. Auch für dich.«
»Wir kriegen ihn schon noch«, sagte Brub. Er wirkte jetzt kämpferisch, nicht wie jemand, der sich geschlagen gab.
»Du musst mich auf dem Laufenden halten. Ich will wissen, wie du das perfekte Verbrechen aufklärst.«
»Perfekt? Von wegen«, sagte Brub und sah Dix in die Augen. »Du gehst bald an die Ostküste zurück? Sagtest du nicht, du willst noch ein paar Wochen bleiben – oder Monate?«
»Ich muss vielleicht früher abreisen als gedacht«, sagte Dix niedergeschlagen. »Die Geschäfte rufen.«
»Wehe, du machst dich einfach aus dem Staub«, warnte ihn Brub. »Ich will dich standesgemäß verabschieden, damit du auch zurückkommst.«
»Versprochen.« Er stand auf. »Aber jetzt will ich dir nicht länger die Zeit stehlen, Brub. Ruf mich an, dann treffen wir uns in ein, zwei Tagen. Lunch oder Dinner, einverstanden?«
»Gern.« Brub brachte ihn zur Tür und fragte: »Wie war's eigentlich in Schottland?«
Dix hatte dieses Detail längst wieder vergessen. Er brauchte einen Moment und sagte dann: »Herrlich war's.«
»Wusste gar nicht, dass du gereist bist.«
»Doch.« Er dachte an Schottland, aber nicht daran, wie es dort tatsächlich war, sondern daran, wie er es sich ausgemalt hatte. »Brucie hing sehr an Schottland, sie sprach ständig davon, die ganze Zeit.« Und dann war sie tot, und niemand wusste davon, dachte Dix. Und dann wurde sie ermordet, und Dix wusste nichts davon, dachte Brub.

Dix hob die Schultern und schüttelte die Erinnerungen ab. »Bis bald, Brub.« Er drehte sich nicht noch einmal um. Brub sollte sich daran erinnern, dass er ein starker Mann war, jemand, der nach dem ersten großen Schock seine Trauer zu beherrschen wusste.

Dix hatte sich gut geschlagen. Falls Lochner seinem Instinkt gefolgt war – er hatte die Wette verloren. Er wusste jetzt, dass aus Dix nichts herauszuholen war. Dass er in Schottland gewesen war, als Brucie starb, war unverfänglich. Und dass er danach in London gewesen war, bewies ebenso wenig. Verdächtig war höchstens, dass er Brub gegenüber behauptet hatte, nichts von alldem gewusst zu haben. Wenn man denn davon ausging, dass er in London davon hätte erfahren müssen. Andererseits hätte er damals kein Morddelikt mit Brucie in Zusammenhang bringen können. In den Zeitungen war nie von Brucie die Rede gewesen. Aber Dix hatte Erklärungen dieser Art vermeiden wollen, es hätte sich angehört, als wollte er sich herausreden. Aber er musste sich nicht herausreden, es gab keinen Grund dafür.

Der Wagen war nicht bewegt worden. Wenn es die Cops tatsächlich auf irgendwelche Rückstände abgesehen hatten, waren sie äußerst diskret gewesen. Die Fußmatten waren so schmutzig wie zuvor. Es ging ihm blendend, er musste unbedingt etwas essen. Es war kurz nach vier, viel zu früh für Dinner. Ein großes Sandwich und ein Bier im Deli würden ihm schon nicht den Appetit verderben. Er hatte den ganzen Tag über kaum etwas gegessen.

Er hatte Glück. Er fand direkt vor dem Deli einen Parkplatz. Er hatte immer Glück. Ohrfeigen hätte er sich wollen. Dafür, dass er in den letzten Tagen zu nichts zu gebrauchen gewesen war. Vielleicht stimmte etwas mit seiner Leber nicht. Oder er brütete nach seinem Nickerchen am Strand eine Erkältung aus. Nein, er wusste, was der Grund war. Laurel hatte ihn sitzen lassen, das war der Grund. Wäre sie bei ihm geblieben, wäre er nicht übergeschnappt.

Er bestellte ein Salami-Käse-Sandwich, dazu ein Bier. Irgendjemand hatte auf dem Nebentisch eine Abendzeitung liegen lassen. Er legte sie wieder richtig zusammen, Titelseite zuerst. Die Story war noch immer der Aufmacher. Der Verlobte, der Vater und die Studienfreunde von Betsy Banning wurden nicht mehr verhört. Die Ermittler waren überzeugt, dass keiner von ihnen mehr wusste als die Polizei. Dafür war die Rede von Fingerabdrücken. Nichts als Augenwischerei. Auf Sand blieben keine Fingerabdrücke zurück.

Wahrscheinlich wies Lochner seine Leute gerade an, die Namensliste, die Dix in der Hand gehabt hatte, auf Fingerabdrücke zu prüfen. Er würde gewissenhaft sein. Vielleicht nahmen sie die Abdrücke auch von seinem Lenkrad. Lenkräder strotzten nur so vor Fingerabdrücken. Aber womit hätte Lochner sie abgleichen wollen? Mit Sand, Sand und nichts als Sand?

Dix ließ sich sein Sandwich und sein Bier schmecken. Das Bier schmeckte ihm so gut, dass er am liebsten ein zweites getrunken hätte, aber er wollte nicht noch länger bleiben. Im Apartment hätte jederzeit das Telefon klingeln können. Vielleicht wartete Laurel schon auf ihn. Er kaufte ein paar Biere für zu Hause und beeilte sich. Das Glück war wieder auf seiner Seite, Laurel würde zurückkommen.

Er war auf der Linksabbiegerspur, als ihm der Wagen auffiel. Dieselbe heruntergekommene schwarze Limousine, dieselben unauffälligen Männer. Er war sicher, dass sie es waren. Er ging vom Gas und fuhr langsam weiter um den Block. Um den ganzen Block, dann war der Wagen verschwunden. Ihn packte die Wut. Seine Angst war vollkommen unbegründet. Er hatte das Verhör mit fliegenden Fahnen hinter sich gebracht, er hatte gegessen, und so wie es aussah, war das Glück wieder auf seiner Seite. Er durfte auf keinen Fall noch einmal schwach werden, so schwach wie in den letzten Tagen, nicht einmal für den kurzen Moment eines Hirngespinsts. Das würde er nicht zulassen.

Auf der Kreuzung tauchten sie wieder auf. Sie waren ihm nicht um den Block gefolgt, sondern kamen von der anderen Seite und fuhren ihm jetzt bis zum Apartment hinterher. Es kam ihm fast so vor, als wäre es den Männern egal, ob er sie bemerkte. Als legten sie es geradezu darauf an.

Als er vor Virginibus Arms parkte, fuhr der Wagen langsam an ihm vorüber. Er hatte die Männer nicht gut genug sehen können, um sich ganz sicher zu sein. Aber die Allerweltsvisagen der Kerle, die ihn abgeholt hatten, waren ohnehin alles andere als einprägsam gewesen, sie waren wie dafür gemacht, im Hintergrund und unerkannt zu bleiben. Visagen von der Art, die in einer alten Limousine wie dieser alle gleich aussahen.

Gedankenverloren betrat er den Innenhof. Er musste verstehen, was hier vor sich ging. Er hatte Lochners Prüfung bestanden, da war er sich sicher. Wozu also das alles? Vielleicht weil die Männer noch nicht Bescheid wussten, schoss es ihm durch den Kopf. Weil Lochner noch nicht dazu gekommen war, sie zurückzupfeifen. Er atmete erleichtert auf. Fortuna hatte sich doch noch nicht aus dem Staub gemacht, sie war noch immer an seiner Seite.

Unwillkürlich sah er zu Laurels Apartment hinauf und blieb wie angewurzelt stehen. Er konnte es nicht glauben. Die Tür war nur angelehnt. Er verschwendete keinen Gedanken daran, ob ihn irgendjemand sah, es war ihm egal. Laurel war zurück.

Er überquerte zügig den Patio, eilte die Stufen hinauf und lief mit großen Schritten zur Tür. Fast hätte er geklopft, aber er ließ es bleiben. Er ging einfach hinein, wollte sie überraschen. Er hatte die Biere dabei. Sie würden anstoßen.

Auf leisen Sohlen betrat er den kleinen Flur und ging durch den Türbogen ins Wohnzimmer. Mit ihrer Einrichtung übertraf sie Mel bei Weitem. Sie musste den besseren Innenarchitekten gehabt haben. Die Einrichtung war so aufregend wie sie selbst. Silbergrau- und Goldtöne, hier und da ein bronzefarbener Akzent. Wie dafür gemacht, sie zum Leuchten zu bringen. Das Wohnzimmer war die Schauvitrine, in der sie, der Juwel, funkeln konnte. Im Wohnzimmer war niemand. Aber er war auch nicht allein. Im Badezimmer lief Wasser. Sie war tatsächlich zurück! Sie nahm ein Bad, und danach würde sie sich in Schale werfen und einen rauschenden Abend mit ihm verbringen. Nicht einmal wenn er gewollt hätte, wäre er imstande gewesen, nach ihr zu rufen, so aufgeregt war er jetzt. Aber er wollte sie ohnehin überraschen. Er legte die Bierflaschen aufs Sofa, ganz vorsichtig, damit ihn kein Klirren verriet. Dann ging er leise zum Schlafzimmer.

Er blieb vor dem Flügel stehen, einem kurz gebauten, prächtigen Modell aus einem besonderen bronzefarbenen Holz. Als er das Wohnzimmer betreten hatte, war er ihm sofort aufgefallen, das sollte er auch. Er hatte auch registriert, dass ein Foto auf dem Flügel stand, ohne jedoch erkennen zu können, wer darauf zu sehen war. Laurel selbst vielleicht oder jemand aus ihrer Familie, hatte er vermutet – und falsch damit gelegen. Es war ein viel zu gut aussehender Gigolo mit pomadig glänzendem Haar und einem viel zu gewinnenden Lächeln auf den Lippen, dazu die obligatorische brennende Zigarette. Ein Schauspielerporträt, so affektiert wie die Widmung, die in ausladender Schrift darauf stand: »Der Einen, der Wunderbaren – Laurel. In Liebe, Jess.«

Dix wurde zu Stein. Er spürte es ganz deutlich, war sich dessen völlig bewusst. Die Schwere, die Kälte, die Rauheit. Ansonsten fühlte er sich völlig normal. Er konnte klarer denken als je zuvor. Das hier war kein Foto von jemandem, der keine Rolle mehr spielte. Es stand nach wie vor an seinem besonderen Platz. Es war auch nicht neu. Nicht sehr jedenfalls, die Tinte wirkte nicht mehr ganz frisch.

Er war aus Stein, aber beweglich, was ihn verblüffte, und geräuschlos dabei. Er betrat das Schlafzimmer, ihr Schlafzimmer, das luxuriös und verwildert war, wie sie. Vom Schminktisch grinste es ihm affektiert entgegen, vom Nachttisch grinste es ihm höhnisch entgegen, auch von der Kommode grinste es ihm entgegen. Wohin ihr Blick auch fiel, wenn sie erwachte, überall war diese Visage. Als wäre dieser Kerl ihr Gott. Ihr Hausgott. Den sie betrogen hatte. Sogar ihren Gott hatte sie betrogen!

Im Badezimmer lief kein Wasser mehr. Er hörte nur noch das ein oder andere leise Geräusch, das Rascheln eines Handtuchs, eine Spiegelschranktür, die zufiel, vielleicht. Er stand da und wartete.

VII

EINS Als die Tür aufging, war er noch immer stumm und reglos wie Stein, nur seine Augen bewegten sich. Es war die Putzfrau. Als sie ihn sah, zeterte sie: »Was haben Sie hier zu suchen? Gucken Sie mich nicht so an! Wehe, Sie schreien mich an!« Sie fuchtelte mit dem Schrubber, bedrohte ihn.

»Ich dachte, Miss Gray ist zurück«, sagte er ruhig und ernst. Er ließ sie fuchteln, wandte sich ab und nahm im Hinausgehen die Biere an sich, die er auf dem Sofa abgelegt hatte. Keinesfalls wollte er sie diesem giftigen Drachen überlassen.

Erst in seinem Apartment fiel die Anspannung ein wenig von ihm ab. Die alte Schachtel würde zur Verwalterin rennen. Ihr etwas vorjammern. Über diesen Mann, der sie angeschrien hatte, der ihr in Miss Grays Apartment gefolgt war, der in Mr. Terriss' Apartment wohnte. Er würde nicht abstreiten, dass er sie zurechtgewiesen hatte. Zurechtgewiesen, nicht angeschrien. Ein Gentleman schrie keine Putzfrauen an. Er hatte sie bestimmt, aber freundlich darum gebeten, nicht zu saugen. Eine ganz normale Bitte. Er war gewiss nicht der einzige Mann, der dieses infernalische Getöse nicht ertragen konnte. Und selbstverständlich war er ihr nicht in Miss Grays Apartment gefolgt – wie absurd! Er hatte lediglich nachsehen wollen, ob Miss Gray von ihrer Reise zurückgekehrt war. Dass er das Schlafzimmer betreten hatte, würde er natürlich abstreiten. Er würde sagen, dass er gerade im Wohnzimmer war, als die Putzfrau auftauchte und ihn anzukeifen begann. Sein Wort würde ohne jeden Zweifel schwerer wiegen als das dieser verschrumpelten alten Hexe.

Er stellte die Biere in den Kühlschrank. Ihm stand jetzt nicht der Sinn danach. Ihm war kalt, viel zu kalt. Er schenkte sich einen Whiskey ein. Um sich aufzuwärmen, das war alles. Der Whiskey lief ihm die Kehle hinunter, aber er schmeckte nichts. Von Anfang an hatte es da also einen anderen Mann gegeben, einen Mann, den sie liebte, so wie Dix sie liebte. Den sie vielleicht sogar so sehr liebte, wie ihr Ehemann sie geliebt hatte. Von Anfang an war da dieser Mann gewesen. Dieser Mann, den sie nicht heiraten konnte, dafür hatte Henry St. Andrews gesorgt. Das erklärte auch ihre Verbitterung St. Andrews gegenüber. Sie konnte diesen Jess nicht heiraten, weil er nicht genug Geld hatte, um ihr all ihre Wünsche zu erfüllen. Nicht einmal diesen Jess liebte sie genug, um es fertigzubringen, sich von dem Luxus, an den sie sich während ihrer Ehe mit dem reichen Pinkel gewöhnt hatte, zu verabschieden.

Aber warum hatte sie Dix etwas vorgemacht? Warum hatte sie ihm so viel von sich gegeben? Und wo war Jess gewesen? Er wiegte sich vor und zurück, den Kopf in die Hände gestützt. Warum nur? Sie allein wusste die Antwort darauf. Ob sie sich gestritten hatten. Ob Jess auf Tour gewesen war. Ob sie beschlossen hatten, getrennter Wege zu gehen. Ob die Trennung misslungen und sie doch wieder zu ihm zurückgekehrt war – zu ihrem abgeschmackten Hausgott.

Und nachdem sie sich mit Dix eingelassen hatte, hatte sie sich nicht getraut, ihm die Wahrheit zu sagen. Weil sie ihn schon viel zu gut kannte. Weil sie wusste, dass er nicht wieder hergeben würde, was ihm gehörte. Er hatte sie besessen. Sie hatte zu ihm gehört, wenn auch nicht lange. Er hatte ihr etwas bedeutet, das wusste er, das bildete er sich nicht ein. Dieser Tatsache ins Auge sehen zu müssen war das Schwierigste überhaupt. Dass er ihr etwas bedeutet hatte. So wie er Brucie etwas bedeutet hatte. Aber er war nur an zweiter Stelle gekommen, war ihr nur in dem Moment gut genug gewesen, als ihre Nummer eins nicht greifbar war.

Während er dasaß, setzte die Dämmerung ein und tauchte das Apartment in Zwielicht. Er blieb sitzen, überließ sich seinem Schmerz, seinem Selbstmitleid, bis er wieder so kalt und hart und unnachgiebig war wie Stein, bis nicht einmal mehr die heiße Klinge des Zorns ihn zu wärmen vermochte.

Er saß auf dem Sofa und wollte verstehen. Wollte endlich alles verstehen. Warum es sein Schicksal gewesen war, von Anbeginn unter der Fuchtel seines Onkels leben zu müssen. Warum er nicht haben konnte, was Terriss, St. Andrews und die Nicolais hatten, ohne auch nur einen einzigen Finger dafür krumm machen zu müssen. Warum Sylvia ihm gegenüber so skeptisch war. Von dem Moment an, als er zum ersten Mal das Haus der Nicolais betreten hatte, war sie auf Abstand gegangen, er hatte es sofort bemerkt. Aber warum? Warum war sie so argwöhnisch gewesen, er hatte ihr doch keinerlei Anlass dafür gegeben.

Brub hatte irgendwann einmal gesagt, dass Sylvia dazu imstande war, Menschen zu durchschauen. Aber woher wusste sie, was sich hinter der Fassade verbarg? Brub war nie argwöhnisch gewesen. Selbst jetzt noch misstraute er seinem Verdacht. Aber er hörte auf Sylvia, und in Ausübung seiner Pflichten gab er alles, was er von ihr erfuhr, an Lochner weiter. Wie konnten sie ihn bloß verdächtigen? Er hätte das Buch seines Lebens aufschlagen können, und sie hätten nichts darin gefunden. Wieso, wieso nur verdächtigten sie ihn?

Keine Pannen, keine Fehler. Nichts dergleichen, nie. Niemals würde ihm ein Fehler unterlaufen. Er hatte keine Angst, es gab dafür keinen Grund. Sie konnten ihn nicht festnehmen. Er würde zurück an die Ostküste gehen. Morgen würde er sein Gepäck aufgeben, per Express. Er selbst würde den Flieger nehmen. Würde sich von Brub verabschieden. Auf Wiedersehen, Brub. Auf Wiedersehen, Sylvia. Danke für alles.

Er hätte sich ganz in der Nähe ein Zimmer suchen und ein paar Tage darin verkriechen können. Sie würde schon zurückkommen. Er musste einfach nur ein paar Tage verschwinden. Er würde in den Schatten stehen und ein Auge auf sie haben. Er würde sich um sie kümmern, bevor er die Stadt endgültig verließ. Er würde sich schon um sie kümmern.

Es war jetzt dunkel im Apartment, und er saß noch immer da, umgeben von tiefer Finsternis. Er ballte die Hände zu Fäusten, dass ihn die Finger schmerzten. Sein Kopf war eingespannt in einen eisernen Schraubstock. Dieses elende Unglück, das ihm zeit seines Lebens nicht von der Seite gewichen war. Er musste es in die Knie zwingen, wenn er nicht leer ausgehen wollte. Nein, noch gab er nicht auf. Kurz und klein würde er es schlagen, sein Unglück, und stärker denn je daraus hervorgehen. Stärker, klüger, zäher denn je. Er würde schon noch bekommen, was ihm zustand. Er würde reich werden, und er wusste längst, wie. Und dann würde es für ihn nur noch das Beste vom Besten geben, und er würde immer und überall an erster Stelle kommen. Und niemand würde ihn je wieder auf den zweiten Platz verweisen.

Schritte. Im Innenhof. Er wandte sich blitzschnell um und sah hinaus. Es war nicht Laurel. Sondern ein Mann, der gerade aus dem Büro kam, er trug eine Aktentasche und betrat eines der Apartments gegenüber.

Heute Abend musste er Wache halten. Heute Abend kam sie vielleicht zurück. Schließlich hatten ihn die Cops gehen lassen. Schließlich hatten ihn auch die Anwaltslakaien, die sie ihm auf den Hals gehetzt hatte, gehen lassen. Heute Abend musste niemand Angst vor ihm haben.

Er spähte weiter hinaus. Ein zurechtgemachtes Paar verließ den Patio. Dann zwei Männer, die sich über ihre Frauenbekanntschaften unterhielten. Noch ein Paar; die Frau hielt ihrem Begleiter, der sich verspätet hatte, eine Strafpredigt. Es war Samstagabend. Alle Welt ging aus, alle Welt hatte sich in Schale geworfen, der Abend konnte beginnen.

Er sah, wie sich Nebel über den blauen Patio senkte. Wabernd, träge, lautlos. Er wartete, in der Dunkelheit seines Apartments, hinter den dunklen Fenstern. Wartete, gab Acht.

Die Wut ließ nicht nach. Selbst als er längst von Hoffnungslosigkeit erfüllt war, wie der Patio vom Nebel, war sie noch scharf und glühend. Aber das Gefühl der Hoffnungslosigkeit bedrückte ihn so sehr, dass sich seine Wut erst auf das Geräusch der sich nähernden Schritte richtete, als die dazugehörige Frau bereits den Hof betrat. Hohe schmale Absätze, bequeme Hosen, der Mantel leger über die Schultern geworfen, die Farben matt im bläulichen Nebel. Ein Kopftuch, das ihr flammend rotes Haar verbarg.

Noch bevor die Erkenntnis, dass sie es war, seine Wut aufstacheln konnte, setzte er sich in Bewegung, ging zur Tür hinaus, lautlos in die Dunkelheit.

Sie wollte gerade zur Treppe hinauf, da stand er hinter ihr. »Du bist also doch zurückgekommen«, raunte er.

Sie drehte sich panisch um, er hatte sie erschreckt. Es war nicht Laurel, sondern Sylvia Nicolai. »Was machen Sie hier?« Aber er hatte sich nicht wirklich getäuscht, denn auch Laurel trug diesen Mantel, trug ihn oft. Er fühlte sich auch so an wie Laurels Mantel.

Sie scheute seine Berührung. Sie antwortete nicht. Aus ihren aufgerissenen blauen Augen sprach nichts als Angst.

»Wo ist Laurel?«, fragte er mit ruhiger Stimme, aber strenger diesmal. »Wo ist Laurel? Was habt ihr mit ihr gemacht?«

Sie war gefangen, hier, am Fuß der Treppe. Wollte an ihm vorbei, aber konnte nicht. Saß in der Falle. Dann fand sie ihre Stimme wieder und sagte sanft: »Es geht ihr gut.«

»Wo ist sie?« Jetzt packte er sie. Schraubte seine Hände um ihre Schultern. Sah ihr in die Augen. »*Wo ist sie?*«

»Sie ...« Ihre Stimme versagte. Sie überrumpelte ihn, wand sich plötzlich aus ihrem Mantel, entwischte. Er hielt nur noch den Mantel in seinen Händen.

Er drehte sich um. Sie war nicht geflohen. Sie war so dumm,

nicht zu fliehen. Sie stand ihm gegenüber, zwei Armlängen entfernt, beim Pool. Atmete schwer und hörbar. Und sagte sehr deutlich: »Sie kommt nicht mehr zurück, Dix. Sie ist in Sicherheit. Und das wird auch so bleiben.«
Er ließ den Mantel zu Boden fallen. Und da lag er nun, ein Häufchen von einem Mantel. »Du hast sie gegen mich aufgehetzt. Du hast mich von Anfang an gehasst. Von Anfang an.« Er ging einen Schritt auf sie zu.
Sie trat einen Schritt zurück. »Nein, Dix. Ich habe Sie nie gehasst. Ich hasse Sie auch jetzt nicht.«
»Vom ersten Abend an, von Anfang an.« Er wollte wieder einen Schritt auf sie zugehen, aber sie war jetzt gewarnt. Also rührte er sich vorerst nicht. Er musste sie überraschen.
»Ich wusste von Anfang an, dass irgendetwas mit Ihnen nicht stimmt, Dix. Vom ersten Abend an, als Sie unser Wohnzimmer betreten und mich angesehen haben, wusste ich, dass irgendetwas mit Ihnen nicht stimmt. Ganz und gar nicht stimmt.«
Er schüttelte den Kopf. »Nichts hast du gewusst. Du konntest nichts wissen.« Sie mussten die Dinge nicht beim Namen nennen, sie wussten auch so, worum es ging. »Du warst eifersüchtig. Du wolltest Brub für dich allein. Nicht einmal einen Freund hast du ihm gegönnt«, höhnte er.
Sie blieb ganz ruhig. Schüttelte traurig den Kopf.
»Aber das war dir nicht genug. Du musstest mir auch noch Laurel wegnehmen. So sehr hasst du mich.«
Sie antwortete. Emotionslos. »Laurel hat sich Brub anvertraut. Weil sie Angst hatte. Angst davor, wie Sie sie angesehen haben. In der Nacht, in der sie mit Ihnen zum Drive-in wollte.«
Er ballte die Hände zu Fäusten. »Ihr habt sie angelogen!«
Sylvia ging nicht darauf ein. »Sie hat auch davor schon Angst gehabt. Aber dann ist es immer schlimmer geworden. Jedes Mal, wenn sie Mel erwähnte –«
»Dieser verfluchte Mel!«

»Was ist ihm zugestoßen?« Sie erhob ihre Stimme. »Wo ist er jetzt? Ohne seinen Wagen. Ohne seine Anzüge. Ohne das Feuerzeug, das ihm Laurel geschenkt hat und das er nie aus der Hand gegeben hätte?«

Er besah sie sich ganz genau, in diesem kurzen Moment ihres Triumphs.

»Und was ist Brucie zugestoßen?«, fuhr sie fort, zurückhaltender jetzt. »Was ist der Frau zugestoßen, mit der Sie im Drive-in Kaffee getrunken haben? Was ist der Frau zugestoßen, die im Westlake Park gefunden wurde? Was ist der Frau zugestoßen, die mit Ihnen im Kino war? Und was ist mit der Frau, die in Skid Row gefunden wurde –«

Er fiel ihr ins Wort. Er erkannte seine Stimme nicht wieder, als er flüsterte: »Ich töte dich jetzt.« Noch während er die Worte aussprach, stürzte er sich auf sie. Er hatte sich nichts anmerken lassen. Seine Hände umschlossen ihren Hals, bevor sie sich zur Wehr setzen konnte. Aber sie ließen ihn im Stich. Weil sie zitterten. Weil er nicht fest genug zudrücken konnte, bevor sie anfing zu schreien und nicht mehr aufhörte. Als er ihr Geschrei endlich erstickt hatte, kamen sie von allen Seiten auf ihn zugerannt. Vom Hofeingang her, aus der Dunkelheit hinter den Stufen und hinter seinem Rücken. Er ließ nicht von ihr ab. Erst als er sah, wer auf ihn losging. Brub. Mit der Miene eines Mörders.

Es war Sylvia, die ihm das Leben rettete. Weil sie sich sofort in Brubs Arme warf, an ihn klammerte und so davon abhielt, Dix zu töten. Sie war nicht hysterisch. Ihre Worte waren glockenklar.

»Es hat funktioniert!«, rief sie mit heiserer Stimme. »Es hat funktioniert!«

Sie brachten ihn in sein Apartment. In Mels Apartment. Auch Sylvia kam mit, obwohl die Männer zunächst versucht hatten, sie davon abzuhalten. Sie wollten sie beschützen, vor der Hässlichkeit dessen, was nun kommen würde. Brub und Sylvia. Captain Lochner und der unförmige Mann mit der Zigarette; beide waren aus der Dunkelheit getreten. Dazu die beiden Cops, die ihn zum Revier gefahren hatten. Auch sie waren von irgendwoher gekommen.

Sie machten das Licht an und setzen ihn aufs Sofa. Umringten ihn wie Aasgeier, sahen auf ihn herab, verachteten ihn. Alle. Außer Sylvia. Die Aasgeier standen vor ihm, trennten ihn von Sylvia, die im Sessel kauerte.

»Sie sind verhaftet. Sie werden des Mordes an Mel Terriss verdächtigt«, sagte Lochner.

Er lachte. »Mel ist in Rio.«

»Und des Mordes an Mildred Atkinson«, sagte Lochner.

Er lachte wieder.

»Und an Elizabeth Banning.«

Sie hatten nichts gegen ihn in der Hand. Rein gar nichts.

»Außerdem verhafte ich Sie wegen versuchten Mordes an Sylvia Nicolai.«

Er hatte ihr nicht wehgetan. Er hatte die Beherrschung verloren, weil sie so hässlich zu ihm gewesen war, aber er hatte ihr nichts getan. Ein guter Anwalt würde das schon in Ordnung bringen.

»Möchten Sie etwas dazu sagen?«

Er sah Lochner in die Augen. »Ja. Sie haben offenbar den Verstand verloren.«

»Im August haben Sie keine Frau ermordet. Dafür haben Sie Mel Terriss getötet, richtig?«, fragte der untersetzte Mann.

»Mel Terriss ist in Rio«, höhnte Dix.

Es war Brub, der mit ihm zu reden begann wie mit einem normalen Menschen.

»Es ist sinnlos, Dix. Wir haben in deinem Wagen Mildred Atkinsons Fingerabdrücke gefunden. Und es gibt dafür nur eine einzige Erklärung.«

Er log, er wollte ihn in eine Falle locken. Niemals hätten sie während des Verhörs mit Lochner und Brub alle Fingerabdrücke in seinem Wagen sichern können, dafür war das Verhör viel zu kurz gewesen. Tagsüber dafür schon, als der Wagen in der Garage stand oder auf der Straße vor Virginibus Arms und die beiden Gärtner den Vorder- und Hintereingang überwachten, oder abends, während in der Dunkelheit postierte Männer die Eingänge im Blick behielten.

»Wir haben Rückstände –«

Darum hatte er sich gekümmert. Sein Anwalt würde den angeblichen Experten vor Gericht der Lächerlichkeit preisgeben.

»– und Textilfasern vom Mantel der kleinen Atkinson.«

Er blickte viel zu schnell zu Brub auf, der ihn ungerührt ansah.

»Und auf dem Anzug, den du heute Morgen zur Reinigung gebracht hast, waren Hundehaare.«

Man konnte nicht an alles denken. Wenn man es eilig hatte. Wenn einem das Glück nicht mehr gewogen war.

Für einen kurzen Moment blitzte in dem erbitterten, unversöhnlichen Cop, der ihm gegenüberstand, sein alter Freund Brub auf – und sein alter Freund fragte von Schmerz erfüllt: »Um Himmels willen, Dix, warum hast du das getan?«

Er erwiderte nichts darauf, er wollte auch nichts mehr hören müssen, nichts mehr sagen müssen, nichts mehr fühlen müssen. Dann schnürte es ihm die Kehle zu, und die Tränen, die er nicht länger zurückhalten konnte, stiegen ihm in die Augen.

»Ich habe Brucie umgebracht«, sagte er mit erstickter Stimme.

NACHWORT

Dorothy B. Hughes' Kriminalroman *Ein einsamer Ort* zum ersten Mal zu lesen, fühlt sich an, als hätte man nach langem Suchen das letzte Teil eines großen Puzzles gefunden. Diese Welt der spanischen Bungalows und nach Eukalyptus duftenden Schatten zu erkunden, diesen verlockenden Pageturner mit seinen subversiven Untertönen, kommt der Entdeckung eines dunklen, köstlichen Geheimnisses gleich. Zwar ist *Ein einsamer Ort* in den letzten fünfzig Jahren nicht durchgängig lieferbar gewesen, doch sein Einfluss auf das Krimigenre, der bisher nicht angemessen gewürdigt wurde, kann kaum überschätzt werden. Von Patricia Highsmith über Jim Thompson bis hin zu Bret Easton Ellis und Thomas Harris – so gut wie alle in den letzten siebzig Jahren entstandenen Romane über Serienkiller sind von Hughes beeinflusst, von ihrem eleganten, kompromisslosen Stil einerseits und der klaustrophobischen Erzählperspektive, die uns in die Psyche des Mörders versetzt, andererseits. Noch entscheidender für den Einfluss dieses Romans ist Hughes' unheimliches Gespür für den Zusammenhang zwischen Gewalt, Frauenhass und einer in Frage gestellten Männlichkeit. Seine Bedeutung geht jedoch über formale und genrehistorische Fragen hinaus und berührt einen kulturellen Mythos: die Entstehung des American Noir.

Hughes veröffentlichte im Laufe ihrer Karriere insgesamt vierzehn Romane, die meisten davon zwischen 1940 und 1952. Darüber hinaus rezensierte sie Krimis und schrieb eine preisgekrönte Biografie über den Schriftsteller Erle Stanley Gardner, Schöpfer der Figur des berühmten Strafverteidigers Perry Mason. Hollywood verfilmte mehrere ihrer Romane, darunter *Ein einsamer Ort* (1950) unter der Regie von Nicholas Ray, mit Humphrey Bogart und Gloria Grahame in den Hauptrollen. Die Autorin Christine Smallwood schreibt in ihrer 2012 im »Page-Turner«-Blog des *New Yorker* erschienenen Würdigung von Hughes' letztem, herausragendem Roman *The Expendable Man* (1963), was Hughes am deutlichsten von den meisten anderen Krimiautoren abhebe, sei ihr unermüdliches Interesse an Figuren, die ganz anders seien als sie selbst: Straßenkriminelle, politische Gefangene, ein afroamerikanischer Arzt, eine vor dem Krieg in Europa geflüchtete Französin, die bei Angehörigen des Tesuque-Volks Zuflucht findet, und – in *Ein einsamer Ort* – ein Kriegsveteran.

Hughes erzählt in *Ein einsamer Ort* die Geschichte des Kampfpiloten Dix Steele, den es im Anschluss an den Zweiten Weltkrieg nach Los Angeles verschlägt. Dix ist arbeitslos, lebt über seine Verhältnisse vom Geld seines Onkels, versteht sich darauf, wohlhabende und charakterschwache Freunde auszunehmen, und ähnelt darin Patricia Highsmith' Tom Ripley – dem er jedoch acht Jahre voraus ist. Als wir Dix kennenlernen, sehnt er sich nach dem Krieg, dem »Gefühl der Macht, der Erregung und der Freiheit«, das er als Kampfpilot im Einsatz empfand. Ohne Uniform, ohne Aufgabe und Anerkennung ist Dix haltlos, instabil und gefährlich. Obwohl wir für den Großteil des Romans seiner Wahrnehmung folgen, sind es vor allem die Auslassungen, das Nichtgesagte zwischen den Kapiteln, die das schwarze Herzstück des Romans ausmachen. Für Dix ist nicht der Krieg, das kriegsbedingte Trauma, der Feind, sondern das, was ihn und die anderen Veteranen nach ihrer Rückkehr erwartet: biedere Häuslichkeit, eine rigide Klassengesellschaft, Entmannung. All diese Bedrohungen sieht Dix in Frauen verkörpert, in Frauen, deren durchdringende Blicke seinen eigenen Waffen weit überlegen sind.

Los Angeles als Handlungsort, ein wurzelloser, paranoider

Protagonist, prekäre Geschlechterverhältnisse – man kann diesen Roman nicht lesen, ohne an die amerikanische Tradition des sogenannten Hardboiled-Krimis mit seinen »hartgesottenen« Ermittlern und Autoren wie Raymond Chandler, James M. Cain und Dashiell Hammett zu denken. Als *Ein einsamer Ort* 1947 erschien, waren die Hardboiled-Krimis und ihre meist zynischen Detektive, korrupten Polizisten und Mordverbrechen, die Schlagzeilen machten, schon seit etwa anderthalb Jahrzehnten überaus präsent. Andere Krimis verkauften sich zwar besser (Chandler etwa war nie ein Verkaufsschlager), aber es war das Hardboiled-Genre, das die Pulp-Magazine und den immer größer werdenden Taschenbuchmarkt beherrschte. Auch auf Hollywood übte es eine unwiderstehliche Anziehungskraft aus.

Ob Privatdetektive, Streifenpolizisten, gerissene Gangster oder Millionäre – das Figurenpersonal des Hardboiled-Krimis war männlich dominiert. Treten auch weibliche Figuren auf, dann meist in typisierter Form, etwa als verführerische Femme fatale, die den Protagonisten ins Verderben zu reißen droht, gelegentlich auch als anständiges »Good Girl«, wie Anne Riordan in Raymond Chandlers *Lebwohl, mein Liebling* (1940) oder Lola in James M. Cains *Doppelte Abfindung* (1943); aber auch das »Good Girl« stellt eine Gefahr dar, insofern als sie den Mann zum Ehemann, Vater und Ernährer zu machen und damit in die Unfreiheit zu stürzen droht.

Während das »Good Girl« am Ende stets einen Korb bekommt (oder sich abwendet), landet die Femme fatale entweder im Gefängnis, wie in Hammetts *Der Malteser Falke* (1929) und Chandlers *Der große Schlaf* (1943), oder sie muss sterben wie in *Lebwohl, mein Liebling*. Durch ihren Niedergang erlangt der Protagonist seine Selbstkontrolle zurück. In den besonders resignativen Vertretern ihres Genres, die in den nihilistischen 40er- und 50er-Jahren entstanden, geht der Protagonist gemeinsam mit der Femme fatale zugrunde, etwa in Cains *Doppelte Abfindung* und *Wenn der Postmann zweimal klingelt* (1935) sowie in einer Vielzahl weiterer Romane von Autoren wie Jim Thompson und David Goodies. Hughes jedoch stellt all diese Konventionen geschickt auf den Kopf. Dix Steele (der sich bei Hughes ironischerweise als Krimiautor ausgibt) ist Frauen gegenüber noch misstrauischer als Chandlers Philip Marlowe, noch zynischer als Hammetts Sam Spade. Bald schon wird er mit den weiblichen Genre-Archetypen konfrontiert: der vermeintlichen Femme fatale in Gestalt der glamourösen, moralisch fragwürdigen, sexuell unabhängigen Laurel und dem »Good Girl«, Brubs Ehefrau Sylvia. Dix selbst wiederum ist weder ein Held in zerbeulter Ritterrüstung noch ein einfacher Trottel. Er ist ein gewissenloser Gauner, ein Lügner – und Schlimmeres. Laurel und Sylvia dagegen erweisen sich als die »hartgesottenen« Detektivinnen und decken Dix' Geheimnisse auf, während sich Dix als *homme fatal* entpuppt.

Hughes stellte nicht nur das literarische Hardboiled-Genre auf den Kopf, sie nimmt zudem dessen noch junges filmisches Pendant unter die Lupe. Während Hughes an ihrem Roman schrieb, war in der französischen Filmkritik vermehrt vom sogenannten Film noir die Rede, von jenen düsteren, fatalistischen Filmen, die ab Kriegsende entstanden waren und zumeist auf Hardboiled-Krimis des vorangegangenen Jahrzehnts basierten.[*] Die französischen Kritiker:innen schätzten die psychologische Komplexität dieser Filme und deuteten sie als Reaktion auf kriegsbedingte

---

[*] Der Begriff »Film noir« geht mit großer Wahrscheinlichkeit auf einen Artikel zurück, den der Filmkritiker Nino Frank im August 1946 in der französischen Filmzeitschrift *L'écran français* veröffentlicht hat. Er widmete sich in »Un nouveau genre ›policier‹: L'aventure criminelle« vier Filmen: Die *Spur des Falken* (1941; nach Hammetts *Der Malteser Falke*), *Laura* (1944; nach dem gleichnamigen Roman von Vera Caspary), *Mord, mein Liebling* (1944; nach Chandlers *Lebwohl, mein Liebling*) und *Frau ohne Gewissen* (1944; nach Cains Roman *Doppelte Abfindung*).

Traumata. Doch erst Jahrzehnte später begannen Filmkritiker:innen und Filmwissenschaftler:innen explizit darüber zu sprechen, was Hughes in ihrem Roman implizit längst beschrieben hatte: wie ebensolche Traumata mit einem prekären männlichen Selbstverständnis verknüpft waren – und dass sie in sexuelle Gewalt umschlagen konnten.

In den letzten Jahrzehnten wurde gemeinhin die Auffassung vertreten, der Film noir sei das Resultat veränderter Nachkriegsverhältnisse. Die Rückkehrer wurden damit konfrontiert, dass die einst halbwüchsigen Mädchen von nebenan erwachsen geworden waren und ihnen nun die Arbeit und damit potenziell auch ihre Handlungsfähigkeit streitig machten. So entstand eine Vielzahl düsterer Bücher und Filme über Männer, die sich einer Welt ausgesetzt sahen, über die sie nicht mehr ohne Weiteres verfügen konnten. Alle hatten es auf sie abgesehen, das organisierte Verbrechen, die Polizei, die Regierung, selbst das Schicksal – und diese Bedrohung manifestierte sich meist in der Gestalt einer Frau. Ganz gleich, ob Phyllis (gespielt von Barbara Stanwyck in *Doppelte Abfindung*), Kathie (Jane Greer in *Goldenes Gift*) oder Kitty (Ava Gardner in *Rächer der Unterwelt*) – Frauen erwiesen sich in diesen Filmen ausnahmslos als doppelzüngig, verräterisch, destruktiv.

Dieser Ansicht ist auch Dix Steele: »Sie waren alle gleich. Betrügerinnen, Lügnerinnen, Huren«, denkt er. »Selbst die Frommen warteten nur auf eine Gelegenheit, zu betrügen, zu lügen, herumzuhuren.« Hughes' Trick besteht jedoch darin, die narrativen Impulse, die dem Film noir zugrunde liegen, in die Gedankenwelt eines Mannes zu verschieben, den sie als gewalttätigen und psychisch kranken Verbrecher darstellt.

Wir beginnen zunehmend daran zu zweifeln, wie Dix sich selbst und die Menschen um sich herum wahrnimmt, und lehnen seine Sicht auf die Dinge schließlich vollständig ab. In dem Moment etwa, als Dix über Brub nachdenkt, seinen einstigen

Freund aus Kriegstagen, der inzwischen als Ermittler beim L. A. Police Department arbeitet. Als Dix begreift, dass Brub nun ein häusliches Leben führt – für ihn verkörpert durch Brubs Ehefrau Sylvia –, verspürt er eine Wut, die er weder verstehen noch kontrollieren kann. In Dix' Augen gibt Brub lediglich vor, nicht »an eine Frau gekettet« zu sein, für ihn steht sein alter Freund unter Sylvias Knute. Die mannmännliche Welt des Krieges, in der sich Dix so wohlgefühlt hat, ist Vergangenheit, an ihre Stelle getreten sind Einsamkeit und Paranoia. In der Welt des Film noir ist diese Paranoia gerechtfertigt und allumfassend. Bei Hughes dagegen ist sie spezifisch, persönlich, glanzlos, hässlich, lächerlich sogar. Gegen Ende des Romans glaubt der zunehmend außer Kontrolle geratene Dix, seine Putzhilfe und ihre »scheußliche Sirene« von einem Staubsauger hätten es auf ihn abgesehen.

Wir zweifeln auch an Dix' Behauptung, Laurel würde ihn hintergehen. »Er hatte sie von Anfang an durchschaut«, sagt er über Laurel. Er habe gewusst, »dass sie ihm nicht wehtun konnte – und dass auch er ihr nicht wehtun konnte. Weil ihnen nichts und niemand etwas bedeutete. Weil sie nur auf den eigenen Vorteil bedacht waren.« Es ist bezeichnend, dass sich Dix ausgerechnet mit der Frau, die er als Femme fatale darstellt, am meisten identifiziert. Kurz nachdem sich die beiden kennengelernt haben, sagt er zu Laurel: »Ich kannte Sie schon, bevor wir uns zum ersten Mal begegnet sind.« Eine passende Feststellung, schließlich ist Dix ein Gestaltwandler und Maskenträger par excellence, ein Mann, in dem sich Tod und Sexualität höchst unheilvoll miteinander verbinden. Er ist derjenige, der sich Zutritt zu Laurels Leben und in ihr Apartment zu verschaffen sucht, er stellt Frauen nach, vergießt Tränen über sie und verliebt sich viel zu schnell und viel zu leicht – so wie in Laurel. Dix ist die Femme fatale seiner selbst, der Verursacher seines eigenen Untergangs.

Sylvia und Laurel wissen zu verhindern, dass Dix zu ihrem *homme fatal* wird. Mit zunehmender Paranoia wähnt sich Dix von Laurel und Sylvia umzingelt. Ihre Fähigkeit, ihn zu durchschauen, erlebt er als nahezu übermenschlich. In dieser Hinsicht hat seine Paranoia ihre Berechtigung. Die Frauen beobachten ihn, durchschauen ihn tatsächlich. In einer ultimativen Verkehrung der Rollenmuster sind Hughes' Frauenfiguren die eigentlichen Heldinnen. Sie sind diejenigen, die Dix' vergiftete Männlichkeit im Zaum halten. Sie sind die Detektivinnen, die ihm »hinterherschnüffeln«, die sich »einmischen«, um den wahrhaftigen, schwachen, weinerlichen Dix davon abzuhalten, die Angst vor seiner eigenen Unzulänglichkeit und seine Ohnmachtsgefühle weiterhin in grausame Sexualverbrechen umzulenken.

Am Ende triumphieren die Frauen. Hughes besteht auf diesem Triumph. In einer zeitgenössischen Rezension der *Kirkus Review* wurde das Buch als »hart und zupackend« beschrieben. Hughes bleibt in allem stets kühl, prägnant, nüchtern und ökonomisch, wie ihre beiden Heldinnen. Die Männer sind es, die schlappmachen und zusammenbrechen. In den letzten aufreibenden Momenten des Romans ist es der Ermittler Brub, der »von Schmerz erfüllt« aufschreit, und Dix ist derjenige, der in Tränen ausbricht. Sylvia dagegen, das »Good Girl«, ruft mit alles anderer als hysterischer, sondern »glockenklarer« und triumphierender Stimme: »Es hat funktioniert! Es hat funktioniert!«

Dorothy B. Hughes, geboren 1904 in Kansas City, studierte Journalismus. 1931 veröffentlichte sie ihren ersten Gedichtband, ab den Vierzigerjahren schrieb sie Romane, für die sie mehrfach ausgezeichnet wurde. Ihr Roman *Ein einsamer Ort* wurde 1950 mit Humphrey Bogart verfilmt. Auf dem Höhepunkt ihrer Karriere hörte sie mit dem Schreiben auf, um sich der Pflege ihrer erkrankten Mutter zu widmen. Für ihr Lebenswerk erhielt sie 1978 den Grand Master Award der Edgar Allan Poe Awards. Dorothy B. Hughes starb 1993.

Gregor Runge, geboren 1981, hat am Deutschen Literaturinstitut Leipzig studiert und lebt in Berlin. Er übersetzt aus dem Englischen und hat u. a. E. M. Forster, Christopher Isherwood und Nadia Bozak ins Deutsche übertragen.

Megan Abbott ist die Autorin von acht Romanen, darunter *Queenpin* (2007), mit dem sie den Edgar Award gewann. Abbott hat zu Hardboiled Fiction und Film noir an der New York University promoviert und ist Herausgeberin von *A Hell of a Woman* (2007), einer Anthologie von Texten weiblicher Krimiautorinnen.

Cordelia Gray: die erste Privatdetektivin der Kriminalliteratur und ihr erster Fall

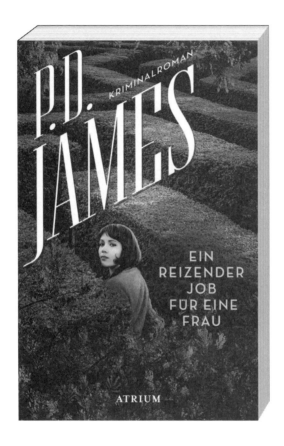

»Ein sorgsam aufgebauter Kriminalfall, der ohne blutige Schockelemente unglaubliche Spannung und ebenso überraschende Wendungen hervorbringt.«

DPA